Steena Holmes

Kind der Erinnerung

Beate
Happy Reading

amazon crossing

Das Buch

Brian ist begeistert, als er erfährt, dass seine Frau Diane schwanger ist, auch wenn der Zeitpunkt nicht ideal ist. Jahrelang hat er darauf gewartet, Vater zu werden. Aufgrund einer Tragödie in ihrer Familie war Diane immer zögerlich gewesen, eigene Kinder zu bekommen.

Ein Jahr später hat die Mutterschaft Diane zu einem Glücksgefühl verholfen, das sie so nie für möglich gehalten hatte. Doch nicht alles ist perfekt: Brian ist beruflich in London und Diane hat Angst, das Baby auch nur einen Augenblick aus den Augen zu lassen. Als die Menschen um Diane herum anfangen, sich seltsam zu verhalten, wird klar, dass nicht alles ist, wie es scheint.

In diesem surrealen und packenden Familiendrama trifft die dunkle Vergangenheit einer Frau auf ihre geheimnisvolle Gegenwart.

Die Autorin

Steena Holmes ist eine preisgekrönte Autorin, deren Bücher auf den Bestsellerlisten der *New York Times* und von *USA Today* zu finden sind.

Die Autorin hat einen Bachelorabschluss in Theologie und schreibt vor allem gern Geschichten, die Elternherzen auf die eine oder andere Weise berühren. Neben »Wo ist Emma?« und »Emmas Rückkehr« ist von ihr der Roman »Nichts ohne Schokolade« in deutscher Sprache erschienen.

Sie wuchs in einer Kleinstadt in Kanada auf und lebt heute mit ihrem Mann und drei Töchtern in Calgary.

STEENA HOLMES

KIND DER ERINNERUNG

ROMAN

Aus dem Amerikanischen von Claudia Hahn

amazon crossing

Die Originalausgabe erschien 2014 unter dem Titel »The Memory Child«
bei Lake Union Publishing, Seattle.

Deutsche Erstveröffentlichung bei
AmazonCrossing, Amazon Media EU S.à r.l.
5 Rue Plaetis, L-2338 Luxembourg
August 2016

Umschlaggestaltung: bürosüd° München, www.buerosued.de
Umschlagmotiv: © 1000 Words/Shutterstock; © Lara Zanarini/
Shutterstock; © Alena Ozerova/Shutterstock
Lektorat und Satz: Dr. Rainer Schöttle Verlagsservice
Printed in Germany
By Amazon Distribution GmbH
Amazonstraße 1
04347 Leipzig, Germany

ISBN: 978-1-503-93951-6

www.amazon.de/amazoncrossing

1

Diane

Gegenwart – Februar

Dieser Augenblick war perfekt. Die Stille und mit ihr eine erste Ahnung der Dämmerung, die durch die Vorhänge blitzte und die Aussicht auf einen besseren Tag bot.

Ich blickte hinunter in die leuchtenden blauen Augen meines süßen Babys und spürte zum ersten Mal seit langer, langer Zeit Hoffnung. Grace war all das, was ich nicht verdient, und all das, nach dem ich mich gesehnt hatte. Seit meinem allerersten Blick auf ihre zarten Lippen, ihr feines blondes Haar und die schwungvollen Wimpern wusste ich, dass es für mich kein Zurück mehr gab.

»Es tut mir so leid, dass ich dich verlassen muss«, flüsterte ich, um sie nicht aufzuwecken. Wir hatten eine harte Nacht hinter uns und wenigstens eine von uns verdiente etwas Ruhe.

Ich zog meine neugeborene Tochter näher zu mir und atmete den Duft von frischem Babypuder ein. Wenn ich daran dachte, dass ich diese Erfahrung nie hatte machen wollen, dass ich nie das leichte Gewicht meines Kindes in meinen Armen fühlen, niemals das Funkeln in ihren Augen sehen wollte, wenn sie zu mir hochblickte und mich als das erkannte, was ich war: ihre Mutter … Der Gedanke, dass ich niemals hatte Mutter werden wollen – wie selbstsüchtig war ich nur gewesen? Alles, worüber ich mir je Gedanken gemacht hatte, wurde in dem Augenblick unwichtig, als ich sie in meinen Armen hielt.

Grace' Wimpern flatterten kurz und ruhten dann wieder auf ihren Wangen. Ich hätte noch Stunden so stehen und sie halten können, während sie schlief, aber stattdessen legte ich sie sanft in ihre Korbwiege und ging leise hinaus.

Was dachte ich mir bloß, sie nach nur einem Monat zu verlassen? Ich war nicht wirklich bereit dazu. Sie ebenfalls nicht. Mit jedem Schritt, den ich machte, bekam mein Herz weitere Risse.

Was für eine Mutter war ich bloß? Ich verließ mein Kind für meine Karriere. Ich hatte geglaubt, ich könnte es schaffen, es würde mir nicht schwerfallen, ich würde wie so viele andere einen Weg finden, Mutterschaft und Beruf in Einklang zu bringen.

Was, wenn ich einen Fehler gemacht hatte?

»Sind wir so weit?«

Mein Atem stockte, als ich Ninas Stimme durch das Treppenhaus hörte. Leise schloss ich die Tür zu Grace' Zimmer. Nina, unser Kindermädchen, unsere Haushälterin und manchmal Kerkermeisterin, stand unten. Sie hielt meinen Thermobecher in der einen und meine braune Ledermappe in der anderen Hand.

War ich bereit? Nicht wirklich. Das hier war das Schwerste, was ich je in meinem Leben tun musste.

Ninas Gesichtszüge wurden weicher, als sie lächelte. An meinen schlechten Tagen nannte ich sie gern den grauen Drachen. An meinen guten Tagen war sie meine beste Freundin. Ich hätte nicht gewusst, was ich ohne sie tun würde.

»Wird es irgendwann leichter?« Ich griff nach dem Kaffee, nahm einen Schluck und verzog das Gesicht. »Ach bitte, Nina, nicht ausgerechnet heute. Hast du nicht den Kaffeeweißer mit Vanillearoma bekommen, den du für mich besorgen solltest?«

Ich konnte Ninas Gesichtsausdruck nicht richtig deuten. Las ich darin Mitleid?

Es war mir egal. In den letzten drei Monaten, seit Nina zu mir gekommen war, um mir zu helfen, während ich Bettruhe halten musste, hatte sie versucht, Zucker aus meinem Ernährungsplan zu streichen.

»Es wird leichter. Ich verspreche es.« Nina streckte die Hand aus und berührte meinen Jackenärmel. »Du musst mir vertrauen. Wir haben darüber geredet, weißt du noch? Ein Schritt nach dem anderen. Wie deine Ernährungsumstellung, um die Nebenwirkungen deiner Medikamente zu verringern.«

Ich atmete tief durch, zog meine Jacke gerade und strich über den einzigen schwarzen Bleistiftrock, in den ich noch passte.

»Ich bin mir nicht sicher, ob ich diesen Schritt heute machen kann.« Ich wusste, dass ich es sollte, dass es für die meisten Mütter normal war, so kurz nach der Geburt wieder arbeiten zu gehen, aber ich bin nicht wie die meisten Mütter. Ich bin Diane Wright, CEO von HK Solutions, einem hochmodernen Unternehmen, das Software für Blinde produziert. Ich musste mich zusammenreißen, aber meine Füße klebten am Boden fest, als wären sie dort eingemauert. Ich lauschte auf ein Geräusch, irgendein Geräusch aus Grace' Zimmer. Käme da nur ein kleines Seufzen, der Beginn eines Weinens, ich würde alles absagen und zu Hause bleiben.

»Komm einfach mit mir in die Küche. Grace geht es gut.« Nina ging voraus und ich folgte ihr gehorsam.

»Brauchst du mein Babyfon oder hast du deins?« So irrsinnig es auch klang, ich hatte schreckliche Angst davor, dass Grace irgendetwas passieren könnte, wenn ich nicht da war. Sie könnte husten und dabei ersticken oder unter ihrer Decke nicht mehr genug Luft bekommen oder sogar …

»Es ist alles in Ordnung.« Nina lächelte mich mütterlich an.

»Tut mir leid, ich weiß, ich bin …« Nach welchem Wort suchte ich gerade? Überfürsorglich? Misstrauisch? Überängstlich?

»Völlig normal. Du hast heute einen geschäftigen Tag voller Termine und einen neuen Zeitplan, an den du dich gewöhnen musst. Konzentrieren wir uns darauf, in Ordnung? Alles andere findet sich dann schon.« Nina öffnete den Kühlschrank und holte den Kaffeeweißer heraus. »Hier. Vielleicht ist ein gradueller Entzug leichter für dich.«

»Hab ich doch gesagt«, murmelte ich.

»Jetzt komm mir bitte nicht so. Darüber haben wir doch schon geredet. Du warst diejenige, die mich gebeten hat, dich immer wieder an deine Verantwortung zu erinnern.« Nina funkelte mich an. Ich funkelte zurück.

»Wir haben außerdem darüber geredet, dass ich nicht bereit bin, meinen Kaffee aufzugeben.«

»Du scheinst überhaupt nicht viel aufgeben zu wollen, wenn es darauf ankommt«, murmelte Nina.

Ich zuckte nur mit den Schultern.

Den Babyspeck zu verlieren war nicht so einfach, wie ich ursprünglich gedacht hatte, und obwohl ich unbedingt wieder meine frühere Figur zurückwollte, bevor Brian von der Errichtung der Zweigstelle in London zurückkam, musste ich doch realistisch bleiben. Ich liebte Essen. Das hatte ich schon immer getan. Es war eine von meinen und Brians Leidenschaften. Aber ich arbeitete hart dafür, dass mein Körper das nicht zeigte.

Brian hatte das Land verlassen, kurz bevor ich in die Wehen kam, und sollte erst in rund einer Woche zurückkommen. Es hatte ihn fast umgebracht, nicht hier zu sein, aber alles ging so schnell, dass sie bereits geboren war, als sein Flug in London ankam. Ich schickte ihm täglich Videos und Fotos von Grace per E-Mail, sorgte aber dafür, dass keine Ganzkörperbilder von mir dabei waren. Nicht, bis mein Hüftspeck weg war.

»Bist du bereit?« Nina strich ihren Pullover über ihrer Hose glatt.

Seit ich Nina kannte, war ich zu Hause gewesen. Sie kam als meine Pflegerin, als ich zwei Monate vor Grace' Geburt Bettruhe verordnet bekam. Ein paar Komplikationen waren aufgetreten, und da Brian gleichzeitig nach London reisen musste, stellten wir eine Pflegerin ein, die bei mir bleiben würde. Hauptsächlich, damit sich Brian keine Sorgen machen musste. Mit Nina lief es allerdings so gut, dass wir sie baten, als Babysitterin zu bleiben, bis ich mich sicher genug fühlte, es allein zu schaffen. Außerdem wollten wir alle nach London reisen und eine Weile bei Brian bleiben, da ich etwas Freizeit hatte.

Aber dieser Teil des Plans hatte sich bisher noch nicht in die Tat umsetzen lassen.

»Ob ich bereit bin? Nicht wirklich. Ich habe das Gefühl, dass Walter meine Bedingungen nicht akzeptieren wird und ich darum kämpfen muss. So wie ich ihn kenne, entwickelt er eine Strategie, damit ich jeden Tag in die Firma kommen muss.«

Um Ninas Lippen zuckte es. »Wirklich? Und ich hatte gedacht, er wäre derjenige, der dir gesagt hat, dass du zu Hause bleiben sollst.«

»Das sagt er nur so. Ich merke aber, dass er mich braucht.« Meine Beziehung zu Walter war etwas Besonderes. Er war nicht nur mein Chef, er war für mich auch wie ein Vater. Es gab nichts, was ich nicht für ihn tun würde. Nichts.

»Oder vielleicht benutzt du das nur als Ausrede? Denk dran, ich bin hier, wenn du mich brauchst.« Nina legte ihre Hand auf meinen Arm und lächelte. Sie war wirklich hübsch. Sie war jahrelang Krankenschwester gewesen und es erstaunte mich, dass sie bei mir blieb, wo sie doch auch zu ihrer früheren Arbeit im Krankenhaus zurückgehen konnte.

»Danke. Ich weiß noch nicht genau, wann ich zurück sein werde.« Ich schaute auf meine Uhr und seufzte. Ich musste los. »Ich versuche, so früh wie möglich nach Hause zu kommen. Brian ruft vielleicht an und ich will ihn nicht wieder verpassen.

Ich liebe es, seine Karten und Briefe zu lesen, aber es ist einfach nicht dasselbe. Ich muss seine Stimme hören.«

»Wenn jemand anruft, schreibe ich alles ganz genau auf.« Nina stand da, ruhig und gefasst, während ich mich innerlich fühlte, als würde ich entzweigerissen. In diesem Moment hasste ich sie beinahe. Sie konnte mit meiner Tochter zu Hause bleiben, während ich zu einer Arbeit musste, von der ich nicht einmal mehr sicher wusste, ob ich sie überhaupt noch machen wollte.

Seltsam, wie sich durch ein Kind alles so drastisch änderte. Früher hatte ich gewusst, worauf mein Fokus lag, wo ich im Leben stehen wollte. Kinder zu bekommen war nie Teil des Plans gewesen. Aber in dem Augenblick, in dem ich Grace das erste Mal in meinen Armen hielt, verschwand all das. Ich war nicht auf die Änderungen vorbereitet gewesen, die ein Baby bedeutete, und noch immer schien alles unwirklich. Grace war erst ein paar Monate alt und ich ging schon wieder zur Arbeit? Wo lagen meine Prioritäten? Warum konnte ich nicht einfach zu Hause bleiben und mich um meine Tochter kümmern? Es fühlte sich an, als wäre ich in zwei verschiedene Persönlichkeiten gespalten.

An der Tür klingelte es und in diesem Moment war ich versucht, zurück nach oben zu laufen, mich in den Schaukelstuhl zu setzen und einfach nur den ganzen Tag meine Tochter zu betrachten.

Doch das Geräusch von Absätzen auf den Holzdielen hielt mich auf. Der leise Klang von Stimmen, als Nina die Tür öffnete, trieb durch den Flur.

»Mandy, kommen Sie rein. Sie ist fast fertig.«

»Amanda?« Ihr Anblick holte mich aus meiner Starre. Sie war die Erinnerung daran, dass ich Pflichten zu erfüllen hatte; Verantwortlichkeiten, die nicht endeten, nur weil ich das Kostbarste in meinem Leben zur Welt gebracht hatte. Brian sagte immer, ich wäre eine Meisterin der Masken. Falls dem so war, war es jetzt an der Zeit, eine Maske aufzusetzen, von der ich nicht sicher war, dass ich sie noch tragen wollte. Ich straffte meine Schultern, atmete tief durch und begann damit, mein Leben in Bereiche zu unterteilen. Nur so würde ich den heutigen Tag überstehen. Ich setzte meine Tasche auf dem Abstelltisch im Flur ab und sah meine Assistentin an. Dass sie zu mir nach Hause kam, während ich auf dem Weg zur Arbeit war, ergab keinen Sinn.

Amanda verzog die Lippen zu einem kleinen Lächeln, das auch blieb, während ich sie nur anstarrte. Sie sah … anders aus. Vielleicht älter?

»Haben Sie sich die Haare geschnitten? Und abgenommen?«

Sie sagte nichts.

»Warum sind Sie hier?« In den drei Jahren, die Amanda und ich zusammenarbeiteten, war sie nie uneingeladen zu mir nach Hause gekommen.

Ich hatte die schüchterne kleine Amanda Bell als meine Assistentin eingestellt, nachdem ich vor ein paar Jahren die Beförderung zur Vizepräsidentin bei HK Solutions erhalten hatte. Der Gedanke, eine Assistentin nach meinen Bedürfnissen auszubilden, anstatt jemanden umzulernen, schien mir reizvoll. Amanda hatte gerade erst die Uni abgeschlossen, hatte aber die besten Noten in ihrem Jahrgang. Ihre Arbeitsmoral bewies es, wenn es auch ihre Garderobe damals noch nicht getan hatte.

Amanda brauchte fast ein Jahr, um zu erkennen, dass sie sich passend kleiden musste, um die Aufmerksamkeit und den Respekt der anderen zu erlangen. Fort war das kleine Mädchen, das jeden Tag Halbschuhe und Strickjacke im Büro trug. An ihrer Stelle war da nun eine Frau von Format in Bleistiftrock, Bluse und Absatzschuhen. Zu ihrem Geburtstag letztes Jahr hatte ich ihr sogar eine Perlenkette und Ohrringe geschenkt, stolz auf die Frau, zu der sie gereift war.

Aber das entschuldigte trotzdem nicht, dass sie jetzt meine Gouvernante spielen wollte.

Der Blick zwischen Nina und Amanda entging mir nicht.

»Mandy wollte dafür sorgen, dass dein erster Arbeitstag nach der Pause so stressfrei wie möglich ist«, antwortete Nina.

Wirklich? »Hat Walter Sie geschickt, damit Sie als meine Chauffeuse agieren?«

Amanda zuckte mit den Achseln und in diesem Moment wurde mir klar, dass ich das größere Bild übersehen hatte.

»Ich brauche keinen Babysitter.« Ich fischte meine Schlüssel heraus, schnappte meine Tasche und stolzierte mit erhobenem Kopf an den beiden Frauen vorbei.

»Da Sie jetzt sowieso zu spät zur Arbeit kommen werden« – ich hielt kurz an der Tür inne – »könnten Sie auch gleich Kaffee für uns beide besorgen, da wir den Morgen zusammen verbringen werden. Und kaufen Sie auch noch genug Muffins für alle im Büro.«

Meine Hand zitterte, als ich den Türknauf ergriff und die Tür aufzog. Ich konnte nicht verhindern, dass ich einen Blick über meine Schulter die Treppe hinaufwarf. Nur ein bisschen Weinen war nötig, ein Wimmern, irgendetwas, das mir beweisen würde, dass es wichtiger war, Mutter zu sein, als Geschäftsfrau.

Grace schlief. Sie war sicher, wurde geliebt, es ging ihr gut. Warum hatte ich dann das Gefühl, zu versagen, wenn ich sie verließ?

2

Brian

Februar 2013

Brian pfiff ein Lied vor sich hin, das er vorhin im Radio gehört hatte. Er kannte die Worte dazu nicht, aber die Melodie war einprägsam genug. Als er nach einem Handtuch griff, um die Reste Rasierschaum von seinen Wangen zu wischen, schlug er versehentlich seinen Ehering vom Rand des Waschbeckens. Der Ring drehte sich und fiel dann in den Mülleimer.

Brian rümpfte die Nase, während er sich den weißen Schaum von seinem Gesicht wischte und sich zum Mülleimer hinunterbeugte. Er war voll von Kleenex-Tüchern und Zahnseide. Eklig. Er schob etwas von dem Müll zur Seite, in der Hoffnung, der Ring würde relativ weit oben liegen. Aber damit hatte er kein Glück. Nachdem er den Müll weggeräumt hatte, fand er seinen Ring oben auf einer Schachtel.

Fast hätte er die Schachtel ignoriert. Fast.

Brian legte seinen Ring wieder auf das Waschbecken und zog die Schachtel heraus. Sein Herz setzte einen Schlag aus, als ihm klar wurde, was er da hielt. Mit einem schnellen Blick über seine Schulter öffnete er sie und hielt den Atem an.

Ein kleines weißes Stäbchen fiel ihm in die Hand und erstaunt blickte er es an. Er blickte auf und sah sich im Zimmer um, wollte nach seiner Frau rufen, hielt dann aber inne.

Das hatte im Müll gelegen. Im Müll, bedeckt von Kleenex, als ob es versteckt werden sollte. Warum sollte sie das verstecken? Wie kam es, dass er nicht wusste, dass sie einen Test gemacht hatte?

Brian ging die letzten Tage im Kopf durch, um zu prüfen, ob Diane ihm irgendeinen Hinweis gegeben hatte, dass sie schwanger sein könnte, aber da war nichts.

Hätte er nicht den Ring vom Rand gestoßen, den Müll beiseitegeräumt und die Schachtel entdeckt, die seine Frau unter allem anderen versteckt hatte, hätte er es dann überhaupt herausgefunden?

Sein Herz schlug heftig, als er auf das kleine rosa Pluszeichen starrte. Er wusste, was das bedeutete – er hatte zu viele Jahre darauf gewartet, dieses Zeichen zu sehen. Sie war schwanger.

Schwanger.

Aber warum hatte sie ihm nichts davon erzählt?

Vielleicht hatte sie es gerade erst herausgefunden und musste es selbst noch verarbeiten. Das war Teil ihres Plans. Sie hatten sich zehn Jahre Zeit gegeben, bevor sie über Kinder reden würden, und es waren zwölf geworden. Sie waren jetzt in den Dreißigern, hatten eine schöne Wohnung, waren zufrieden und finanziell gut aufgestellt. Alles, was sie erledigt haben wollten, bevor sie ein Kind in diese Welt brachten, war getan.

Sie würden ein Baby bekommen.

Tränen traten in Brians Augen, als ihn diese Erkenntnis traf. Ein Bereich in seinem Herzen, von dem er vorher nicht gewusst hatte, dass er leer war, wurde nun von Liebe erfüllt. Beeindruckend, wie ein kleines rosa Pluszeichen auf einem kleinen weißen Stäbchen so etwas bewirken konnte.

Ein Baby.

»Brian? Kannst du mir mal helfen?«

Schnell ließ er das Stäbchen in seine Tasche gleiten, als Diane auf ihn zukam, ihm den Rücken zudrehte und ihre

Haare hochhielt. Sie trug ein trägerloses schwarzes Kleid, das funkelte, als wäre es von Diamanten bedeckt. Ein Blitz zuckte durch seinen Körper, als er nach dem Reißverschluss griff, und sein Finger berührte ihre weiche Haut, während er den Reißverschluss nach oben zog.

Er war noch nie im Leben so angetörnt gewesen.

Mit seinen Händen liebkoste er ihre Taille, bevor er sie zu sich drehte. Überraschung zeigte sich in ihren Augen und er presste seinen Mund auf ihren.

Halbherzig versuchte sie ihn von sich zu schieben.

»Wir kommen zu spät.« Ein leichtes Lächeln umspielte ihre Lippen.

»Ist mir egal.« Er zog sie wieder zu sich. »Lass uns unsere eigene kleine Feier veranstalten.« Er konnte sich eine Million Dinge vorstellen, die sie heute Nacht feiern konnten, und alle davon fanden im Bett zwischen den weichen Satindecken statt.

Dianes Gesicht leuchtete auf, aber trotzdem schob sie ihn von sich und zog seine Hände von ihrem Körper. »Das können wir nicht machen.« Sie beugte sich vor und küsste ihn sanft. »Später, okay?«, flüsterte sie.

Später.

»Versprochen?« Er beobachtete, wie sie mit wiegenden Hüften auf ihren begehbaren Kleiderschrank zuging.

»Versprochen.«

Er folgte ihr, lehnte sich an die Tür und prägte sich genau ein, wie sie aussah, gebadet in weiches Licht, während sie die Reihen an Schuhen vor ihr prüfend musterte.

»Welche würden am besten aussehen?«

Brian bemühte sich, nicht mit den Augen zu rollen, als sie zwei Paar herausnahm, eins in schimmerndem Perlweiß, das andere schwarz.

»Du hast die perlweißen doch für dieses Kleid gekauft, oder?« Ja, er wusste, wie man den Farbton nannte, nachdem er sich eine Woche zuvor einen Vortrag hatte anhören müssen, als sie sie nach Hause gebracht hatte und er sie fragte, warum sie noch ein Paar Schuhe brauchte.

Diane zuckte mit den Achseln. »Vielleicht wären die schwarzen besser.« Sie kaute auf ihrer Lippe herum, während sie von jedem Paar einen Schuh anzog.

Er durchquerte das kleine Zimmer, stellte sich neben sie und tat so, als würde er genau über die beiden Optionen nachdenken.

»Ich denke, beide würden funktionieren, besonders, wenn du nackt bist.« Er hob die Augenbrauen und erfreute sich an ihrem Lachen.

»Was ist denn plötzlich mit dir los? Vor einer halben Stunde hattest du noch schlechte Laune.«

»Das war, bevor ich das hier gefunden habe.« Er hatte mit dem Geständnis, dass er ihr Geheimnis kannte, eigentlich noch warten wollen, aber er konnte sich nicht zurückhalten. Er zog das kleine weiße Stäbchen hervor, das seine Träume wahr werden ließ, und wartete auf den Ausdruck der Freude im Gesicht seiner Frau.

Das Letzte, was er erwartet hätte, war, dass sie den Blick von ihm abwandte.

Er stand einfach nur da, als sie sich von ihm entfernte. Die Zeit stand still, während er zu verarbeiten versuchte, was gerade geschah.

»Diane?«

Sie stand vor ihrem Schmuckfach. Vorsichtig öffnete sie es und wählte die Diamantohrringe, die er ihr letztes Jahr zu Weihnachten geschenkt hatte. Sie nahm sich Zeit, sie anzulegen, und befasste sich dann mit ihren Haaren.

Er wartete darauf, dass sie etwas sagte. Irgendetwas. Seine Welt stürzte gerade um ihn herum ein und er konnte nur warten, bis sie sprach.

»Was willst du von mir hören? Ich habe einen Schwangerschaftstest gemacht. Er war positiv. Aber bis ich beim Arzt war und einen offiziellen Bluttest gemacht habe, hat sich nichts in meinem Leben geändert.«

»In unserem Leben«, flüsterte er, aber laut genug, dass sie es hörte und mit den Achseln zuckte.

»Diese Tests zeigen häufig falsche Ergebnisse.« Sie drehte sich zu ihm um, weigerte sich aber, ihn anzusehen, ihn die Wahrheit in ihren Augen lesen zu lassen. Das konnte er nämlich immer. Sie mochte eine hervorragende Geschäftsfrau sein, in der Lage, immer gefasst zu bleiben und eine kalte Maske aufzusetzen, wenn es nötig war, aber niemals bei ihm. Bis heute.

»Warum hast du es mir nicht gesagt? Wir haben jahrelang von diesem Augenblick geredet.« Seine Stimme brach. »Du hättest es mir sagen sollen.«

Diane öffnete den Mund und schloss ihn wieder. Kurz ließ sie die Schultern hängen, dann richtete sie sich auf. Er kannte seine Frau. Er wusste, dass sie diese Unterhaltung jetzt in einer Schublade ablegte und sich auf die Ereignisse heute Abend konzentrierte. Er wusste, schon bevor sie die Augen öffnete, dass sie eine Diskussion beendet hatte, die für ihn noch nicht einmal begonnen hatte.

Ein leichtes Lächeln überzog ihre Lippen, als sie auf ihn zuging. Sie hielt ihm ihre Hand hin und wartete darauf, dass er sie ergriff. Er zögerte einen Moment, starrte ihr in die Augen und zwang sie, all die Emotionen zu lesen, die sich in ihm angestaut hatten: wie glücklich er war, dass sie schwanger war, und wie sehr es ihn verletzte, dass sie die Neuigkeit für sich behalten hatte.

»Ich muss mich heute Abend auf diese Party konzentrieren. Ich brauche dich dort, bei mir, an meiner Seite.« Sie drückte seine Hand. »Ob ich … schwanger bin oder nicht … können wir später darüber reden? Nach der Party? Bitte?« Für einen Augenblick stieg Hoffnung in ihm auf. Das war alles, was er brauchte. Zu wissen, dass es einen Teil von ihr gab, der schwanger sein wollte.

Brian zog seine Frau in seine Arme und hielt sie fest. Er atmete tief ein und genoss ihren warmen Duft nach Vanille. Das brachte ihn gedanklich zurück zu ihren frühen Jahren, als sie nur aufeinander konzentriert gewesen waren, bevor sie auf ihre Ziele hinarbeiteten und Fünf- und Zehnjahrespläne entwickelten. Damals schienen zehn Jahre wie ein ganzes Leben. Damals waren Kinder das Letzte, an was sie gedacht hatten.

Bis vor Kurzem. Als sie ihren zwölften Hochzeitstag gefeiert hatten, war Brian derjenige gewesen, der das Thema Kinder auf den Tisch brachte. Er war der einzige Mann im oberen Management bei Harper and Wainwright LLC, der verheiratet und kinderlos war, eine Entscheidung, von der die meisten vermuteten, dass er und Diane sie gemeinsam getroffen hatten, obwohl ihm die mitleidigen Blicke nie entgangen waren. Am schlimmsten war es an den Wochenenden, wenn sich das Gespräch um die Little League oder Hockeyspiele drehte.

Er war bereit für Kinderlachen in ihrem Heim. Mehr als bereit.

»Du weißt, dass die Zeiten jetzt anders sind, dass du keine Angst haben musst«, flüsterte er.

Diane versteifte sich in seinen Armen.

»Ich will nicht darüber reden. Nicht jetzt.«

»Du willst nie darüber reden. Aber das sollten wir. Was deiner Mutter passiert ist …«

»Ist nichts, worüber ich jetzt sprechen möchte.«

Als sie sich von ihm wegschob, ließ er sie los. Genau, wie er es immer tat, wann immer er versuchte, das Thema »ihre Mutter und das Kinderkriegen« anzusprechen. Sie hatte wieder ihre Maske aufgesetzt und sie hatte recht. Es war nicht fair von ihm, das anzusprechen, nicht jetzt, wenn sie nicht darüber reden konnten.

»Was ist mit Charlie?«

Der Blick, den Diane ihm zuwarf, war mörderisch und angeekelt. Natürlich hatte sie es ihrer Schwester nicht erzählt. Noch nicht, nicht, wenn sie nicht einmal bereit war, es sich selbst einzugestehen. Aber irgendwann würde sie es. Die Verbindung zwischen den beiden war einzigartig, etwas, das Brian mit seinen eigenen Brüdern niemals erlebt hatte.

Aber wie nah sie sich auch standen, es gab ein Thema, das die zwei Schwestern niemals ansprachen. Es war das einzige Thema, das auch Brian gelobt hatte, niemals anzusprechen.

Die Tatsache, dass ihre Mutter ihren kleinen Bruder zur Welt gebracht und ihn dann umgebracht hatte. Und danach sich selbst.

3

Diane

Gegenwart – Februar

An diesem Abend vermisste ich Brian sehr. Es half auch nicht, seinen Brief erneut zu lesen, den Nina mir heute Morgen gegeben hatte.

Ein paarmal pro Woche gab sie mir während unseres Morgentees etwas von ihm. Bevor er ging, hatte er ihr eine Kiste voller Briefe, kleiner Zettel und selbst gemachter Worträtsel gegeben. Das war etwas, das er immer tat, wenn er wegging: kleine Zettel in meinen Schubladen verstecken, unter meinen Kissen, in der Kaffeedose – immer am letzten Ort, an dem ich sie vermuten würde. Im Gegenzug hinterließ ich Zettel in seiner Aktentasche, seiner Computertasche, seinen Schuhen und so weiter.

Ich wollte, dass er nach Hause kam. Ich brauchte ihn zu Hause. Er hatte Grace noch nicht einmal gesehen. Ich wusste, es war nicht seine Schuld, dass er zu ihrer Geburt nicht hier sein konnte, aber wie konnte ein Vater nicht nach Hause kommen, um sein eigenes Kind zu sehen? Irgendetwas in London musste schiefgelaufen sein, dass er so lange und ohne Rückmeldung dortblieb. Er hätte längst zurück sein müssen.

Ich verstand noch nicht einmal, warum er unbedingt hatte gehen müssen. Er war Informatiker, lediglich einer von vielen in seinem Unternehmen. Nur weil er im Management war, hieß das doch nicht, dass er derjenige sein musste, der immer umherreiste. Es war lächerlich, dass sie ihn so kurz vor meiner Niederkunft nach Übersee geschickt hatten. Lächerlich.

Ich erzählte Grace jeden Abend von Brian. Ich erzählte ihr Geschichten, wie er ihr Zimmer für sie dekoriert hatte, welche Art Eiscreme er mitbringen würde, und ich ließ sie die albernen Lieder hören, die er sang, wenn er Abendessen machte. Ich wollte, dass sie ihn erkannte, wenn er nach Hause kam, also spielte ich ihr jeden Abend die Aufnahme vor, die er bereits Monate bevor sie zur Welt kam für sie gemacht hatte.

Ich liebte es, sie anzuhören. Ich lauschte auf den weichen Tonfall seiner Stimme, seine bedingungslose Liebe zu ihr. Ich wünschte, ich könnte ihn sehen, ihn berühren und ihn nachts neben mir liegen haben, während wir schliefen.

Ich brauchte ihn.

Ich bin zu Hause, bevor du überhaupt merkst, dass ich weg war. Das hatte er in seinem Brief geschrieben. Aber das war er nicht und ich verstand es nicht.

Wäre ich in der Lage dazu gewesen, hätte ich auf der Stelle einen Flug gebucht und wäre mit Grace zu ihm geflogen, aber der Gedanke, ein Flugzeug zu besteigen, löste Panik in mir aus. So wie jetzt. Allein darüber nachzudenken brachte meine Hände zum Zittern und ich hatte das Gefühl, ich müsste mich übergeben. Nina meinte, das läge an den Hormonen und würde vergehen, wenn ich mir nur Zeit ließ. In der letzten Zeit hätte es so viele Veränderungen in meinem Leben gegeben, dass mein Körper einfach so darauf reagierte. Ich war mir sicher, Brian würde das verstehen; das musste er einfach. Ich hatte ihm zahllose E-Mails zur Erklärung geschickt, aber bisher hatte er noch nicht geantwortet.

Jede andere Frau würde glauben, dass ihr Mann sie verlassen hatte, aber ich war nicht wie jede andere Frau. Ich wusste, wie sehr mein Mann mich liebte und wie schwer es für ihn war, nicht bei uns zu sein.

Ich lief in meinem Schlafzimmer auf und ab, vernahm dabei im Hintergrund die leisen Stimmen vom Fernseher im oberen Zimmer, bis ich plötzlich Schreie und Weinen hörte. Welchen Sender hatte ich eingestellt? Ich hatte gedacht, das wären die Nachrichten. Ich überlegte, ihn auszuschalten, wollte Grace aber nicht verlassen, nicht einmal für eine Sekunde, obwohl sie in der Korbwiege auf meinem Bett fest schlief.

Diese Angst, die ich hatte, war irrational, aber ich akzeptierte sie mittlerweile als Normalität. Das war sie doch, normal, oder?

»Ich dachte, dir könnte etwas Tee guttun.« Nina stand in meiner Tür, in den Händen ein Tablett mit einer Teekanne und zwei Teetassen.

Ich blickte zurück zu Grace, um sicherzugehen, dass sie noch schlief. Ich sah zu, wie sich ihre Brust hob und senkte, hob und senkte, und betrachtete die Art, wie ihre Wimpern flatterten. Süße Träume, meine Kleine.

»Gern, wenn du dich zu mir setzt«, sagte ich und deutete auf meinen kleinen Sitzbereich. Das war zu unserem täglichen Ritual geworden. Am Abend, bevor wir beide zu Bett gingen, tranken wir gemeinsam eine Tasse Tee und besprachen, wie ich mich fühlte, wie der Plan für den nächsten Tag aussah und ob ich meine Medikamente genommen hatte.

»Muss ich die immer noch nehmen?« Ich nahm die kleine Flasche mit den vielen Tabletten in die Hand und stöhnte. Antidepressiva. Ich verstand nicht, warum ich die immer weiter nehmen musste, wenn ich mich doch gut fühlte, aber Nina bestand darauf, dass es zu viel für meinen Körper wäre, wenn ich sofort damit aufhörte. Ich hasste es, irgendwelche Medikamente zu nehmen, wenn ich nicht unbedingt musste.

»Nur noch für kurze Zeit.« Nina goss Tee in unsere Tassen und reichte mir dann eine kleine Tasse Wasser. Sie sah mir mit ihren durchdringenden Augen zu, wie ich die Tabletten schluckte.

»Ich dachte, du wärst nur die Babysitterin. Ich brauche jetzt keine Pflegerin mehr, weißt du?«, maulte ich.

Ninas Blick verdüsterte sich kurz, dann reichte sie mir meine Tasse. »Du warst heute beim Abendessen ziemlich still. Ist alles in Ordnung? Möchtest du über irgendetwas sprechen?«

Meine Schultern sackten nach unten, während ich einen Schluck von dem heißen Tee nahm und mich dann in meinem Stuhl zurücklehnte. Vielleicht sollte ich die Korbwiege hierherholen, damit ich Grace im Auge behalten konnte.

»Es geht ihr gut.« Nina streckte ihre Hand aus und stoppte mich, als ich aufstehen wollte. Es war seltsam, wie sie immer zu wissen schien, was ich tun würde, bevor ich es tat.

»Ich kann sie nicht atmen hören.« So viele Babys starben immer noch am plötzlichen Kindstod und ich wollte nicht, dass Grace eins davon sein würde.

»Es geht ihr gut. Du musst lernen, dich zu entspannen, wenn du bei deinem Püppchen bist.«

Ich seufzte und behielt weiter die Wiege im Auge. Sie war wirklich ein Püppchen. Das waren die ersten Worte aus meinem Mund gewesen, als ich sie das erste Mal gesehen hatte, und seitdem hatte sich nichts geändert. Sie erinnerte mich an eine dieser Precious-Moments-Puppen mit ihren herzförmigen Lippen, langen Wimpern und perfekten Gesichtszügen. Genau das war Grace – perfekt. Mein Herz floss über vor Liebe zu ihr und ich wollte nichts weiter tun, als sie im Arm zu halten.

Ich wandte meine Aufmerksamkeit von meiner schlafenden Tochter ab und fing den Blick in Ninas Augen auf. Mitleid. Traurigkeit. Hoffnung.

»Hör auf. Sieh mich nicht so an.«

»Tut mir leid, Diane. Ich weiß, dass der Tag heute schwer für dich war. Möchtest du darüber reden?«

Ich war wie hypnotisiert von dem weichen Schatten in Ninas Augen. Ich liebte es, wie sich ihre Augen im Wechselspiel ihrer Emotionen veränderten. In einem Augenblick konnten sie ein einfaches Braun sein, satt und weich, und im nächsten ein hellerer Ton mit grünen Flecken. Am meisten liebte ich es, wie sanft sie wurden, wenn sie Grace hielt, so weich wie die Abenddämmerung. Das war auch der Grund, warum ich ihr so komplett vertraute, wenn es um Grace ging. Ich wusste, sie liebte sie fast genauso sehr wie ich.

»Ich hätte nicht gedacht, dass es so schwer werden würde, wieder zur Arbeit zu gehen.«

»Du lebst hier in einem Kokon, einem, den du dir selbst geschaffen hast.« Nina nahm ihre Tasse und hielt sie in den Händen.

Ich zuckte mit den Achseln. Mein Kokon war sicher. Das Einzige, was fehlte, war Brian.

»Hat irgendjemand angerufen, während ich weg war?« Ich war mir sicher, dass ich das vorher schon gefragt hatte, aber seit dem Augenblick, als ich durch meine Haustür getreten war, hatte mich nur noch meine Tochter interessiert.

»Nein. Keine Anrufe.« Sie versuchte nicht einmal, ihr Seufzen zu verbergen.

Das störte mich wirklich. Ich versuchte, es zu ignorieren, aber es störte mich.

»Ist es ihm so egal? Das ist überhaupt nicht typisch für ihn.« Auch niemand bei Harper and Wainwright rief mich zurück. Tatsächlich hätte ich allen Grund gehabt, eine Paranoia zu entwickeln, aber Nina hatte mich gewarnt: Wenn ich nicht wollte, dass ich postnatale Depressionen bekam, durfte ich dem nicht nachgeben. Als hätte ich eine Wahl. Sie schien zu denken, dass ich die hatte, oder versuchte zumindest, mich das glauben zu machen. Es musste jedoch wahr sein; gab man mir ein klares Ziel, konzentrierte ich mich hundert Prozent darauf. Ich nahm meine Tasse und genoss die Wärme an meinen kalten Fingern. Mir war nicht klar gewesen, dass mir so kalt war.

Nina schürzte die Lippen und schüttelte den Kopf.

»Was?«

»Du musst dich auf dich selbst konzentrieren und alles andere beiseiteschieben. Ich weiß, es ist schwer und du fühlst dich allein und« – sie hielt inne – »verlassen. Aber das bist du nicht. Ich bin hier. Ich habe deinem Mann versprochen, auf dich aufzupassen, und das tue ich, solange du mich brauchst.«

Ich bemerkte, dass ihre Augen leicht feucht waren, und das verstörte mich. Normalerweise konnte Nina kälter sein als ich. Sie trug eine Maske, die sie nur selten abnahm, eine Maske des Schutzes und der Bestimmtheit. Aber im Moment, in genau diesem Moment, war die Maske fort.

»Ich weiß, dass du das tust.« Ich beugte mich vor und legte meine Hand auf ihre. Weitere Worte waren unnötig.

Nina nickte, hob das Kinn und schluckte. Ich konnte sehen, wie sie versuchte, die Beherrschung zurückzugewinnen. Ich fragte mich, was diesen plötzlichen Bruch in ihrer Fassade bewirkt hatte.

Wir nippten beide an unserem Tee.

»Welche Sendung lief da vorhin im Fernsehen?«

»Was meinst du?« Nina neigte den Kopf.

»Ich habe viel Schreien und dann Weinen gehört. Hast du einen Film angeschaut?«

Nina schüttelte den Kopf und füllte unsere beiden Tassen nach. »Erzähl mir doch von deinem Tag.«

Ich blickte nach hinten zu Grace und entspannte mich in meinem Sitz. Wo sollte ich anfangen? Mit dem verrückten Gespräch mit Walter über meinen mentalen Zustand und darüber, ob ich bereit war, wieder Vollzeit zu arbeiten? Oder mit der Art, wie Amanda mit mir redete, als ob sie mehr darüber wüsste, was vor sich ging, als ich? Mit dem Mittagsmeeting, bei dem ich zu viele von Walter verursachte Probleme lösen musste? Oder mit den vielen Malen, die ich mich im Badezimmer eingeschlossen und geweint hatte, weil ich Grace und Brian so sehr vermisste?

»Es war anstrengend. Der ganze Tag war … hart. Ich war nicht wirklich vorbereitet.«

»Es tut mir leid, Diane. Ich wünschte, ich könnte dir mehr helfen. Du musst diese schwere Last nicht allein tragen. Das verstehst du doch, oder?«

Ich nickte.

»Wie wär's dann mit einem Spaziergang im Park, morgens, bevor du deinen Tag beginnst?«

Ich verschluckte mich beinahe an meinem Tee. Ein Spaziergang? Zur Arbeit zu gehen war eine Sache, aber mit Grace in die Öffentlichkeit zu gehen, wo sie Keime aufschnappen, von Insekten gestochen oder den Umweltgiften in der Luft ausgesetzt werden könnte? Nein, dafür war ich nicht bereit. Ich schüttelte den Kopf und blickte auf meine Hände, die in meinem Schoß lagen. Meine Fingernägel sahen furchtbar aus. Wann hatte ich das letzte Mal eine Maniküre machen lassen? Und meine Ringe. Ich musste mich morgen daran erinnern, meine Eheringe wieder aufzustecken.

»Nur ein kurzer; das wird dir guttun.«

»Ich bin mir nicht sicher, ob Grace schon bereit ist. Ich sollte noch etwas warten, bevor ich sie nach draußen mitnehme, meinst du nicht?«

Nina stand auf und stellte Tassen und Kanne wieder auf das Tablett. Ich bemerkte, dass sie Grace kaum anblickte.

»Ich denke, es würde dir sehr guttun.« Sie hielt das Tablett in den Händen und sah mich direkt an, als würde sie kein Nein akzeptieren.

Ich biss mir auf die Lippe. Ich wollte es, ich wollte es wirklich. Wie kam es, dass ich am Arbeitsplatz so kontrolliert sein konnte und zu Hause so … unsicher?

»Okay.« Ich gab nach. Ich musste meine Kämpfe klug wählen und das hier war es nicht wert. Aber ich würde die Bedingungen diktieren.

»Aber nur ein kleiner. Gleich morgens, damit ich danach noch Zeit habe, zu duschen und mich für die Arbeit fertig zu machen. Ich könnte die Bewegung auf jeden Fall gebrauchen. Vielleicht hilft das gegen die Kopfschmerzen, die ich in letzter Zeit habe.«

Ich merkte, wie das ihre Aufmerksamkeit erregte. Sie hatte mir bereits ihren Rücken zugedreht, blieb jetzt jedoch stehen.

»Warum hast du nichts davon gesagt?« Ihre Stimme war sehr beherrscht und sanft.

»Es sind nur Kopfschmerzen.« Ich zuckte mit den Schultern. Ich ging zurück zum Bett, auf dem Grace lag. Sie sah aus wie ein Engel, wie sie da in ihrem Körbchen schlief.

Brian hatte es ausgesucht und mich eines Tages zu Hause mit einer riesengroßen als Geschenk verpackten Schachtel überrascht. Sie war ziemlich schwer und er ließ sie mich nicht anheben; stattdessen legte er sie aufs Bett und sah zu, wie ich sie öffnete. Darin befand sich ein wunderschöner Korb mit fest geflochtenen Fasern, ausgelegt mit der weichsten cremefarbenen Kaschmirdecke, die ich je berührt hatte. Er war perfekt. Wir hatten bereits ein Kinderbett, einen Schaukelstuhl und einen Wickeltisch ausgesucht, aber bei dieser letzten Sache hatte ich mich noch nicht entscheiden können.

»Ab morgen werden wir ein Tagebuch über diese Kopfschmerzen führen, ihre Stärke, wie lange sie dauern und so weiter. Ich kann dir nicht helfen, wenn ich nicht weiß, was du durchmachst.«

Ninas Stimme schreckte mich auf. Ich war so auf Grace konzentriert gewesen, dass ich vergessen hatte, dass sie noch im Zimmer war. Ich ließ mich zu keiner Antwort herab, da es nur ein einfacher Kopfschmerz war, den ich fast jeden Morgen hatte. Normalerweise verschwand er nach ein paar Stunden wieder. Nichts, worüber man sich aufregen musste.

4

Brian

Februar 2013

Brian ließ seinen Blick über den Empfangsbereich schweifen, während er an der Bar stand und auf seine Bestellung wartete. Diane war ganz in ihrem Element; sie strahlte förmlich, während sie durch den Raum glitt, Mitarbeiter und deren Familienmitglieder begrüßte, sich von der Presse fotografieren ließ und dabei immer in der Nähe von Walter Dube blieb, dem CEO von HK Solutions und Dianes Mentor und Vaterfigur.

Eine Frau ging an ihm vorbei und ihr nackter Arm weilte ein wenig zu lange und dicht bei ihm. Er zwang sich zu einem Lächeln, als sie mit ihren falschen Wimpern klimperte. Bei all den kurzen Kleidern hier achtete er sorgfältig darauf, seinen Blick immer nach oben gerichtet zu halten.

Dianes Lachen perlte durch den Raum. Brian blickte zum Barkeeper und sah zwei Gläser vor ihm stehen. Er neigte zum Dank den Kopf und entschuldigte sich bei der Frau, die versuchte, sich vor ihm aufzubauen.

Brian bahnte sich einen Weg durch den Saal zu seiner Frau. Neben ihr stand ein Kellner mit einem Tablett voller Champagnergläser. Ohne den Kellner oder das Tablett anzusehen, griff Diane nach einem Glas. Sie blieb weiter stehen und hörte zu, wie Walter mit einem Mann neben ihm sprach. Sie trug ihre

Maske, die, mit der sie Kunden verzauberte und jeden entmutigte, der ihr in Geschäftsfragen in den Weg geriet. Es erstaunte ihn immer wieder, dass niemand durch die Maske blicken und ihr sanftes Inneres erkennen konnte.

Der Anblick des Glases in ihrer Hand ließ Brian innehalten, aber nur für einen Augenblick. Diane trank selten bei geschäftlichen Veranstaltungen; sie hatte es sich zur Gewohnheit gemacht, ein volles Glas niemals zu leeren. Sie hielt immer eins in der Hand, aber das war eher Teil ihres Outfits als ein Trinkbedürfnis. Brian hingegen trank immer. Nur so viel, um durch den Abend zu kommen, aber nie mehr, als er vertragen konnte.

Er hasste diese Art von Partys. Im Herzen war er ein Nerd und fühlte sich wohler, wenn er am PC Computercodes anstarrte, als beim Versuch, geistlosen Small Talk mit Leuten zu führen, die er nicht kannte.

Als er Diane erreicht hatte, nahm er ihr das Glas aus der Hand, stellte es auf dem Tablett eines vorbeigehenden Kellners ab und reichte ihr ein Glas Perrier mit einer Scheibe Zitrone. Sie trat beiseite, um Platz für ihn neben sich zu machen, und lächelte ihn herzlich an.

Brian nahm einen Schluck von seinem Merlot und wartete auf den geeigneten Moment, um seine Frau zur Seite zu nehmen und mit ihr zu sprechen. Er beugte sich vor und flüsterte ihr ins Ohr: »Nur noch ein paar Minuten, bis das Essen serviert wird. Sie öffnen gleich die Türen.«

»Gott sei Dank. Meine Füße bringen mich um.« Sie nahm einen Schluck aus ihrem Glas und zog eine Grimasse. »Das ist kein Champagner.«

Brian runzelte die Stirn. »Natürlich nicht. Du kannst doch in deinem Zustand nicht trinken.«

Dianes Augen weiteten sich bei seinen Worten, während er einen Schritt zurücktrat. Hatte sie vorher gar nicht daran gedacht?

»Hast du etwa schon?« Er hatte die Stimme erhoben und sah, wie sich Walters Aufmerksamkeit auf sie richtete.

Sie schüttelte den Kopf, Verunsicherung in ihren Augen. »Natürlich nicht«, flüsterte sie.

Aus dem Augenwinkel fing Brian den Blick zwischen Walter und seiner Frau auf. Brians Lippen wurden schmaler, aber er sagte nichts.

Irgendetwas hatte Walter an sich, das Brian immer unruhig machte. Um ehrlich zu sein, wusste er, dass es an seiner eigenen Unsicherheit lag. Walter besaß einen Teil von Dianes Herz, von dem Brian wusste, dass er nie ihm gehören würde; er war ganz am Anfang für sie da gewesen, als Diane und Charlie ohne Vaterfigur waren. Walter hatte Diane ihren ersten Job besorgt und sichergestellt, dass Charlie die Schwesternschule abschließen konnte, als ihre Tante kein Geld mehr hatte.

Brian hatte mal gescherzt, dass Diane, wenn es darauf ankäme, sich für Walter statt für ihn entscheiden würde. Sie hatte einen Moment zu lange gezögert, bevor sie seine Behauptung verneinte, aber dieser Moment hatte genügt, und er hatte es nie wieder angesprochen. Außerdem musste er aufgrund seiner Arbeit als Bereichsleiter bei Harper and Wainwright LLC, einem internationalen Ingenieursunternehmen, fast dreißig Wochen im Jahr reisen. Und weil sie beide respektierten, wie der andere es sich sowohl im persönlichen als auch im geschäftlichen Bereich ausgesucht hatte, hielt ihre Ehe nun schon seit über zwölf Jahren.

Aufgeregtes Seufzen erfüllte die Luft, als die Leute den Empfangsbereich betraten. Diane drückte seinen Arm. Er blickte hinunter und zwinkerte ihr zu. Er selbst wusste die Eleganz des Saals vielleicht nicht zu schätzen, aber er wusste, sie hatte lange an der Dekoration gefeilt.

Schließlich war das ein Abend, an dem sie gefeiert wurde.

»Ich hätte den Schwarz-Weiß-Look nehmen sollen«, murmelte Diane.

Brian blickte zum Tisch und zuckte mit den Schultern. »Warum?« Er fand, dass alles gut aussah. Na ja, abgesehen von der Tatsache, dass die Tische zu vollgepackt waren mit großen Gläsern voller hellblauer und weißer Murmeln und einer Kerze darauf. Warum bestanden Frauen darauf, Tische so vollzustellen, dass kein Platz mehr für irgendetwas anderes war? Er sah auf das Glas in seiner Hand und dann auf die zwei Gläser rechts von jedem Teller. Wofür brauchte er diese Gläser? Zum Glück war er nicht derjenige, der sich um den Abwasch kümmern musste.

»Die Tischdekoration sieht gut aus, auch wenn sie nicht schwarz ist. Hör auf, dir darüber Gedanken zu machen.« Er folgte seiner Frau zu ihren Sitzplätzen am vorderen Tisch rechts und zog ihr den Stuhl hervor. Diane hielt sich daran fest, setzte sich aber nicht hin. Stattdessen blickte sie durch den Saal und ging jeden Tisch und diejenigen, die daran saßen, durch. Er konnte ihre Gedanken lesen; irgendwo im Saal saß jemand auf dem falschen Platz.

»Wie viele Stunden hast du mit der Sitzverteilung zugebracht?«

»Ungefähr so viele, wie du gebraucht hast, das neue Büro in Ungarn aufzubauen.«

Brian stöhnte. Er hatte noch immer Albträume von diesem Trip.

»Hätte sich nicht Amanda darum kümmern können?«

Diane runzelte die Stirn, während sie ihr leeres Glas Wasser einem vorbeigehenden Kellner gab.

»Nicht dieses Mal, wo doch all die Medien anwesend sind. Ich glaube, Walter will heute Abend etwas Großes verkünden.«

»Du glaubst? Solltest du das nicht wissen?«

Diane zuckte mit den Schultern. »Sollte man meinen, aber was es auch ist, er macht ein Geheimnis darum.« Sie drückte seine Hand und entfernte sich dann ein paar Schritte, um mit einem Pärchen ein paar Tische weiter zu sprechen.

Brian setzte sich hin und zog sein Handy heraus. Es würde ein langer Abend werden, also konnte er genauso gut die E-Mails beantworten, die seinen Posteingang füllten. Der Job als Bereichsleiter beinhaltete leider keinen geregelten Arbeitstag.

»Wo steckt denn deine hinreißende Frau?« Walters laute Stimme hallte durch den Saal.

Brian steckte sein Handy ein, drehte sich auf seinem Stuhl um und sah, wie Walter auf ihn zukam. Er hatte Walter kennengelernt, kurz nachdem er das erste Mal mit Diane ausgegangen war. Damals war Walter ein adretter Mann gewesen, der jeden Tag joggen ging und selten trank. Ein paar Frauen später hatte sich das geändert. Heute Abend sah Walter in seinem Anzug wie ein ausgestopfter Pinguin aus. Rollen überschüssiger Haut quollen über seinen Kragen, während er durch den Saal watschelte. Zumindest machte er nicht einen auf Donald Trump und rasierte sich die wenigen Haarsträhnen ab, die ihm noch geblieben waren.

Brian erhob sich von seinem Stuhl. Er mochte den Mann vielleicht nicht unbedingt und fand, dass er Diane etwas zu oft ausnutzte, aber er musste sich nett verhalten.

»Walter.« Brian streckte ihm die Hand entgegen und zwang sich, trotz Walters verschwitzter Hand keine Grimasse zu ziehen.

»Wo ist dein Mädchen? Ich habe bisher kaum mit ihr reden können.«

Brian hielt sein Lächeln aufrecht. »Meine Frau« – nachdrückliche Betonung auf *meine* – »ist hier irgendwo.« Er steckte die Hände in seine Jackentaschen und drehte sich leicht auf dem Absatz um, um über die Menge zu schauen, obwohl er in Wirklichkeit nur dem unvermeidlichen Small Talk aus dem Weg gehen wollte.

»Das ist heute ein wichtiger Abend für sie.« Die Kraft, mit der Walter seine Hand auf Brians Rücken schlug, ließ ihn ein

Stück nach vorn stolpern. »Ihre gesamte Welt wird sich verändern und ich könnte nicht glücklicher sein. Sie verdient es.«

Brian blickte zurück zu Walter. Woher wusste er das? Diane hatte doch bestimmt nicht Walter von ihren Neuigkeiten erzählt, wenn sie beide noch nicht einmal die Gelegenheit gehabt hatten, darüber zu reden. Das würde sie nicht tun.

»Worüber redet ihr Männer?« Diane trat hinter Brian hervor und hakte sich bei ihm unter.

Brian beugte sich zu ihr und gab ihr einen kleinen Kuss auf die Wange. »Darüber, wie toll du bist, Schatz.«

Diane strahlte ihn an. In ihren Augen lag ein Leuchten, das ihn faszinierte. Sein Herz raste beim Gedanken daran, warum sie so glücklich war. Die vorherigen Bedenken waren wohl zerstreut. Die Realität des Lebens, das in ihr wuchs, musste ihr klar geworden sein.

Der Lärm im großen Saal verstummte, als Diane mit ihrem Buttermesser gegen ein Glas pochte. Walter stieg die Stufen hoch, stellte sich aufs Podium und zog seine Anzugjacke zurecht.

Sie setzte sich mit verschränkten Fingern neben Brian. Er wusste, dass sie nervös war. Das war ein wichtiger Abend für sie. Ein Abend, für den sie lange und hart gearbeitet hatte. Sie verdiente jeden Augenblick davon.

Er fragte sich nur, wie sich all das ändern würde, wenn ihr Baby geboren war.

Brian streckte seine Hand aus und verschränkte seine Finger in ihren. Er rieb mit seinem Daumen über ihre weiche Haut und konnte nicht glauben, wie kalt sie sich anfühlte.

»Ich möchte Ihnen allen dafür danken, dass Sie heute Abend gekommen sind. Das ist ein feierlicher Anlass. Viele fantastische Dinge sind bei HK Solutions geschehen, aber lassen Sie mich Ihnen sagen« – Walter hielt für den dramatischen Effekt inne – »nichts davon wäre ohne jeden von Ihnen hier heute Abend möglich gewesen. Applaudieren Sie sich selbst; Sie haben es verdient!« Es gab eine Rückkopplung im Soundsystem, als Walter direkt in das Mikrofon vor sich klatschte. Brian stöhnte und warf den Jungs vom Sound drüben in der Ecke einen Blick zu. Die beiden schüttelten den Kopf und drehten an ihren Soundboards.

Diane entzog Brian ihre Hand und klatschte. Ihr Blick war angespannt und sie hielt ihre volle Aufmerksamkeit nach vorn gerichtet.

Während Walters Stimme weiter den Saal füllte, musterte Brian seine Frau. Irgendetwas stimmte nicht; das konnte er sehen. In ihren Augen lag kein Funkeln, keine Aufregung über die Ereignisse dieses Abends, besonders, da es doch eigentlich um sie ging. Jede Faser in ihrem Körper war angespannt, jede Bewegung einstudiert.

Er schob seinen Stuhl näher und legte seinen Arm auf ihre Stuhllehne. Sie zuckte zusammen, als er seine Hand auf ihre Schulter legte.

»Entspann dich. Walter wird nichts Dummes tun.« Er zwinkerte ihr zu. »Okay, vielleicht spricht seine bisherige Bilanz gegen ihn, aber heute hat er sich bisher doch gut angestellt, oder?«

Vor Jahren hatte Walter mitten in einer Rede eine verrückte neue Idee verkündet und behauptet, damit würde das digitale Zeitalter für Blinde so verändert, dass es die Welt verblüffen würde. Diane musste nächtelang durcharbeiten, nur um herauszufinden, was Walter eigentlich wollte, und es hatte eine Weile gedauert, aber sein Plan, das erste Software-Unternehmen in San Francisco zu werden, das gesprochene Sätze automatisch in geschriebenen Text umwandelte, war Realität geworden.

»Es gibt immer ein erstes Mal, nicht wahr?« Ein kleines Lächeln umspielte ihre Lippen.

»Genau.« Brian nickte und freute sich, sie lächeln zu sehen.

Walter fuhr fort, erzählte von Statistiken, wie gut sich das Unternehmen im Vergleich zum Vorjahr gemacht hatte und vom Wachstum und von der Expansion im Vertriebsbereich. Brian sah, wie sich Dianes Lippen bewegten, und wusste, dass sie die Rede für ihn geschrieben hatte.

»Es ist Zeit«, murmelte Diane.

»Endlich«, stöhnte Brian. Diane stieß ihm ihren Ellbogen in die Rippen, während Neil neben ihm kicherte. Brian grinste den Mann an.

»Bevor wir den heutigen Abend beenden, gibt es ein paar Leute hier im Saal, denen ich für ihr Engagement und ihre Motivation danken will und dafür, dass sie mich auf Trab gehalten haben.«

Gelächter erfüllte den Saal und Walter stand mit stolzgeschwellter Brust da. Brian war versucht, die Sekunden zu zählen, bis ein Knopf abplatzte.

»Als Erstes … Neil, kommen Sie doch bitte mal herauf.«

Brian konnte sich ein Grinsen nicht verkneifen, als ein verblüffter Neil sich von seinem Sitz erhob und seine Jacke zuknöpfte. »Was ist los?«, flüsterte Neil Diane zu.

»Geh schon rauf.« Diane lächelte und begann zu klatschen, was den Rest des Tisches und dann den Saal dazu zwang, es ihr gleichzutun.

Brian hatte Mitleid mit Neil. Die Wangen des armen Kerls brannten und er stolperte fast, als er die Stufen hochstieg. Walter ging auf ihn zu, um ihm zu helfen.

»Neil hier ist einer derjenigen, die mich auf Trab halten. Er kommt immer mit neuen Ideen zu mir, möchte neue Gerätschaften kaufen, die unsere Produktivität erhöhen, und zwingt mich, bei meinen innovativen Träumen langsamer vorzugehen. Anscheinend ist das, was ich will, nicht immer verfügbar und ich brauche Leute wie Neil, die mich ab und zu auf den Boden der Tatsachen zurückholen.«

Brian hatte nicht geglaubt, dass Neils Gesicht noch röter werden könnte, aber er hatte sich geirrt. »Neil« – Walters Klatschen auf Neils Rücken hallte hörbar durch das Mikrofon – »Sie haben diesem Unternehmen Ihre Leidenschaft geschenkt. Sie haben mir wieder und wieder bewiesen, dass Sie ein Mann sind, den ich an meiner Seite brauche. Daher habe ich entschieden, dass Sie der Leiter unserer technischen Abteilung werden. Glückwunsch!« Walter trat zurück und klatschte mit breitem Grinsen in die Hände. Brian stand zusammen mit Diane auf, um seine Unterstützung zu zeigen.

Neil stand mit einem törichten Grinsen im Gesicht da. »Äh, wow, äh … danke.«

»Aber jetzt lassen Sie sich das bloß nicht zu Kopf steigen. Denken Sie daran, ich bin noch immer für dieses Unternehmen verantwortlich, und wir können nicht all diese neumodischen Apparaturen installieren, die Sie einfordern.« Er zwinkerte Neil zu.

»Lassen Sie uns Montag weiterreden.« Neil zuckte nonchalant mit den Achseln. Walter kämpfte um die richtigen Worte und Diane verschluckte sich fast an ihrem Wasser.

Donnernder Applaus klang durch den Saal, als Neil vom Podium trat. Brian schüttelte dem fassungslosen Mann die Hand.

»Sie haben es verdient.«

Neil schob die Brille nach oben. »Das ist doch nur ein gut klingender Titel.«

Brian lächelte mitfühlend und machte Platz für Diane. Sie umarmte Neil und legte ihre Lippen dicht an sein Ohr. Brian konnte nicht hören, was sie sagte, aber wenn er Neils hängende Schultern richtig deutete, war es zweifellos eine freundlich ausgesprochene Drohung. Er wusste, wie sehr Diane darum gekämpft hatte, dass Neil weiter in Walters Gunst blieb. Wenn es nach ihm gegangen wäre, hätte Neil schon vor einem Jahr gehen müssen, nachdem Walter ihr Netzwerk zum Zusammenbruch gebracht und Neil ihn für seine Sorglosigkeit angeschrien hatte.

»Diane, komm doch bitte hoch«, rief Walter.

Brian ergriff die Hand seiner Frau. Sie wirkte plötzlich zerbrechlich.

»Ich liebe dich«, flüsterte er. Ihre Lippen zitterten leicht, als sie ihm einen Kuss zuwarf und sich in Richtung Bühne aufmachte.

Was ging da vor sich? Sie war wegen heute Abend so aufgeregt gewesen. Das war der Abend, für den sie so hart gearbeitet hatte – warum wirkte sie so zögerlich? Was immer Walter auch vorhatte, er hoffte nur, dass es nicht zu viel Druck auf Diane ausüben würde.

Erneut füllte Applaus den Saal, als Diane die Bühne betrat. Brian schwoll die Brust, stolz, diese sinnliche Frau, die den Saal fest im Griff hatte, seine Frau nennen zu dürfen.

»Diese Frau hier ist ein Grundpfeiler unseres Unternehmens. Ich kenne sie, seit sie ein Teenager mit ihrem eigenen Kopf war, und wusste schon damals, dass sie etwas Besonderes ist. Sie ist mit mir durch dick und dünn gegangen, als HK Solutions zu dem Unternehmen heranwuchs, das ich mir erträumt hatte. Ich traue niemandem mehr als dieser Frau. Und, Leute, ohne Diane wären wir nicht da, wo wir heute sind. Sie ist nicht nur die perfekte Geschäftspartnerin, sondern auch eine liebe Freundin und ein Teil meiner Familie. Sie ist die Tochter, die ich niemals hatte, doch immer wollte, und ich bin sehr froh, sie an meiner Seite zu haben, während wir zusammen neue Wege in der aufregenden Welt der Softwareerstellung für Blinde beschreiten.«

»Oh. Das ist reizend«, murmelte Neil.

»Mit Stolz darf ich nun verkünden, dass« – es gab eine kurze Pause – »Diane Wright ab jetzt nicht mehr die Vizepräsidentin von HK Solutions ist, sondern die Gesamtgeschäftsleitung innehat, während ich die Rolle des operativen Geschäftsführers übernehme!«

Enthusiastischer Applaus folgte dieser Ankündigung.

»Hat er gerade das gesagt, was ich meine, gehört zu haben?«, fragte Neil.

Brian saß wie betäubt da, sprang dann von seinem Stuhl auf und klatschte wie wild. Das war es! Alles, wofür Diane so hart gearbeitet hatte. Sie hatten erwartet, dass Walter ein Jahr Training verkünden würde, in dem Diane Seite an Seite mit Walter arbeiten konnte, bevor sie die Position der Geschäftsleitung übernahm. Aber das war mehr. Mehr als erwartet. Mehr als erhofft. Er hätte in diesem Augenblick nicht stolzer auf sie sein können.

Kein Wunder, dass Walter auf der Anwesenheit der Medien bestanden hatte.

Ihr strahlendes Lächeln und die Art, wie sie nach dem Rand des Podiums griff, um sich abzustützen, verrieten Brian, dass sie das ebenfalls nicht erwartet hatte. Er bedeutete ihr wortlos, dass er sie liebte, und sah es reflektiert in ihren Augen, bevor sie sich zu Walter umdrehte, ihre Arme um ihn legte und ihn fest drückte.

Heute Abend, mit dieser Verkündung, waren Dianes sämtliche Träume in Erfüllung gegangen.

Aber wie passte da ein Baby ins Bild?

5

Diane

Gegenwart – März

Mozart lief im Hintergrund und ich saß im Schaukelstuhl, den wir für Grace' Zimmer gekauft hatten. Ich blickte auf sie herab, wie sie so in meinen Armen lag. Mir schien, das war alles, was ich die ganze Zeit tat. Ich konnte sie stundenlang anschauen, und tatsächlich tat ich das auch.

Es war auch schwer, das nicht zu tun. Sie war das perfekteste Baby, das ich je in meinem Leben gesehen hatte.

Ich griff nach meinem Handy und schoss ein Foto, das ich Brian schicken konnte. Ich hatte ihm wahrscheinlich schon mehr als hundert Fotos geschickt, seit wir aus dem Krankenhaus nach Hause gekommen waren. Ich wollte, dass er keinen einzigen Moment verpasste.

»Dein Daddy wird sich in dich verlieben, sobald er dich im Arm hält. Das weiß ich genau.«

Ich hielt sie in meiner Armbeuge und wartete darauf, dass sie lächelte. Ihr Lächeln erinnerte mich immer an Brian, wodurch ich ihn nur noch mehr vermisste. Heute Morgen hatte ich an einem Wortsuchrätsel gearbeitet, das er für mich gemacht hatte, ein Liebesrätsel. Es hatte mich zum Lächeln gebracht, Wörter wie *Schatz* und *Eisbecher* einzukreisen, wohl wissend, dass er jedes Wort mit einer bestimmten Erinnerung im Hinterkopf ausgewählt hatte.

»Diane?« Nina steckte den Kopf ins Zimmer. »Magst du nicht rauskommen und mir bei einer Tasse Tee Gesellschaft leisten?«

»Aber gern.« Ich erhob mich vorsichtig vom Stuhl und versuchte, Grace dabei ruhig zu halten.

Ganz langsam wurde es etwas leichter. Mutter zu sein war nicht so einfach, wie ich gedacht hatte, selbst mit einem Kindermädchen im Haus. Wenn ich zu Hause war, wollte ich mich selbst um meine Tochter kümmern; zumindest hatte ich gedacht, dass ich das wollte. Aber mehr und mehr zeigte sich, dass ich von Ninas Hilfe abhängig war, selbst bei kleinen Dingen wie dem Aufwärmen der Fläschchen oder dem Suchen nach der Ursache, wenn Grace weinte, obwohl es keinen Grund zu geben schien.

»Leg sie doch für ein Nickerchen hin.« Nina kam herein und legte eine frische Decke in das Körbchen, das ich in das Kinderbett gestellt hatte.

Ich biss mir auf die Lippe. Ich wollte sie wirklich nicht hergeben. Ich liebte es, sie zu halten.

»Dem Engelchen geht's gut. Das Babyfon ist eingeschaltet, du wirst also jedes Geräusch hören.«

Ich zögerte trotzdem.

»Wir sollten unten einen Laufstall oder so etwas aufstellen, in dem sie schlafen kann.« Es war mir lieber, sie in meiner Nähe zu haben.

»Vertraust du mir?« Ein paar Strähnen hatten sich aus Ninas Pferdeschwanz gelöst und hingen ihr ins Gesicht. Sie streckte die Arme nach Grace aus und ich gab sie bedenkenlos her. In dem Augenblick, in dem sie meine Arme verließ, seufzte ich. Ich hätte das nicht tun sollen. Ich hätte sie hinlegen können. Ich musste lernen, wieder mehr Dinge selbst zu tun. Nina würde nicht ewig hier sein.

»Das tue ich.« Ich seufzte. »Ob ich den Bogen jemals raushaben werde?«

Nina legte Grace in ihr Bettchen. Ich stand neben meinem Baby und richtete ihr Kleid. Ich liebte dieses Outfit. Ich hatte es erst vor ein paar Wochen online gekauft. Ein cremefarbenes Kleidchen mit dunkelrosa Schleifen am Saum, an den Ärmeln und am Ausschnitt. Das Kleid war ziemlich lang und reichte ihr bis zu den Zehen, daher hatte ich ihr keine Strumpfhose angezogen. Ich fand Strumpfhosen immer sehr unpraktisch, wenn ich sie ausziehen musste, um ihre Windeln zu wechseln. Ich hatte ein Paar gestrickte Babyschuhe in einer Kommodenschublade gefunden, ein Geschenk von Walter, während ich Bettruhe gehabt hatte. Und das war nicht das Einzige, was er geschickt hatte. Fast täglich war entweder ein Päckchen gekommen oder er kam selbst am Abend vorbei und brachte mir etwas, eine Decke, ein Kleidungsstück oder etwas Besonderes für mich. Das hatte allerdings aufgehört, nachdem ich Grace nach Hause gebracht hatte. Einmal war er mit einem Geschenk vorbeigekommen und hatte es an der Vordertür abgestellt, als niemand reagierte. Es war eine Puppe für Grace gewesen. Doch seit jenem Zeitpunkt hatte er Abstand gehalten, was mich mehr störte, als ich zugeben wollte.

»Süße Träume, meine kleine Prinzessin.« Ich beugte mich zu ihr, um ihr einen Kuss zu geben.

Wie konnte es nur möglich sein, ein Kind so zu lieben, wie ich sie liebte?

Ich schloss die Tür zu ihrem Zimmer und folgte Nina nach unten. Ein frischer Wind wehte durch die offenen Fenster am Fuß der Treppe.

Auf der Küchenanrichte stand ein Tablett mit Tee und einem Teller Obst und Scones.

»Ich dachte, wir könnten uns nach draußen setzen.«

Die Scones sahen köstlich aus. Ich liebte es, zu kochen, konnte aber nicht backen, und nachdem Nina erfahren hatte, wie sehr ich Gebackenes liebte, verwöhnte sie mich einmal die Woche mit Muffins, Kuchen oder Scones. Meine Lieblingsspeise waren ihre Croissants und die Vanille-Scones, die sie heute mitgebracht hatte. Sie schnitt ein paar Scheiben Butter ab und legte sie auf einen kleinen Teller. Mir lief das Wasser im Mund zusammen. Ich ging zur Hintertür, aber Nina hielt mich auf.

»Ich habe gedacht, wir könnten heute stattdessen auf der vorderen Veranda sitzen.«

Ich blieb wie erstarrt stehen. Meine Kehle wurde trocken, ich konnte nicht mehr schlucken und ein plötzliches Frösteln überkam mich, sodass sich die Härchen auf meinen Armen aufrichteten.

»Ich würde lieber hinten sitzen.« Meine Stimme zitterte leicht.

»Hast du die Blumenbeete vorn gesehen? Die Tulpen kommen gerade heraus und man kann schon sehen, wie der Flieder zu blühen beginnt. Meine Mutter hatte damals Fliederbüsche in unserem Vorgarten. Ich hatte ganz vergessen, wie sehr ich den Duft liebe.« Nina plapperte so dahin, während sie meine Hand ergriff und mich von der Hintertür wegzog. »Kannst du das Tablett tragen? Aber sei vorsichtig, die Kanne ist voll. Ich nehme das Babyfon und eine Decke, falls dir der Wind zu kalt wird.« Sie reichte mir das Tablett. Ob ich wollte oder nicht, ich würde zur Vordertür hinausgehen.

Es war nicht so, dass ich nicht gern auf der vorderen Terrasse saß, ich konnte es nur einfach nicht.

Vor langer Zeit war ich morgens immer laufen gegangen. Ich stand auf, schnürte meine Schuhe, band mein Haar zu einem Pferdeschwanz und lief hinaus. Es spielte keine Rolle, ob die Sonne schien oder Sturmwolken am Himmel standen. Ich lief durch die Straßen, die sich durch die Vorstadt schlängelten, und hielt später an einem Coffeeshop, um mit den Angestellten dort zu schwatzen, während ich meinen Chai Latte trank.

Als wir in dieses Haus zogen, hatte mir besonders gefallen, dass wir nur ein paar Blocks von einem Stadtpark entfernt waren, in dem ich laufen konnte. Ich freute mich darauf, wieder zu trainieren, nachdem Grace geboren war. Ich hatte sogar einen dieser Babyjogger gekauft, damit ich sie mitnehmen konnte, aber seit ihrer Geburt traute ich mich kaum noch nach draußen. Ich hatte es lediglich geschafft, in unserem Garten zu sitzen und ein paar Minuten die Sonne in mich aufzusaugen, wobei ich sicherstellte, dass Grace in dieser Zeit im Schatten und vor Insekten geschützt war.

Ich konnte problemlos zur Arbeit gehen. Ich konnte während der Arbeitszeit und auf dem Weg nach Hause Botengänge erledigen, aber sobald etwas anderes von mir erwartet wurde, geriet ich in Panik.

So wie jetzt.

»Du schaffst das, Diane.« Nina ging mir voraus.

Ich hatte mich mental auf die schlaflosen Nächte vorbereitet, auf meine Unfähigkeit im Umgang mit einem neugeborenen Baby. Aber nichts hatte mich auf den emotionalen Aspekt vorbereitet. Ich war in so vielen Dingen stark, aber wenn es darum ging, mich mit Grace außerhalb der eigenen vier Wände zu bewegen, konnte ich es nicht.

Es war, als gäbe es da eine tiefe Angst in mir, dass etwas schiefgehen könnte und ich dann nicht wüsste, wie ich mit der Situation umgehen musste. Was, wenn sie hinfiel? Was, wenn sie weinte und ich sie nicht dazu bringen konnte, aufzuhören? Was, wenn sie krank wurde – oder, noch schlimmer, starb – und es nichts gab, was ich tun konnte?

Es war sicherer, zu Hause zu bleiben, wo ich wusste, dass ich nicht allein war.

»Denk daran, Grace ist sicher in ihrem Bettchen. Hier sind nur du und ich, die eine Tasse Tee trinken.« Nina hielt mir mit einem aufmunternden Lächeln die Tür auf.

Richtig. Nur ich. Grace war sicher. Das war nichts anderes, als wenn ich zur Arbeit ging oder einen Kaffee im Innenhof eines Cafés trank. Ich konnte das.

Aber ich konnte es eben nicht. Meine Füße waren wie angewurzelt und weigerten sich, zu gehen, und mein Herz war dabei, aus meiner Brust zu springen. Ich starrte auf Nina, auf die Tür und dann auf das Tablett in meinen Händen und hatte das Gefühl, als wäre ich Alice im Wunderland, die auf alles herabblickte, das plötzlich schrumpfte. Der Boden unter meinen Füßen gab nach und ich wäre hindurchgefallen, ganz sicher, hätte Nina nicht den Arm ausgestreckt und mich gehalten.

Die Tassen klapperten, heiße Flüssigkeit spritzte auf das Tablett und Tropfen landeten auf meinen Fingern, die den Tablettgriff fest umklammert hielten.

»Tief durchatmen, Diane. Atme einmal tief ein.«

Nina atmete ein und ich folgte ihrem Beispiel. Wir atmeten zusammen aus. Sie trat ein paar Schritte zurück und schob die Zwischentür auf. Ich machte einen Schritt nach vorn, dann noch einen. Ich versuchte, den Druck auf meiner Brust zu ignorieren sowie die Tatsache, dass sich meine Augen mit Tränen füllten. Ich versuchte, alles zu ignorieren, bis auf die Frau, die darauf wartete, dass ich nach draußen trat.

Meine Hände zitterten, aber ich machte einen weiteren Schritt. Ich sah nichts mehr um mich herum. Ich konzentrierte mich nur auf Nina und ihr Lächeln.

In dem Augenblick, in dem ich es geschafft hatte, die Schwelle zu überschreiten und die Veranda zu betreten, verschwand das Gewicht, das sich so hart gegen meine Brust gedrückt hatte. Es war seltsam. Ich genoss den Sonnenschein, die frische Luft und das Gefühl von Leben um mich herum. Nina nahm mir das Tablett ab und stellte es auf dem Korbtisch ab.

»Ist irgendetwas mit den Möbeln passiert? Ich dachte, sie wären weiß.«

Wir hatten ein Set bei einem privaten Flohmarkt in der Nähe erstanden, als wir eingezogen waren. Brian war entschlossen gewesen, sich anzupassen; er wollte nicht, dass wir so städtisch aussahen, obwohl ich fand, dass das hier gar keine Rolle spielte. Als wir frisch verheiratet waren, waren wir oft auf Flohmärkten gewesen, aber mittlerweile nahmen wir uns dafür nicht mehr die Zeit. An den wenigen Samstagen, an denen wir freihatten, genossen wir es, einfach im Bett zu liegen, frische Croissants zu essen, dabei Kaffee zu trinken und Zeitung zu lesen. Aber es hatte einen Flohmarkt gegeben und Brian meinte, das wäre eine gute Möglichkeit, unsere Nachbarn kennenzulernen. Was wir auch getan hatten.

Bob und Jenny wohnten mit ihren vier Kindern die Straße runter. Chad und Natasha lebten zwei Häuser weiter in einem Haus voller Hunde. Sherri und Darryl wohnten eine Querstraße entfernt mit ihren Kindern, die allein ein Hockeyteam stellen konnten. Jedes Paar, das wir getroffen hatten, hatte Kinder. Wir schienen das einzige kinderlose Paar in der Gegend zu sein, abgesehen von Doug und Leona, die nebenan wohnten. Sie waren etwas älter und zweifellos würden in ihrem Garten bald Enkelkinder umhertollen.

Nach diesem Flohmarkt waren die Nachbarn mit Essen zu uns gekommen, um uns in der Nachbarschaft zu begrüßen, und wir hatten mehr Kommentare zu dem Korbmöbelset, das wir in einem Haus gegenüber vom Park gekauft hatten, bekommen, als ich zählen konnte. Es fühlte sich fast an, als wäre ich bei *Desperate Housewives* gelandet. Ich wartete schon beinahe darauf, dass Bree Van de Kamp mit einem Korb frisch gebackener Muffins vor der Tür stand.

»Na, ist das nicht nett?« Nina ignorierte meine Frage, setzte sich und goss den Tee ein. Er war etwas stark geraten, aber das war meine Schuld.

Ich sank in meinen Sessel und stieß einen langen Seufzer aus. Es war nett. Der Tag war wunderschön.

Nina stellte das Babyfon auf dem Tisch zwischen uns ab und drehte die Lautstärke auf. Ich lächelte dankbar, lehnte mich zurück, genoss die frische Luft und versuchte, mich zu entspannen.

Immer ein Schritt nach dem anderen. Mehr nicht. Nur ein Schritt, bis ich wieder die Frau sein würde, die ich vorher gewesen war. Ich hatte keine Ahnung gehabt, dass ich mich so drastisch ändern würde, sobald ich Grace hatte. Niemand hatte mich auf die emotionale Anstrengung und die Unsicherheiten vorbereitet.

»Hast du irgendetwas von Brian gehört?« Es schien schon ewig her, dass ich das letzte Mal mit meinem Mann gesprochen hatte. Ich wusste, dass er beschäftigt war; er war immer beschäftigt, wenn er im Ausland war, und der Zeitunterschied war auch nicht gerade hilfreich. Er hatte mir mal erzählt, dass er bei seinen Auslandsreisen immer versuchte, vor dem Zeitplan fertig zu werden, also störte ich ihn nur ungern.

»Das Telefon hat in letzter Zeit kaum geklingelt.« Nina nippte an ihrem Tee, ihr Blick war auf den Rasen gerichtet.

»Warum hat er nicht angerufen? Das ist nicht typisch für ihn. Er müsste jetzt jeden Tag nach Hause kommen, aber ich kenne nicht mal seinen Flugplan.« Ich biss mir auf die Lippe. »Ich weiß noch nicht einmal, ob er sich irgendwelche der Bilder von Grace angeschaut hat, die ich ihm geschickt habe.«

Nina stellte ihre Tasse auf dem Tablett ab. Ich bemerkte, wie sie sich langsam zu mir drehte. Ich fragte mich, ob sie sich irgendwie den Rücken verletzt hatte.

»Hast du das? Bilder gemacht?«

Ich nickte.

»Ich fotografiere sie doch so gern. Ich sollte auch an ihrem Babyalbum arbeiten. Ich habe es heute Morgen in ihrem Zimmer gesehen. Ich hatte es fast vergessen.«

»Ich auch.« Ninas Stimme war leise. Sie warf mir einen kurzen, flüchtigen Blick zu.

»Vielleicht« – ich lächelte Nina an – »wird das mein Nachmittagsprojekt. Wir könnten uns in den Garten setzen und es zusammen durchgehen. Die ersten Tage nach Grace' Geburt sind etwas verschwommen, ich brauche also dich, um die Lücken zu füllen.«

»Ich dachte, wir könnten heute einen Spaziergang machen. Ein bisschen Bewegung an der frischen Luft bekommen. Weißt du noch, dass du wieder anfangen wolltest zu laufen?«

Mir fiel auf, dass Nina meine Idee völlig ignoriert hatte.

»Ich bin noch nicht bereit für einen Spaziergang. Ich würde heute lieber mit Grace entspannen und am Babyalbum arbeiten.«

Nina seufzte. »Ich wünschte, du würdest dir das mit dem Spaziergang überlegen. Wir können danach an dem Album arbeiten.«

Der Gedanke daran, Grace mit in die Öffentlichkeit zu nehmen, zu einem Spaziergang, wo jeder sie würde anstarren und berühren und halten wollen und Keime auf sie übertragen konnte … nein. Es war zu früh.

Immer ein Schritt nach dem anderen. Aber es mussten Schritte sein, zu denen ich auch bereit war. Nicht welche, die Nina mir aufzwang.

Ich wusste, dass sie sich Sorgen um mich machte. Über meinen Geisteszustand. Ich hatte sie letzte Nacht beim Telefonieren gehört. Sie war besorgt, dass ich mich zurückzog und Grace als Entschuldigung benutzte. Aber das war nicht wahr.

Zog ich mich zurück? Ja. Natürlich. Ich konnte es fühlen. Es war, als würde mein Gehirn nicht mit der Person zurechtkommen, die ich einst gewesen war. Jene Diane war ein Workaholic und diese Diane war eine Mutter. Ich war mir nicht sicher, wie ich diese beiden Identitäten vereinen sollte. Aber war das ein Grund zur Besorgnis? Kaum. Das war sicherlich für die meisten arbeitenden Mütter normal. Der Gedanke, nur wenig Zeit zu haben, um damit zurechtzukommen, ein Kind zu haben, war lächerlich.

Und ich war noch nicht bereit für die Veränderung. Schlicht und einfach.

»Oh, sieh mal, du hast Gäste.« Nina erhob ihre Stimme und stand auf.

Chad und Natasha, unsere Nachbarn zwei Häuser weiter, kamen in unsere Richtung. Sie gingen Arm in Arm, Natasha trug einen Korb. Ich mochte die beiden. Brian und ich fanden, dass sie sympathisch und ehrlich waren. Ich hatte sogar die Hoffnung, dass Natasha und ich eine Art Freundschaft entwickeln könnten.

Meine Hände zitterten, als ich so dasaß.

»Diane, komm und sag Hallo«, sagte Nina über ihre Schulter gewandt. Ihre Stimme war leise, damit nur ich sie hörte.

Ich schüttelte unmerklich den Kopf und schluckte schwer. Ich wollte niemandem Hallo sagen. Ich wollte keine Konversation betreiben, plaudern oder irgendeine Art von Small Talk führen. Ich wollte niemandem irgendetwas erzählen und ich wusste, das würde ich tun müssen. *Wo ist Brian? Wie geht es Grace? Wir haben euch in letzter Zeit gar nicht mehr gesehen.*

Das war mein Leben und nur meins. Ich brauchte niemanden, der mir nur im Weg war.

Ich sprang von meinem Stuhl auf und griff nach dem Babyfon.

»Ich höre Grace. Sag ihnen Hallo von mir.« Ich stürmte an ihr vorbei und schlug die Tür hinter mir zu.

Auf der untersten Stufe der Treppe, die in die erste Etage führte, sackte ich zusammen, versteckt vor neugierigen Augen, aber nahe genug, um das Gespräch mit anhören zu können.

»Wir wollten nur … das hier vorbeibringen und sehen, ob wir irgendetwas für Diane tun können«, sagte Natasha.

»Danke. Ich bin mir sicher, sie wird sich sehr freuen«, antwortete Nina. Sie wusste, dass ich in der Nähe war.

»Das muss eine sehr schwere Zeit für sie sein.« In Natashas herzlichem Tonfall schwang ein Beiklang von Mitgefühl mit, der mich hart traf.

Warum hatte sie Mitleid mit mir? Wir kannten uns doch kaum. Und warum war das so eine schwere Zeit für mich? Weil Brian weg war?

»Danke. Das wird sie sehr freuen.« Nina wiederholte ihre Aussage von zuvor.

Es gab einen Moment des Schweigens. Ich richtete mich auf, um aus dem Fenster zu schauen, und fing Chads Blick auf. In seinen Augen las ich etwas – Bedauern? Mitgefühl? Ich war mir nicht sicher.

»Lass sie wissen, dass wir da sind, falls sie uns brauchen sollte. Wo doch Brian …« Chad stockte, als Nina hustete. »Richtig, nun, äh, nun, wir sind da. Ich kümmere mich um den Rasen und all das … Zeug.«

»Und ich kann dir gern mal eine Auszeit verschaffen, wenn du das möchtest«, ergänzte Natasha. »Du weißt schon, mich mit Diane hinsetzen und eine Tasse Kaffee trinken oder so. Ich wollte in nächster Zeit einen Kuchen backen. Welchen isst sie denn am liebsten? Denkst du, das würde ihr gefallen?«

Ich sank zurück auf die Stufe und umklammerte meine Knie. So wie die beiden redeten, klang es, als wäre ich ein Sorgenfall.

War ich einer?

Die Schatten auf dem Boden wurden länger, während ich mit Grace im Arm ziellos durch das stille Haus wanderte.

Ich war kein Freund von Stille. Irgendetwas daran machte mich nervös.

Wenn Brian hier wäre, würde er mich aufziehen, dass ich nicht gern mit meinen Gedanken allein wäre. Und zum Teil hätte er recht.

Ich bevorzugte es, von Geräuschen umgeben zu sein, ob das nun Musik, der Fernseher oder das Surren des Geschirrspülers war. Es spielte wirklich keine Rolle, solange ich nur nicht allein in der Stille war.

Als ich aufwuchs, war unser Haus immer still. Zu still. Mein Dad saß vor dem auf stumm geschalteten Fernseher und trank ein Bier nach dem anderen. Ich verstand nie, wie er es am nächsten Tag überhaupt zur Arbeit schaffte, bis mir klar wurde, dass er funktionierender Alkoholiker war. Ich brauchte Jahre, um das zu erkennen. In dieser Stille wusste ich nie, was er tun würde, wenn ich meine Musik aufdrehen oder ihm eine Frage stellen würde.

Ich wusste, Nina gefiel das nicht, aber ich brauchte Geräusche. Ich hatte das Gefühl, sie kam mit leise gestelltem Radio durch den Tag, während ich immer die Lautstärke aufdrehte, wenn ich zu Hause war. Ich ließ oben unterm Dach sogar den Fernseher an.

Ich wusste, dass Grace die Geräusche mochte. Sie schien besser zu schlafen und lächelte, wenn ich ihr vorsang.

Ich war ruhelos, war aber nicht sicher, was ich tun wollte oder müsste.

»Wir sind ans Haus gefesselt und haben nichts zu tun.« Ich küsste Grace auf die Stirn und machte mich auf den Weg in mein Bürozimmer.

Es fühlte sich an, als wäre es Ewigkeiten her, dass ich zuletzt hier drin gewesen war. Ich hatte Nina gesagt, sie könnte es nutzen, wenn sie es brauchte. Als ich Bettruhe gehalten hatte, war ich nur in meinem Zimmer geblieben. Und seit Grace … nun, bis vor Kurzem war Arbeit das Letzte gewesen, was mir durch den Kopf ging.

Ich musste allerdings zugeben, so schwer es auch war, ins Büro zu gehen hatte sich gut angefühlt.

Statt wieder Vollzeit zu arbeiten, hatte ich Ninas Vorschlag übernommen und mit zwei Tagen pro Woche begonnen. Ich würde mich langsam hocharbeiten, bis ich so weit war, Grace so lange allein zu lassen.

Ich setzte mich in meinen großen Bürosessel und drehte ihn so, dass mir die Sonne ins Gesicht schien.

Sie rief mich zu sich, wollte, dass ich wieder nach draußen kam. Ich hatte sie an diesem Morgen genossen. Ich hatte mich fast normal gefühlt, als wäre in meiner Welt alles in Ordnung.

Traurig, wie solch ein kleines Ereignis mir dieses Gefühl geben konnte.

Ich hielt Grace vor mir und ließ sie auf meinen Beinen stehen. Sie war wackelig, aber es schien ihr zu gefallen, auf und ab zu zuckeln.

Aus dem Augenwinkel sah ich ein Fahrzeug in meine Einfahrt einbiegen, eins, das ich nicht erkannte. Aber in dem Augenblick, in dem sich die Autotür öffnete, wusste ich, wer es war.

Aufgeregt drückte ich mich aus dem Sessel und lief mit Grace im Arm zur Vordertür.

Meine kleine Schwester war da.

»Charlie!« Ich stand ein paar Schritte von der Zwischentür entfernt und wartete, dass sie hereinkam. Aber sie stand nur da.

»Komm rein, komm rein.« Ich tanzte auf der Stelle, während ich darauf wartete, dass sie die Tür öffnete.

Es fühlte sich an, als wäre es Jahre her, dass ich sie das letzte Mal gesehen hatte. Aber in Wirklichkeit waren es nur Monate. Ich konnte nicht glauben, wie sehr ich sie vermisst hatte.

»Dee, du siehst … O mein Gott, ich hab dich vermisst.« Als sie drinnen war, zögerte sie ein paar Sekunden, ließ dann ihre Taschen zu Boden fallen und umarmte mich.

Ich schlang meinen freien Arm um sie und drückte Grace fest an meinen Körper.

Beide hatten wir Tränen in den Augen, als wir uns ansahen.

»Es ist schon viel zu lange her«, sagten wir beide gleichzeitig und mussten lachen.

Schon immer war es bei uns so, dass wir den gleichen Gedanken hatten und ihn auch gleichzeitig aussprachen.

»Was machst du hier? Wo ist Marcus?« Ich war so froh, sie zu sehen. Es fühlte sich an, als würde in meinem Inneren ein Licht erstrahlen, und ich konnte meine Aufregung kaum unterdrücken. »Ich dachte, du wärst noch im Kongo oder an irgendeinem anderen gottverlassenen Ort.«

Charlie arbeitete zusammen mit ihrem Verlobten, Dr. Marcus Hilroy, als Kinderkrankenschwester für Ärzte ohne Grenzen.

»Ich habe mir Urlaub genommen, um Zeit mit meiner großen Schwester zu verbringen.« Charlie gab mir einen Kuss auf die Wange und blickte dann zu Grace.

Endlich! Ich konnte es kaum erwarten, sie vorzustellen.

»Charlie, das ist deine Nichte Grace.« Ich hielt Grace vor mir und wartete, dass Charlie sie nahm. Es war sehr selten, dass ich irgendjemand anders als Nina Grace halten ließ, aber das hier war anders.

Charlie zögerte und nahm dann Grace auf den Arm. Für einen Augenblick sah es so aus, als wüsste sie nicht, was sie mit einem Baby anstellen sollte. Sie schob Grace ein wenig hin und her, bis sie sie in ihrer Armbeuge hielt.

»Ist sie nicht wunderschön? Sie erinnert mich an eine dieser Precious-Moments-Puppen, die Mags uns jeden Samstagmorgen abstauben ließ, bevor wir nach draußen spielen gehen durften.«

Unsere Tante Maggie hatte uns nach dem Tod unserer Mutter aufgezogen. Sie war fantastisch und ich wünschte, sie hätte Grace kennenlernen können. Sie hätte sie geliebt. Leider war Mags vor drei Jahren an Brustkrebs gestorben.

Charlie grinste schief.

»Weißt du noch, wie sauer sie war, als wir eine zerbrochen haben?« Bei der Erinnerung daran blitzten ihre Augen vor Heiterkeit.

Ich lachte. Das hatte ich ganz vergessen. Tante Mags hatte uns nur selten bestraft, aber an diesem Tag hatte sie uns erwischt, wie wir mit den Figuren herumspielten, obwohl wir doch die Regale abstauben sollten. Charlie hatte eine fallen lassen, aber ich hatte sie gedeckt und behauptet, dass ich es gewesen wäre.

Sie wusste, dass wir logen, und schickte uns nur mit Toast und Milch zum Abendessen in unser Zimmer.

»Sie war wütender darüber, dass wir gelogen haben, als darüber, dass ihre Puppe kaputt war.« Ich blickte auf Grace in Charlies Armen. »Sie sieht genau wie eine dieser Puppen aus.« Ich streckte meine Arme nach Grace aus, wollte sie wieder im Arm halten.

»Das tut sie.« Charlie rieb sich den Nacken und schaute sich um.

Ich beäugte die Taschen an der Vordertür. »Wie lange kannst du bleiben?«

»Solange du mich brauchst.«

Ich wusste nicht, was ich darauf antworten sollte. Charlie blieb nur selten lange an einem Ort, wenn sie zwischen den Aufträgen bei Ärzte ohne Grenzen freihatte. Sie liebte es, die Welt zu sehen und neue Dinge zu erleben. Sie war Ende zwanzig, frisch verlobt und reiste daher nur selten ohne Marcus irgendwohin. Die beiden bevorzugten es, ihre freie Zeit so leicht und sorglos wie möglich zu verbringen, was ich gut verstehen konnte. Charlie war ein Sonnenstrahl in einer sonst dunklen Welt. Das war sie immer gewesen. Ich versuchte, alles dafür zu tun, dass sie niemals unter dem Herzschmerz in unserem Leben leiden musste.

Ich ging den Flur entlang voraus, im Vertrauen darauf, dass sie mir folgen würde.

»Kaffee?«, rief ich nach hinten über meine Schulter.

»O Gott, ja, bitte! Ich bin direkt vom Flughafen gekommen und hatte seit meiner Zwischenlandung in Heathrow keine Tasse Kaffee mehr.«

Ich setzte Grace im Laufstall ab, den ich aufgestellt hatte, nachdem Nina gegangen war, und griff nach der Kanne Kaffee, die ich bereits gekocht hatte.

»Also, wie kommt es zu diesem spontanen Besuch? Ich dachte, du würdest diesmal nicht vor Weihnachten zurück sein.« Ich goss zwei Tassen ein, bevor sie antwortete, füllte beide mit Sahne und stellte sie auf den Tisch. Dann nahm ich zwei Scones aus einer Dose und legte sie zu einer kleinen Dose mit Butter und Marmelade.

»Man hat dich in die Nähe eines Ofens gelassen?« Charlie beäugte die Scones.

»Was? Haha, sehr witzig.« Ich kochte sehr gern, aber Brian war der Bäcker in der Familie. Wie oft ich es auch versucht hatte, die einzigen Dinge, die ich backen konnte, kamen aus einer Packung und mussten nur noch zusammengerührt werden.

»Im Laden gekauft?« Charlie seufzte, als sie ihren Scone aufschnitt und damit begann, Marmelade darauf zu verteilen.

»Nein, mein Kindermädchen kann gut backen.«

Charlies Hand erstarrte. »Ein Kin… Kindermädchen?« Sie stolperte über das Wort.

Sie war wohl müde. Ich erklärte ihr, wie Nina zu uns gekommen war, und versuchte, die Sorge in ihren Augen zu ignorieren.

»Ich wünschte, Brian wäre hier. Er würde sich so freuen, dich zu sehen. Du hättest ihn anrufen sollen, als du in London gelandet bist. Er wäre bestimmt gekommen, um dich zu sehen. Er war ziemlich neidisch auf deinen letzten Trip, weißt du? Es war immer ein Traum von ihm gewesen, nach Afrika zu gehen.«

»Was das angeht …« Sie rührte in ihrem Kaffee und vermied es, mir in die Augen zu sehen. »Wie geht es dir?«

»Gut.« Ich zuckte mit den Achseln. »Es ist schwer, ihn nicht hier zu haben und Grace allein aufzuziehen. Aber …« Charlie legte ihre Hand auf meine und ich blickte hinüber zu meinem kleinen Mädchen. Ja, es war hart, alleinerziehend zu sein, aber ich würde Grace um nichts in der Welt eintauschen. Außerdem war es ja nicht für lange. Brian würde bald nach Hause kommen. Ich legte meine Hand über Charlies und fragte: »Weiß Walter, dass du zurück bist? Du weißt, er würde sich freuen, dich zu sehen.«

»Ich habe ihn angerufen, als ich gelandet bin.« Sie starrte zu Boden.

Ich versuchte, mich davon nicht stören zu lassen, aber es gelang mir nicht.

»Ich sollte ihn zum Essen einladen. Es ist schon eine Weile her, dass er hier war.«

Charlie stöhnte. »Ich glaube, er hat schon Pläne für heute Abend. Ich hab ihm gesagt, dass ich demnächst auf einen Kaffee bei ihm vorbeischaue.«

»Oder« – ich lächelte – »er könnte herkommen. Weißt du, ich glaube, er hat Grace noch gar nicht gesehen. Oh, warte … er ist einmal vorbeigekommen und hat ein Geschenk dagelassen. Eine Puppe.«

»Eine Puppe.« Charlie drehte ihren Kopf leicht von mir weg und blickte hinüber zu Grace.

»Sie sieht so niedlich aus, fast genauso wie Grace. Du musst sie sehen.« Die Puppe lag in Grace' Kinderbett. Ich konnte es kaum erwarten, bis sie älter war und mit ihr spielen würde.

Ich nahm meine Kaffeetasse in die Hand und lächelte. »Erinnerst du dich noch, wie Mags es liebte, eine Tasse mit heißem Wasser in den Händen zu halten? Sie schwor, es wäre die schnellste Art, einen Körper aufzuwärmen.«

»Ja.« Charlie nickte. »Wie läuft es mit dem Vermeiden?« Sie griff nach meiner Hand. »Wie geht es dir?«

»Es geht mir gut. Ist es das, was du hören willst? Es geht mir gut.« Ich wusste, worauf sie anspielte, aber ich wollte mich nicht darauf einlassen. Alle Diskussionen über unsere Mutter waren streng verboten.

»Diane.« Charlie seufzte. »Schließ mich nicht aus, okay? Ich mache mir Sorgen um dich. Wegen dir. Ich kam so schnell zurück, wie ich konnte. Du solltest jetzt nicht allein sein.«

»Hast du dich selbst mal angeschaut? Vielleicht sollte *ich* mir Sorgen machen.« Ich hatte versucht, nichts zu sagen, aber sie sah wirklich furchtbar aus. Dunkle Ringe unter den Augen, die Haare zu einem unordentlichen Pferdeschwanz zurückgebunden, ein Shirt, das so aussah, als müsste es entsorgt werden. »Wann hast du das letzte Mal geduscht?«

»Ich war im Kongo, Diane. Nicht im Wellnesscenter. Und du weißt, dass ich im Flugzeug nie gut schlafe.«

»Dann geh nach oben, dusche und schlaf eine Runde. Ich muss Grace sowieso ins Bett bringen. Du musst allerdings auf dem Boden schlafen, ist das okay? Nina schläft im zweiten Schlafzimmer.« Ich machte mir eine gedankliche Notiz, mit Nina darüber zu reden, in Grace' Zimmer ein Bett für Charlie aufzustellen. Wir benutzten ihr Zimmer sowieso nicht viel.

»Nina?«

»Unser Kindermädchen. Du wirst sie mögen; sie ist außerdem Krankenschwester.«

Charlie griff nach dem Tischrand, um aufzustehen, zögerte aber.

»Hör zu, Diane. Es gibt noch einen anderen Grund, warum ich hier bin.« Mit einem traurigen Lächeln blickte sie zum Laufstall, in dem Grace schlief.

Ich wusste genau, was sie mir sagen wollte.

»Charlie! Ich freue mich ja so für dich!« Ich stürmte zu ihr, drückte sie fest an mich und war schockiert, als sie mich von sich schob.

»Was meinst du?« Verwirrt runzelte sie die Stirn.

»Oh … ich … ich dachte nur.« Ich stolperte über die Worte, beschämt, dass ich mich so irren konnte.

Charlie zwirbelte das Ende ihres langen Pferdeschwanzes zwischen ihren Fingern.

»Du dachtest, ich wäre schwanger?« Sie atmete aus und starrte an die Decke. »Nein, aber darüber wollte ich mit dir reden.«

Grace begann zu jammern und ich wusste, dass es nur eine Frage der Zeit war, bis sie zu weinen anfangen würde. Ihr

Weinen war etwas, das ich schlimmer als alles andere auf der Welt empfand. Es brach mir jedes Mal das Herz.

»Hör zu, geh erst mal duschen.« Ich drückte ihre Hand. »Wir können danach reden, okay?«

»Ich brauche nicht lange. Bin gleich zurück.« Charlie hatte einen Ausdruck in ihrem Gesicht, der mir nicht gefiel. Ein Ausdruck der Sorge.

»Ja, natürlich.« Ich nahm Grace hoch und in dem Augenblick, in dem sie mein Gesicht sah, leuchteten ihre Augen auf. Ich hielt sie dicht an mich gedrückt, strich ihr übers Haar, richtete das niedliche kleine Outfit, das ich ihr heute angezogen hatte, und bemerkte fast nicht, wie Charlie die Küche verließ. Ich sah sie kurz, als sie ihre Taschen über die Schultern hievte. Ich wollte ihr gerade etwas zurufen, sie daran erinnern, wo die Badetücher waren, oder nur, wie froh ich war, sie hier zu haben, aber das leise Echo ihrer Worte im Flur stoppte mich.

»Ist es das, was mit unserer Mutter geschehen ist?«

Ich erstarrte, als ich diese Worte hörte. Wie konnte sie das nur sagen? Unsere Mutter … O Gott, unsere Mutter war verrückt gewesen. Sie hatte eine Psychose gehabt und es brachte mich fast um, Charlie das sagen zu hören.

Mein ganzes Leben lang war immer meine größte Angst gewesen, dass ich wie unsere Mutter werden könnte, sobald ich ein Kind hatte. Aber das war nicht passiert. Ganz im Gegenteil. Grace hatte mich mehr verändert, als ich es je für möglich gehalten hatte. Sie hatte mich zu einem besseren Menschen gemacht.

Warum sagte Charlie also so etwas?

6

Ich rollte mich auf der Couch im Wohnzimmer zusammen und wartete auf Charlie. Ich versuchte, so zu tun, als würde mich ihr Kommentar von vorhin nicht belasten, aber das war sehr schwer.

Der Boden war wohl vor Kurzem gereinigt und entrümpelt worden. Nina musste in Aufräumstimmung gewesen sein, denn sämtliche Decken und Bücher, die ich auf Couch und Kaffeetisch hatte liegen lassen, waren durch Zeitschriften ersetzt worden.

»Tut mir leid, dass ich so lange gebraucht habe. Das heiße Wasser hat gutgetan.« Charlie stellte einen großen Karton neben der Couch ab und setzte sich zu mir.

»Was ist das?« Ich konnte meine Augen nicht von dem alten Pappkarton abwenden. Die Worte *Alte Sachen – Nicht wegwerfen* standen mit dickem, schwarzem Marker geschrieben oben und auf der Seite des Kartons, die ich sehen konnte.

Charlie zuckte mit den Achseln. Sie machte es sich im Schneidersitz auf der Couch gemütlich. »Nur etwas Kram, von dem ich dachte, dass du ihn vielleicht später durchsehen willst. Hast du schon zu Mittag gegessen?«

»Nur etwas Toast. Ich hatte keinen großen Hunger.« Ich war wirklich neugierig, was in dem Karton war. Was für alte Sachen mochten das sein, von denen Charlie wollte, dass ich sie durchsah? »Hast du Marcus Bescheid gegeben, dass du sicher hier angekommen bist?« Mir war vorhin aufgefallen, dass sie kaum über ihn geredet hatte. Noch etwas, das … seltsam war. Charlie und Marcus waren sich vor mehr als drei Jahren in Südamerika begegnet und seitdem unzertrennlich. Es war völlig klar, dass sie heiraten würden, und ehrlich gesagt war ich überrascht, dass sie es noch immer nicht getan hatten.

Sie drehte ihren Verlobungsring an ihrem Finger und zuckte dann leicht mit den Schultern.

»Wir nehmen uns eine Art … Auszeit.«

Ich sagte nichts dazu, aber in meinem Kopf schwirrten eine Menge Fragen herum. Eine Auszeit? Eine Pause? Was für eine Art Pause? Sie trug noch den Ring, also war es wohl keine dauerhafte Sache.

»Er hat mir ein Ultimatum gestellt und, na ja, wir wissen ja beide, wie ich auf so etwas reagiere.« Sie rollte mit den Augen.

»Ach was.« Charlie war bekannt für ihre Sturheit.

Charlie zuckte mit den Achseln, nahm sich eine *Oprah*-Zeitschrift und blätterte darin.

»Was wollte er?« Ich konnte nicht glauben, dass ich ihr alles aus der Nase ziehen musste.

»Ein Baby.«

Die Art, wie sie es sagte, ließ es so klingen, als würde die Welt enden, als wäre es das Schlimmste, was ihr passieren könnte. Und ich verstand es wirklich. Ich hatte einst genauso gedacht, bis ich Grace in meinen Armen hielt.

»Es ist nicht so schlimm, wie wir dachten, Charlie. Das ist es wirklich nicht.« Es war besser. Der Himmel anstelle der Hölle, die wir uns vorgestellt hatten.

»Das weißt du nicht.« Ihre Lippen verengten sich ablehnend.

»Doch, das tue ich. Sieh mich an. Es geht mir gut.« Ich beugte mich vor und berührte sanft ihr Knie.

Sie zog es von mir fort.

»Diane, wir haben einen Pakt mit Mags geschlossen, weißt du noch? Dass wir, wenn wir jemals Kinder wollten, sie nur adoptieren würden. Erinnerst du dich?«

»Wir waren Kinder. Wir hatten keine Ahnung, was wir da versprachen.« Ich lehnte mich zurück und bereitete mich mental auf dieses Gespräch vor. Ich wusste, wohin das führen würde, und sosehr ich es auch hasste, meine kleine Schwester brauchte es. Irgendwie musste ich ihr zeigen, dass die Dinge jetzt anders lagen.

»Ich hatte vielleicht keine. Aber du schon. Und Mags. Mags wusste es. Sie stand es mit uns zusammen durch.« Charlie seufzte. »Ich dachte, Marcus würde das verstehen. Er sagte, er täte es. Er sagte, dass er mit einer Adoption einverstanden wäre, und das ist er auch immer noch, aber … er will auch ein eigenes Kind. Und ich kann nicht. Du weißt das, ich weiß das. Ich dachte, er wüsste es auch.« Sie spielte wieder mit dem Ring an ihrem Finger. »Ich dachte, wir könnten alles haben. So wie du und Brian es hattet.«

»Haben.«

»Was?« Sie blickte mich verwirrt an.

»Haben. Du sagtest ›hattet‹. Du willst, was Brian und ich *haben*«, korrigierte ich sie.

»Diane …«

»Nein. Ich versteh schon«, unterbrach ich sie. »Glaub mir. Ich dachte, das, was wir hatten, wäre genug. Aber mit Grace hat sich so viel verändert. Zum Besseren. Als ich schwanger war, dachte ich, meine Welt würde enden. Ich dachte sogar an Abtreibung. Aber Brian überzeugte mich, die Vergangenheit loszulassen und unserer Zukunft eine Chance zu geben, und ich bin so froh, dass ich das getan habe. Nur weil unsere Mutter nicht zurechtkam …«

»Nicht zurechtkam?« Diesmal war es an Charlie, mich zu unterbrechen. »Sie litt an Wochenbettpsychose, Diane. Das war mehr als nur nicht zurechtkommen. Sie hat nicht unseren Bruder erstickt und sich dann umgebracht, weil sie nicht zurechtkam. Machst du Witze?« Sie sprang von der Couch auf und lief rastlos auf und ab. »Nein, du musst darauf nicht antworten. Du betrügst dich selbst, wenn du glaubst, sie wäre ›nur‹ nicht zurechtgekommen.«

Sie ballte ihre Hände zu Fäusten, während ich nur dasaß und nicht in der Lage war, zu antworten. Ich wollte nicht darüber reden. Das wusste sie. Wir redeten nicht über das, was unsere Mutter getan hatte. So kamen wir damit zurecht. So kam ich damit zurecht.

»Charlie.« Ich leckte mir über die trockenen Lippen und versuchte, etwas zu sagen, das sie beruhigen würde. »Charlie, die Dinge liegen jetzt anders. Damals gab es für Mom keine Hilfe, aber jetzt gibt es sie. Falls, Gott bewahre, uns das passieren würde, dass wir … du weißt schon, dass wir …« Ich konnte die Worte nicht aussprechen.

»Verrückt werden? Unseren Verstand verlieren? Nicht nur an Depressionen leiden, sondern an einer lebensverändernden Erkrankung, die uns dazu bringen könnte, unser eigenes Kind umzubringen? Ist es das, was du zu sagen versuchst?« Charlie spie die Worte aus, ihr Gesicht eine hässliche Fratze aus Wut und Abscheu.

»Ich werde Grace nicht umbringen!« In mir kochte Wut bei dem Gedanken hoch, dass ich etwas so Schlimmes tun würde.

Charlie hörte auf, hin und her zu laufen, und fiel auf die Knie. Ihre Schultern sackten herab, als sie mich anstarrte.

»Natürlich wirst du das nicht. Aber was ist mit mir? Was, wenn ich mein Kind umbringe? Christopher war ihr drittes Kind, unser kleiner Bruder. Was, wenn wir es waren, die sie um den Verstand gebracht haben? Was, wenn es zu viel für sie war, sich um uns alle zu kümmern? Gott weiß, dass sie schon genug mit einem Alkoholiker als Mann zu tun hatte. Vielleicht waren wir zu anstrengend.« Charlie ließ den Kopf hängen. »Wenn ich Marcus' Baby bekomme, könnte ich nicht mehr für Ärzte ohne Grenzen arbeiten. Ich wäre allein zu Hause und würde unser Kind großziehen. Was, wenn das zu viel für mich ist?«

Ich glitt neben ihr zu Boden und ergriff ihre Hand.

»Wir sind nicht unsere Mutter. Nur weil ihr das passiert ist, bedeutet das nicht, dass es uns passieren muss. Das wird es nicht. Mags lag falsch.« Ich drückte ihre Hand fest und mein Körper zitterte. Ob aus Furcht oder Zorn, wusste ich selbst nicht genau.

Charlie hob den Kopf und starrte mich an. Ich konnte sehen, wie sich die Worte auf ihren Lippen formten, als gäbe es da etwas, das sie sagen wollte, aber dann hielt sie inne. Sie fiel in sich zusammen und in diesem Augenblick wusste ich, dass sich zwischen uns etwas drastisch verändert hatte. Sie entzog mir ihre Hand und umklammerte ihre Knie.

»Ich glaube nicht. Ich habe viele Fälle von Wochenbettdepression und -psychose gesehen. Es gibt so viel, das die Medizin über diese Krankheit nicht weiß. Sie wissen nicht, ob es vererbbar ist, in den Genen liegt oder nur ein hormonelles Ungleichgewicht ist. Aber ich bin nicht bereit, das Leben meines Kindes zu riskieren. Auf keinen Fall.« Sie starrte mich an und Tränen glitzerten in ihren Augen. Ich sah die Fragen dort; ich wusste, was sie fragte.

»Du weißt besser als jeder sonst, dass ich niemals Kinder wollte. Und ich bin die Erste, die zugibt, dass ich bis zum Ende dagegen angekämpft habe. Aber, Charlie, diese letzten Wochen, als ich Bettruhe hatte, haben etwas in mir verändert. Es gab nur sie und mich, keine anderen Ablenkungen, wie sehr ich auch versuchte, welche zu finden. Sie war immer da, in mir. Ich begann, mich danach zu sehnen, ihre Bewegungen zu spüren; ich versuchte, die Umrisse ihrer Hände oder Füße zu ertasten.« Ich legte eine Hand auf meinen Bauch, spreizte die Finger und erinnerte mich zurück an das Flattern, das ich gespürt hatte. »Ich weiß, das klingt … nicht nach mir, aber es gab einen Moment, nur einen, bei dem ich schwöre, dass ich eine Verbindung zwischen uns spüren konnte. Ihre Hände hatten sich gegen meinen Bauch gedrückt und ich konnte den Abdruck so klar sehen«, meine Augen schlossen sich, als ich mich daran erinnerte, »dass ich in dem Moment, in dem ich meine Hand auf ihre legte, wusste, dass ich nichts tun würde, um ihr Leben zu riskieren.«

Ich lehnte mich zurück gegen die Couch. »Ich wusste von Anfang an, dass ich ein Kindermädchen brauchen würde.« Obwohl ich Brian nie davon erzählt hatte, schien er es irgendwie gewusst zu haben. »Jemand, der mir mit Grace helfen würde, jemand, der die … Zeichen erkennen könnte, weißt du? Nur für den Fall.«

Charlie lehnte sich zu mir. Das Babyfon auf dem Kaffeetisch knackte und dann hörte ich Grace' leises Wimmern. Als ich danach griff, nahm Charlie meine Hand.

»Würdest du die Zeichen einer Wochenbettpsychose auch erkennen, wenn dein Kindermädchen nicht in der Nähe ist?«

Ich schüttelte Charlies Hand ab und stand auf.

»Natürlich würde ich das. Glaub mir, ich habe meinen Arzt in der Kurzwahl. Aber es geht mir gut.« Ich schlang meine Arme um meine Schwester und zog sie an mich. »Ich habe Grace nicht verdient. Sie ist mein kleiner Engel, meine Welt. Ich würde alles tun, damit sie sicher ist. Alles. Und das ist es, was eine Mutter ausmacht. Die eigenen Kinder zu beschützen.«

Ich ließ sie los und trat einen Schritt zurück. Grace' Wimmern hatte aufgehört und ich hörte nur noch ihr leises Atmen.

»Weißt du« – ich sah Charlie in die Augen – »Mags hat mir mal erzählt, dass unsere Mutter genau das getan hat. Sie hat uns auf die einzige Art beschützt, zu der sie in der Lage war. Ich habe es damals nicht verstanden, aber heute tue ich es. Sie hat sich umgebracht, damit wir sicher sind.«

Ich verzog meine Nase bei dem muffigen Geruch, der aus dem Karton kam, den Charlie mitgebracht hatte, damit ich ihn mir anschaute. Ich rieb meine Finger an der Hose, um den Staubfilm abzuwischen, der von der Pappe kam. Wo hatte sie das Ding aufbewahrt? Vermutlich irgendwo hinten in einem Lagerschrank, völlig vergessen.

Ich drehte den Karton herum und sah, dass noch mehr darauf geschrieben stand: *Dianes Tagebücher/Kindersachen*. Meine Hände zitterten, als ich den Karton von mir schob. Wo hatte sie das her? Das hatte ich seit Jahren nicht mehr gesehen.

Unser Gespräch von vorhin ergab jetzt Sinn. Charlie hatte das vorbeigebracht, weil sie Vergewisserung brauchte. Mit dem, was sich im Karton befand, konnte ich sie ihr geben.

Kurz nachdem wir zu Tante Mags gezogen waren, hatte sie uns zu einem Psychologen gebracht. Wir hatten damals nicht viel geredet, und Charlie hatte überhaupt nicht mehr gesprochen. Sechs Monate lang. Sie war diejenige gewesen, die unsere Mutter als Erste gefunden hatte.

Gott, ich hasste es, über diese Zeit nachzudenken. Ich hatte so hart daran gearbeitet, das zu vergessen, es in einer kleinen Schublade in meinem Gehirn wegzuschließen. Das jetzt herauszuziehen schmerzte. Aber in diesem Karton waren die Antworten, für mich und für Charlie.

Ich zog den Karton näher zu mir und öffnete ihn. Ganz oben lag ein alter rosafarbener Pullover, den meine Mutter zu Hause getragen hatte. Sie hatte ihn gestrickt, als sie mit mir schwanger gewesen war.

Ich erinnerte mich daran, wie sie mir erzählt hatte, dass sie mir immer vorsang, während sie den Pullover strickte, und als ich älter war und nachts aufwachte, wenn ich Albträume hatte, wickelte sie mich darin ein und rieb mir über den Rücken, bis ich wieder einschlief.

Obwohl ich wusste, dass jeder Geruch meiner Mutter jetzt fort sein musste, rieb ich die Wolle zwischen meinen Fingern und hob den Pullover an meine Nase.

Es waren noch weitere Dinge im Karton, versteckt unter dem Pullover. Meine Tagebücher, die Pfeife, die mein Vater immer auf dem Regal in unserem Wohnzimmer aufbewahrt hatte, und die Babydecke, die ich am Tag, als Christopher starb, unter seinem Kinderbett gefunden hatte. Dinge, von denen ich wusste, dass ich sie aufbewahren musste, aber niemals wirklich wiedersehen wollte.

Ich nahm die weiche babyblaue Decke in die Hand, mit der meine Mutter Christopher immer zugedeckt hatte. Ich erinnerte mich an ihn als ein kleines Baby, das viel schrie. Mom wickelte ihn dann immer fest in die Decke ein und wiegte ihn in den Schlaf. Sein Schlafzimmer hatte gegenüber dem von Charlie und mir gelegen und in meinen Träumen hörte ich noch immer das Knarren des alten Schaukelstuhls und das Weinen meines Bruders.

Deshalb hasste ich es, Grace weinen zu hören.

Ich fragte mich oft, ob unsere Leben anders verlaufen wären, wenn unser Vater nach all dem, was passiert war, geblieben wäre. Nur Tage nachdem meine Mutter sich umgebracht hatte, hatte er Charlie und mich zusammen mit einem Koffer mit unseren Sachen bei Tante Mags abgeliefert. Wir saßen im Auto, während er an ihre Tür klopfte. Ich erinnerte mich, wie er erst auf uns und dann auf sich selbst zeigte. Ich habe keine Ahnung, was er sagte, aber er gab ihr Schlüssel und kam dann zurück zu uns. Er öffnete unsere Tür, holte unseren Koffer aus dem Kofferraum, und bevor wir überhaupt Gelegenheit hatten, ins Haus zu gehen, war er weg.

Wir hörten nie wieder von ihm.

Tante Mags räumte das Apartment, bevor der Vermieter all unsere Sachen konfiszieren konnte. Sie ließ uns die Dinge aussuchen, die wir unbedingt behalten wollten, während sie unsere Kleidung und die restlichen Spielsachen einpackte. Ich wählte den Pullover meiner Mutter, die Pfeife meines Vaters und Christophers Decke. Charlie nahm ein Bild von uns allen, nachdem Christopher geboren war.

Eingewickelt in die Babydecke waren Tagebücher. Meine Tagebücher. Mags hatte sie mir gegeben, um alles aufzuschreiben, was ich nicht sagen konnte. Ich saß oft stundenlang in meinem Zimmer und schrieb in diesen Büchern. In dem ersten Jahr, in dem wir bei Mags lebten, hatte ich vermutlich mehr als ein Dutzend gefüllt. Ich behielt nicht alle. Tatsächlich dachte ich, ich hätte alle Tagebücher entsorgt, als ich zur Uni ging, aber Mags hatte einige der früheren aus dem Müll gerettet. Sie wusste, dass ich sie eines Tages würde lesen wollen, um mich zu erinnern und vielleicht zu heilen.

Wenn Charlie nicht gewesen wäre, hätte ich es nicht tun wollen. Das waren keine Erinnerungen, in denen ich mich verlieren wollte. Für mich genügte es, sie in meiner Erinnerung verschlossen zu halten.

Aber ich hasste es, sie so traurig zu sehen. Sie gehörte zu Marcus. Seine Stärken glichen ihre Schwächen aus und umgekehrt. Sie war glücklicher mit ihm, und es gefiel mir nicht, sie so zerrissen zu sehen.

Ich legte die Tagebücher auf den Boden, faltete die Decke wieder zusammen und legte sie zurück in den Karton. Heute Abend würde ich meine Erinnerungen durchgehen und die alten Dämonen wieder zum Leben erwecken.

7

»Was für eine nette Überraschung, Charlie endlich kennenzulernen.«

Nina goss mir eine Tasse Tee ein, wir führten gerade unser abendliches Gespräch vor dem Zubettgehen.

Ich spielte mit den Pillen auf dem Tisch, rollte sie im Kreis herum, bevor ich sie eine nach der anderen auf meine Zunge legte und schluckte.

»Habt ihr zwei euch gut unterhalten?«, fragte ich.

Ich hatte das leise Murmeln ihrer Stimmen gehört, als ich Grace vorhin in den Schlaf gewiegt hatte. Ich konnte nicht die gesamte Unterhaltung verstehen, aber das Wesentliche. Und mir hatte nicht gefallen, was ich gehört hatte.

»Sie macht sich Sorgen um dich.« Nina sah mich aus den Augenwinkeln an.

»Ich weiß. Aber das muss sie nicht.«

»Natürlich muss sie es.« Nina hob ihre Tasse. »Sie ist deine Schwester. Sie hat das Recht, sich Sorgen zu machen.«

»Dir ist schon klar, dass sie meine *jüngere* Schwester ist, oder? Ich bin diejenige, die sich um sie kümmern sollte. Sie sieht schrecklich aus.« Selbst nach ihrer Dusche hatte Charlie so ausgesehen, als würde sie mindestens eine Woche Schlaf nachholen müssen. »Kannst du noch etwas mehr backen, während sie hier ist? Sie hat viel Gewicht verloren, seit ich sie das letzte Mal gesehen habe.«

Nina kritzelte etwas in ihr Notizbuch. Dieses verfluchte Notizbuch. Eines Tages würde ich es in die Finger bekommen und lesen, was sie darin jeden Tag über mich aufschrieb.

»Mir ist der Stapel Tagebücher auf deinem Schreibtisch aufgefallen.« Nina legte ihren Stift hin und blickte hinter sich in Richtung meines Schreibtischs.

Ich schürzte die Lippen. Ich wollte nicht darüber reden. Nicht jetzt. Vielleicht, nachdem ich sie gelesen hatte. Ich war erst zehn gewesen, als ich mein erstes Tagebuch geschrieben hatte, und wer weiß, was darin stand. Das Letzte, was ich brauchte, war eine Psychoanalyse von Nina.

»Ich will morgen ein paar Stunden zur Arbeit gehen. Ich weiß, es war nicht geplant, aber du bist doch da, um auf Grace aufzupassen?«

Ninas gerunzelte Stirn sagte alles.

»Nur ein paar Stunden, ich verspreche es.«

»Findest du nicht, dass du lieber Zeit mit deiner Schwester verbringen solltest? Schließlich ist sie deshalb hier.«

Ich zuckte zusammen. Sie hatte recht.

»Ich weiß, aber …« Mir fiel wirklich keine passende Entschuldigung ein.

»Ist zwischen dir und Charlie irgendetwas vorgefallen? Möchtest du deshalb lieber zur Arbeit gehen, als mit ihr Zeit zu verbringen?«

Ich zuckte mit den Schultern.

»Das ist keine Antwort, Diane.«

Ich hasste es, wenn Nina mich so rügte. Es war nicht nur, wie sie mich ansah, ihr enttäuschter Blick. Es waren ihr Tonfall und der kleine Seufzer, den sie ausstieß, bevor sie mir die Frage stellte.

Ich war mir nicht sicher, wie ich mit Charlie umgehen sollte, nach allem, was vorhin geschehen war. Und ich war mir auch nicht sicher, ob sie wirklich Zeit mit Grace und mir verbringen wollte. Abgesehen von dem Augenblick ihrer Ankunft, als sie

Grace gehalten hatte, hatte sie kein großes Interesse an meiner Tochter gezeigt, und ich wusste nicht genau, was ich davon halten sollte. Ich wusste, dass es zum Großteil an ihren eigenen Ängsten und ihrer Verlobung mit Marcus lag, aber trotzdem.

»Ich habe das Gefühl, ich muss Charlie zeigen, dass ich mich nicht verändert habe, dass ich noch immer die große Schwester bin, die ich immer war.«

Nina nahm einen Schluck Tee und sah mich über den Rand der Teetasse an.

»Und wie, denkst du, zeigst du es ihr?«

»Das tue ich nicht.« Ich schüttelte den Kopf. »Aber ich sehe es in ihren Augen, an der Art, wie sie mich beobachtet, wenn sie glaubt, dass ich es nicht sehe.«

»Wonach sucht sie denn?« Nina griff nach ihrem Stift und hielt ihn über ihr Notizbuch.

»Sie will sehen, ob ich verrückt geworden bin. Wie unsere Mutter. Ich weiß, dass sie das tut, und ich weiß nicht, wie ich sie davon überzeugen kann, dass es mir gut geht.«

Nina stand auf, ging zu meinem Schreibtisch und nahm das oberste Tagebuch vom Stapel. Mein Körper versteifte sich. Was tat sie da?

»Glaubst du, du bist verrückt geworden?«

Sie setzte sich wieder hin und legte das Tagebuch zwischen uns.

Ich zappelte auf meinem Sitz herum und konnte nicht still sitzen. Meine Arme wurden taub, also bewegte ich sie, ließ sie zur Seite fallen und hob sie immer wieder, während ich mit den Fingern wackelte. Nina saß nur da und beobachtete mich.

»Nein, glaube ich nicht.« Ich kratzte mein juckendes Augenlid und rieb mein Ohr. Plötzlich juckte es am ganzen Körper.

»Glaubst du es nur nicht oder bist du dir sicher, dass du's nicht bist?« Nina nahm ihren Stift wieder in die Hand.

»Hör auf, in deinem Notizbuch über mich zu schreiben!«, stieß ich aus.

Nina hielt inne. Sie legte den Stift weg, schloss das Buch und legte ihre Hände in den Schoß.

»Warum denkst du, dass ich über dich geschrieben habe? Vielleicht habe ich eine Einkaufsliste für all die Sachen gemacht, die ich backen soll.«

Peinlich berührt senkte ich den Kopf und blickte sie aus dem Augenwinkel heraus an. Ich hatte das Gefühl, als hätte man mir einen Schlag auf die Finger gegeben, wie einem kleinen Kind, das nach einem Keks gegriffen hatte, nachdem es ihm verboten worden war. Mit dem Unterschied, dass ich kein Kind war und mich nicht so fühlen musste.

»Diane, ich konnte nicht verhindern, dass mir die Tagebücher auf deinem Schreibtisch aufgefallen sind.« Nina nahm das Buch in die Hand, öffnete es aber nicht.

Ein Teil von mir war verstört, dass sie meine Sachen durchging, aber ein anderer Teil von mir erwartete es und war irgendwie erleichtert, dass sie es getan hatte. Vielleicht konnte ich mit ihr darüber sprechen, über einige der Symptome reden, unter denen meine Mutter zu leiden gehabt hatte, und eine Möglichkeit finden, Charlies Ängste zu zerstreuen.

»Meine Mutter wurde … verrückt, nachdem sie unseren kleinen Bruder zur Welt gebracht hatte. Damals«, ich zuckte mit den Achseln und starrte auf den Tisch, da ich Ninas Reaktion nicht sehen wollte, »gab es keine Möglichkeit, ihr Hilfe zu besorgen, und niemand wusste überhaupt, dass sie Hilfe brauchte.«

»Wie alt warst du?«

»Nicht sehr alt; es war noch vor meinem zehnten Geburtstag.« Ich schüttelte den Kopf. »Jung genug, um nicht wirklich zu verstehen, was vor sich ging. Charlie und ich waren gerade von der Schule nach Hause gekommen. Normalerweise holte unsere Mutter uns ab, aber nachdem Christopher geboren war, kam stattdessen meist eine Nachbarin. Charlie war diejenige, die sie fand. Ich werde ihre Schreie niemals vergessen.« Ich erschauderte bei der Erinnerung. »Niemals.«

»Was ist passiert?« Ihre Stimme war sanft; ich ignorierte die Tatsache, dass ihre Hand in Richtung Notizbuch ging.

»Na los, schreib schon … ich weiß doch, dass du es willst.« Ich beugte mich vor und schob es ihr zu.

Ich konnte nicht glauben, dass ich ihr erzählen würde, was geschehen war. Brian wusste es, und ich war mir sicher, er hatte Nina ein paar Informationen gegeben, bevor er nach London ging, aber abgesehen von Charlie, Tante Mags und der Psychologin, zu der ich in diesen ersten Jahren damals gegangen war, hatte ich niemandem davon erzählt. Niemand sonst musste es wissen. Walter wusste, dass ich meine Mutter früh verloren hatte und dass sie zusammen mit meinem jüngeren Bruder starb, aber mehr auch nicht.

Ich fühlte mich bei Nina sicher. Ich vertraute ihr mit meinem Leben. Mit Grace' Leben. Ich befeuchtete meine Lippen mit der Zunge und räusperte mich.

»Sie saß in ihrem Schaukelstuhl und Christopher lag auf ihrem Schoß. Sein Kopf lag auf ihrem Arm, aber seine Lippen und sein Gesicht waren ganz blau. Auf dem Beistelltisch stand ein Glas Wasser, daneben lagen eine leere Pillendose und eine Notiz. Sie sagten …« Ich stöhnte vor Schmerz, während ich darum kämpfte, zu schlucken. »Sie sagten, sie hätte ihn erstickt, während sie ihn stillte, und dann selbst eine Überdosis genommen, als ihr klar wurde, was sie getan hatte.« Ich hob den Kopf, um an die Decke zu starren, und zwinkerte, um die Tränen aus meinen Augen zu bekommen. Ich würde nicht weinen, nein, auf keinen Fall.

»Wer sind *sie*, Diane?«, fragte Nina.

»Die Polizisten. Ich kann noch immer Charlies Schreie hören, weißt du? Ich wünschte … Gott, ich wünschte, ich wäre zuerst reingegangen, um nach ihm zu sehen. Das taten wir jeden Tag nach der Schule. Wir konnten es nicht erwarten, ihn zu sehen. Aber in der Schule hatten sie kleine Bäume ausgeteilt und ich wollte meinen ins Wasser stellen, damit er nicht vertrocknete.« Bei der Erinnerung schüttelte ich den Kopf. »Es ist seltsam, woran man sich erinnert, diese Details, die für die Sache eigentlich keine Rolle spielen.«

»Sie spielen eine Rolle.«

»Wir waren noch Kinder. Wir hatten keine Ahnung, was passiert war. Unsere Nachbarin muss Charlies Schreie gehört haben, denn sie rief die Polizei. Ich erinnere mich daran, wie einer der Beamten mit seinem Partner redete und meinen Bruder ein Opfer nannte. Ich stand direkt neben ihm, neben Christopher; ich weigerte mich, ihn zu verlassen. Ich hielt meinen Blick auf ihn gerichtet, um zu sehen, ob sich seine Lippen bewegen würden, um zu sehen, ob er wieder zurück ins Leben kommen würde. Ich betete, während wir warteten, betete, dass Gott ihn retten würde … und ich wartete. Aber Gott hat nie geantwortet. Ich sagte dem Beamten, dass sein Name Christopher wäre, und das war das Letzte, was ich für Monate sagte.«

Nina legte ihren Stift hin und schlug die Beine übereinander. »Du hast nicht gesprochen?«

Ich schüttelte den Kopf.

»Keine von uns. Die Psychologin meinte, wir stünden unter Schock, und riet unserer Tante Mags, einfach für uns da zu sein, und sobald wir uns sicher fühlten, würden wir wieder reden. Und das haben wir. Schließlich. Bei Charlie hat es sechs Monate gedauert. – Das war unsere Art, zu reden.« Ich nahm das Tagebuch in die Hand und hielt es fest gegen meine Brust gedrückt. »Zusammen sind wir bestimmt auf fünfzig oder mehr Tagebücher gekommen. Charlie war ungefähr sechs Jahre alt und konnte nicht besonders gut schreiben, also malte sie viele Bilder. Aber ich verbrachte Stunden mit dem Schreiben. Ich schloss mich in unser Zimmer bei Mags ein und vertraute diesen Büchern all meine Gedanken, meine Fragen und meine Träume an.« Ich presste das Buch noch fester an mich und die Kanten drückten sich in meine Brüste.

»Was stand in der Notiz?«

Die Notiz. Ich schüttelte den Kopf. Ich wollte nicht über die Notiz sprechen. Ich hatte versucht, den Zettel unter der Matratze von Christophers Kinderbett zu verstecken, bevor ihn jemand anders sah, aber die Nachbarin erwischte mich und zog ihn mir aus der Hand. Sie gab ihn den Polizisten, die meinem Vater dann die Notiz zeigten. Der Blick auf seinem Gesicht, die Verzweiflung, die Verwirrung und sogar ein Anflug von Hass, als er Charlie und mich anblickte, hatte mich am meisten erschreckt. Ich glaube, deshalb war ich auch nicht überrascht, als er uns bei Tante Mags absetzte und nie zurückkehrte.

Er gab uns die Schuld für das, was geschehen war, und er hatte recht.

Es war unsere Schuld.

»Erinnerst du dich nicht oder willst du nicht darüber reden?«

»Es ist wirklich nicht so wichtig«, wich ich aus. Ich wollte nicht darüber reden.

»Also, warum die Tagebücher? Wollte Charlie sie sehen oder suchst du nach etwas Bestimmtem?« Zum Glück hatte sie den Hinweis verstanden. Das war eine Sache, die ich an Nina so liebte. Sie wusste, wann sie mich nicht bedrängen durfte. Auch wenn ich keinen Zweifel hatte, dass sie auf andere Art versuchen würde, mich zum Reden zu bringen. Aber jetzt brachte sie das Gespräch wieder zurück auf die Tagebücher.

»Charlie hat sie mitgebracht.« Ich zeigte auf den Karton, den ich beiseitegestellt hatte. »Sie fragte, ob ich die Zeichen einer Wochenbettpsychose erkennen würde, und ich sagte, dass ich das würde.«

»Aber …«

»Aber ich bin mir nicht so sicher. Ich dachte, die Antworten wären vielleicht hier, in meinem kindlichen Gekritzel. Vielleicht kann ich erkennen, was meine Mom dazu zwang, unseren Bruder und dann sich selbst umzubringen.«

»Machst du dir Sorgen?«

Ob ich mir Sorgen machte? Gute Frage. Sorgen um Charlie vielleicht. Ich wollte ihr versichern, dass sie nicht allein war, dass ich für sie da sein würde. Aber auch das war nicht die ganze Wahrheit.

»Glaubst du, du hast eine Wochenbettpsychose, Diane? Versuchst du, Symptome zu finden, die du vielleicht mit deiner Mutter gemein hast?«

Gemein haben. Was für eine Ausdrucksweise. Wie hatte man mit jemandem Symptome gemein, der tot war? Mit jemandem, der ein völlig anderes Leben geführt hatte? Konnte ich diese Symptome mit ihr gemein haben? Ich hatte ein Kind. Sie hatte drei. Wir waren beide mehr oder weniger alleinerziehende Mütter. Aber mehr Ähnlichkeiten gab es nicht.

»Nein.« Es gab einen wichtigen Unterschied zwischen meiner Mutter und mir.

Ich würde Grace niemals etwas antun. Niemals. Was auch geschah. Ich würde diesem winzigen Wesen niemals die Schuld für etwas geben, mit dem ich nicht zurechtkam. Sie war unschuldig und ich würde alles tun, was in meiner Macht stand, damit das auch so blieb.

»Wonach suchst du dann?« Nina nahm unsere leeren Tassen und stellte sie aufs Tablett.

»Vergewisserung vielleicht? Damit ich weiß, wonach ich suchen müsste, nur für den Fall.«

Nina stand auf und griff nach dem Tablett.

»Ich werde nicht zulassen, dass dir etwas passiert, Diane. Ich habe dir an meinem ersten Tag hier ein Versprechen gegeben. Du bist meine Priorität. Das beinhaltet dein Wohlbefinden, nicht nur physisch, sondern auch geistig. Es gibt nichts, was ich nicht für dich tun würde.« Ihre Haltung drückte Entschlossenheit aus. Sie hatte die Schultern zurückgezogen und ihre Fingerknöchel wurden weiß, als sie das Tablett so fest umklammert hielt.

Bei ihren Worten überkam mich Erleichterung. Mir war nicht klar, wie angespannt ich gewesen war, bis ich tief ausatmete. Ich war mir nicht sicher, was diese bereitwillige Aufopferung bei Nina herbeigeführt hatte, aber was es auch war, das Tagebuch fiel mir aus den Händen, als ich mich vom Stuhl drückte, das Tablett ergriff und es absetzte und dann meine Arme um sie legte. Ich hielt sie fest, als wäre sie mein Rettungsanker, und um ehrlich zu sein, war sie das für mich auch.

»Wir stehen das durch«, murmelte Nina und klopfte mir auf den Rücken. »Ich verspreche dir, wir stehen das durch.«

Ich gab keine Antwort. Ich war mir nicht sicher, worauf sie sich bezog, es sei denn, sie wüsste etwas, das ich nicht wusste, aber in diesem Augenblick spielte es keine Rolle.

Nina war für mich mehr als nur Pflegerin oder Kindermädchen. Sie war für mich wie eine Mutter – und das wollte ich niemals wieder verlieren.

Niemals.

8

Brian

März 2013

Brian lief in seinem Büro auf und ab, wobei er den Massen von Netzwerkverbindungen und Kisten voller Computerkabeln auswich. Er übte seine Rede für das Meeting in zehn Minuten, wiederholte sie, bis sie so klang, wie er es sich vorstellte. Er wischte sich den Schweiß, der ihm das Gesicht herunterlief, mit einer Serviette ab, die er in seiner Schreibtischschublade gefunden hatte, und ärgerte sich über seine Nervosität.

Es war ja nicht so, als würden sie ihn feuern. In all den Jahren hatte er seine Hingabe zum Unternehmen mehr als bewiesen. Trotzdem hatte er letzte Nacht kaum geschlafen und versucht, alles zu planen, woran er denken konnte: wer ihn ersetzen konnte, wer sich als größere Bedrohung herausstellen könnte, als er erwartet hatte, und die Person, die er guten Gewissens empfehlen könnte. Wenn alles nach Plan verlief, würde er das Unternehmen mit einem gut durchdachten Plan überzeugen.

Es gab eigentlich keine andere Option.

Das Handy auf seinem Schreibtisch vibrierte. Er blickte darauf und las eine SMS von Diane.

Ich glaube, es ist ein Fehler. Du liebst das Reisen. Das war immer dein Traum gewesen.

Brian seufzte. Natürlich tat er das. Aber er hatte ihr ein Versprechen gegeben. Sie hatte ihren Standpunkt am Abend zuvor während einer ihrer vielen Streits klargemacht, als sie erwähnte, dass es leicht für ihn war, ein Kind zu wollen, wenn sie es war, die alles aufgeben müsste. Er hatte gekontert, dass sie nicht die Einzige war, die Opfer brachte. Er gab seinen Traum vom Reisen auf, etwas, das er mehr liebte als alles andere. Aber das war es wert. Es stand nicht einmal zur Debatte. Für die Chance auf ein Baby würde er freiwillig all die Erlebnisse aufgeben, die er über die Jahre in den verschiedenen Ländern gehabt hatte, in denen sein Unternehmen Zweigstellen errichtete.

Du hast mir die Optionen aufgezeigt. Das ist meine Entscheidung. Ich liebe dich, schrieb Brian zurück.

An der Tür klopfte es. Brian steckte sein Handy ein und Nicole Murray, die Verwaltungsassistentin für seine Abteilung, öffnete die Tür.

»Sie warten auf Sie.«

Brian zog die Schultern zurück. »Danke.« Er ging an ihr vorbei und den Flur hinunter, vorbei an all den Arbeitsplätzen, an denen diejenigen, die in seiner Abteilung arbeiteten, die Köpfe hoben und ihm nachschauten.

Der Meetingraum befand sich am Ende des Flurs mit seinen getönten Fenstern. Sämtliche Sitzungen fanden in Räumen wie diesem auf seiner Etage statt. Brian erinnerte sich an sein erstes Meeting in diesem Raum, als er gerade erst beim Unternehmen angefangen hatte und sehr nervös gewesen war. Damals war das obere Management eine Art Mysterium für ihn gewesen. Jetzt waren die endlosen Meetings, die er ertragen musste, nur noch monoton und zeitraubend.

Brian öffnete die Tür und lächelte diejenigen, die um den Tisch herumsaßen, an. Nicole folgte ihm, begab sich zum Tisch mit den Erfrischungen und goss ihm einen Kaffee ein. Brian zog einen Stuhl hervor und setzte sich. Er lächelte Nicole dankbar zu, als sie die Tasse vor ihm abstellte und sich dann zu den anderen Assistenten des Unternehmens setzte, die mit Notizbüchern in den Händen an der Wand aufgereiht saßen.

Jeden Montagmorgen gab es die Bürometeetings, bei denen sich die Geschäftsführer des Unternehmens mit dem Management trafen. Vor ein paar Jahren hatte sich der Meetingplan geändert, sodass Technologiebesprechungen in der letzten Sitzungshälfte stattfanden, wodurch Brian Zeit hatte, sich mit den Problemen auseinanderzusetzen, die während des Wochenendes in den Unternehmen auf der ganzen Welt aufgetreten waren.

»Brian.« Timothy Wainwright, Vorstand des Unternehmens, nickte ihm grüßend zu. »Wir haben gerade über das neue Büro in London gesprochen. Wir haben den Zeitrahmen verkürzt und würden gern alles noch vor dem neuen Jahr unter Dach und Fach bringen. Ein Team steht bereit, das Ihnen bei der Übergangsphase hilft.«

»Das gibt mir nicht viel Zeit. Ich dachte, März hätte als Datum festgestanden.« Brians Magen verknotete sich.

Sein Boss und Geschäftsführer des Unternehmens, Will Harper, lehnte sich vor. »Ist das ein Problem? Neun Monate dürften genug Zeit sein. Sie haben das Büro in Dubai in sechs auf die Reihe bekommen.«

»Nun, äh ...« Brian schluckte. Er konnte sich an kein einziges Wort seiner vorbereiteten Rede mehr erinnern. »Neun Monate sind Zeit genug, aber ich möchte vorschlagen, dass Marie die Einrichtung leitet. Ich erwarte keine Probleme und das Ganze wäre eine gute Erfahrung für sie.«

Will Harper raschelte mit den Unterlagen auf seinem Tisch. »Wenn Sie das Ganze beaufsichtigen und sicherstellen, dass es zu keinen Komplikationen kommt, habe ich damit kein Problem.«

Brian seufzte erleichtert und konnte kaum glauben, wie einfach das gewesen war. Keine Erklärungen, keine Entschuldigungen. Er hätte es besser wissen müssen. Es war nicht allgemein bekannt, dass Diane schwanger war, aber ein paar Leute wussten es. Will war einer davon.

Der Rest des Meetings verlief wie üblich, aber als Brian am Ende von seinem Stuhl aufstand, bat Will ihn, noch zu bleiben. Er blickte zurück zu Nicole, aber Will schüttelte den Kopf. Bei dieser Reaktion verknotete sich Brians Magen erneut. Irgendetwas war im Busch. Wenn Nicole nicht anwesend sein sollte, war das kein gutes Zeichen.

Brian setzte sich Will gegenüber und wartete, dass der Mann von seinem Handy aufsah.

»Ist zu Hause alles in Ordnung?«, fragte Will endlich.

Brian rieb sich das Genick und versuchte, eine bequeme Sitzhaltung zu finden. »Alles in Ordnung. Und bei Ihnen? Wie geht es den Kindern?«

Ein Lächeln überzog Wills Gesicht. Seine Frau hatte vor wenigen Monaten ihr drittes Kind zur Welt gebracht. »Mit dem Baby ist das Haus wieder das reinste Chaos. Aber Mindi hält sich gut; sie ist dazu geschaffen, Mutter zu sein.«

Brian zwang sich zu einem Lächeln und nickte. Er wünschte, er könnte dasselbe über seine Frau sagen. Vielleicht wurden Mutterinstinkte ja mit der Zeit zur zweiten Natur. Vielleicht, wenn die Morgenübelkeit überstanden war.

»Ich wollte über Marie sprechen, und Ihre Entscheidung, ihr die Einrichtung des Büros in London zu überlassen.« Will schob den Papierstapel nach vorn und legte seine Hände übereinander. »Wie viel bei dieser Entscheidung basiert darauf, Maries Karriere voranzutreiben, und wie viel auf Ihrem Bedürfnis, zu Hause bei Diane zu sein?«

Brian leckte sich über die Lippen und rückte seine Brille gerade. Will kannte ihn zu gut. Sie kannten einander schon Jahre und es war Will gewesen, der ihm diesen Job über eine persönliche Empfehlung verschafft hatte. Brian konnte nichts vor ihm verbergen.

»Es ist im Moment etwas schwer«, gab er zu. »Aber Sie kennen Diane.« Er zuckte mit den Achseln. Er wollte nicht zugeben, wie schwer es wirklich zu Hause war.

Will nickte. »Mindis Hormone waren bei ihrer letzten Schwangerschaft auch völlig durcheinander. Es ist für sie nicht einfach. Ich bin damit einverstanden, dass Marie nach London fliegt, aber ich muss wissen, dass Sie da sind, wenn wir Sie brauchen.«

Brian nickte. Natürlich war er das. Er hoffte nur, dass es nicht dazu kommen würde.

»Marie ist gut. Sie hat solche Projekte auch schon bei ihrem letzten Unternehmen durchgeführt. Ich werde darauf achten, dass ihre Arbeit im entsprechenden Tempo vorangeht, aber ich hätte sie nicht empfohlen, wenn ich nicht an sie glauben würde.« Brian sprach voller Stolz. Er war derjenige gewesen, der Marie in einem kleineren Unternehmen gefunden hatte, wo ihre Talente traurigerweise ignoriert worden waren. Sie hatte einen scharfen Verstand, lernte schnell und war zu seiner Überraschung eine der besten Hackerinnen, die er kannte. Sie hatte ihm schon ein paarmal den Hintern gerettet, als die Firewall der Firma durchbrochen wurde und sie die Sicherheitslücke vor ihm fand.

»Ich vertraue Ihnen, Brian. Ich musste nur sichergehen. Dieses neue Büro in London ist sehr wichtig für uns.« Will sammelte seine Unterlagen zusammen und stand auf. »Tim ist noch immer enttäuscht, dass Sie das Angebot ausgeschlagen haben, dort das Team für uns zu leiten.«

Brian zuckte mit den Schultern. »Dorthin ziehen ist keine Option. Mit Dianes neuer Stellung und jetzt dem Baby würde auch Pendeln nicht funktionieren. Aber ich fühle mich geehrt, dass er mich für den Job wollte.«

Diese Beförderung abzulehnen war ihm schwergefallen. Als er es damals vor Diane erwähnt hatte, stand ihre Beförderung innerhalb eines Monats bevor, und sie zog einen Umzug nicht einmal in Betracht. Sie hatte vorgeschlagen, dass er pendelte, etwas, das viele seiner Freunde in ihrem Bereich taten, aber für längere Zeit von ihr getrennt zu sein, belastete ihn immer sehr. Und jetzt, da sie schwanger war, kam es für ihn überhaupt nicht mehr infrage.

»Ich persönlich bin froh, dass Sie es abgelehnt haben. Ich würde Sie hier nur ungern verlieren. Aber ich möchte, dass Sie sich die Möglichkeit offenhalten, noch etwas für uns zu reisen, bevor das Baby kommt. Sie könnten Überstunden ansammeln und dann ein paar Tage extra freinehmen, wenn das Kind da ist.«

Brian sagte nichts. Er würde lieber gar nicht reisen. Er musste für Diane da sein, ihr seine Unterstützung zeigen und sich vergewissern, dass es ihr gut ging. Sie würde es niemals zugeben, aber tief drinnen wusste er, dass ihr jahrelanges Zögern, ein Baby zu bekommen, mit dem zusammenhing, was mit ihrer Mutter geschehen war. Er wusste, dass sie Angst hatte, dasselbe könnte mit ihr passieren.

Und in Wahrheit hatte er das auch. Diane zu verlieren war unvorstellbar für ihn. Er würde alles tun, was in seiner Macht stand, damit das niemals geschah.

Brian stand am Herd und kostete die Soße, die im Topf köchelte. Diane arbeitete wieder mal lange und er hatte ein Verlangen nach selbst gemachten Spaghetti. Normalerweise ließen sie sich Pasta von einem Lieferservice bringen. In ihren ersten Jahren hatten sie oft gemeinsam in der Küche gestanden. Brian vermisste diese Tage. Sie hatten auch oft kulinarische Wochenendausflüge mit einer örtlichen Kochschule unternommen, bis ihre Zeitpläne das nicht mehr zuließen. Vor ein paar Jahren hatten sie zu ihrem Jubiläum eine Woche im Napa Valley verbracht. Vielleicht sollten sie so etwas noch einmal tun, bevor das Baby kam.

Er gab etwas mehr Salz und frisch gemahlenen Pfeffer dazu, als das Geräusch eines sich im Schloss drehenden Schlüssels seine Aufmerksamkeit erregte. Er stellte die Flamme kleiner, setzte den Deckel auf den Topf und wischte sich die Hände am schwarzen Küchenhandtuch ab, das er sich über die Schulter geworfen hatte.

Nicht zum ersten Mal befand er, dass ihr Apartment nicht für eine Familie geeignet war. Er konnte die Leute mit kleinen Kindern in ihrem Gebäude an einer Hand abzählen. Meistens zogen die Leute aus, sobald sie Kinder hatten, und das konnte er gut verstehen. Ein Blick auf ihre Einrichtung – ganz besonders auf ihre einfarbige Küche mit den Edelstahlgeräten – und man wusste, dass sie nicht für klebrige Finger geeignet war, die es garantiert geben würde, sobald ihr Kind zu laufen begann.

Ein Lächeln überzog Brians Gesicht. Er hatte die Mengen an Autos und Actionheldenfiguren auf dem Boden schon bildlich vor Augen. Seltsam, wie er bereits davon ausging, dass sie einen Jungen haben würden. Aber was, wenn sie ein Mädchen bekämen? Würde das Heim mit rosa Dingen angefüllt sein? Er schüttelte den Kopf. Nein, nicht hier.

»Ich bin zu Hause«, rief Diane, während sie die Tür hinter sich schloss. »Bitte sag mir, dass du das machst, was ich gerade rieche.« Ein dumpfes Geräusch war zu hören, von dem Brian wusste, dass es ihre Handtasche war, die sie auf den Boden fallen ließ, gefolgt von zwei anderen dumpfen Schlägen; diesmal ihre Schuhe.

»Ich hatte Lust auf frische italienische Küche, als ich nach Hause kam. Ich hoffe, das ist okay?« Die Müdigkeit in ihrer Stimme bereitete ihm Sorgen. Sie arbeitete in letzter Zeit zu viel. Er wartete darauf, dass sie in die Küche kam, füllte sein Weinglas mit Merlot und goss Mineralwasser in ein weiteres.

»Das klingt toll. Ich ziehe mich nur kurz um. Bin gleich wieder unten.«

Brian machte einen Schritt, um ihr zu folgen, hielt dann aber inne. In Anbetracht ihrer Stimmung in den letzten Tagen war es wohl am sichersten, unten zu bleiben.

Er steckte seinen iPod auf die Basis und drehte die Lautstärke herunter, zog ein großes Brotmesser hervor und schnitt das Baguette auf, das er auf dem Weg nach Hause in der Bäckerei gekauft hatte. Er hatte zuvor eine Knoblauchbutter zubereitet. Jetzt musste er nur noch den Salat schleudern und das Brot in den Ofen schieben, schon war das Abendessen fertig.

Brian arbeitete und machte gleichzeitig hinter sich sauber. Während das Brot im Ofen war, wischte er die Arbeitsplatte, deckte den Tisch und zündete sogar die Kerzen an, die er im Geschirrschrank gefunden hatte. Ein Lächeln überzog sein Gesicht. Es war kein Abendessen im Luigi's, ihrem Lieblingsitaliener, aber es war elegant und sogar ein bisschen romantisch. Hoffentlich würde Diane seine Mühe zu schätzen wissen.

»Ich habe noch gar nicht erzählt, dass mein Gespräch heute gut gelaufen ist«, rief Brian die Treppe hoch.

»Das ist gut.«

Der Timer am Herd ertönte und Brian eilte hinüber, wobei er beinahe mit dem Fuß am Barhocker hängen blieb, als er über den Hartholzboden rutschte. Das Letzte, was er wollte, war der Geruch von verbranntem Knoblauchbrot in der Luft.

Ein leises Geräusch von oben sagte ihm, dass Diane herunterkam. Er holte das Brot heraus, ließ die Ofentür offen, um die Hitze herauszulassen, und stellte sich an den Fuß der Treppe. Er sah sich den Holzboden an und stellte sich vor, wie sein kleines Kind die Treppen hinunterrutschte oder über den Boden robbte. Er stellte sich vor, wie Spielzeug auf dem Boden verstreut lag, aber Spielzeug und ihre ultramoderne Wohnung schien einfach nicht zusammenzupassen.

Ihm gefiel der Gedanke, in ein Haus zu ziehen, das dafür gedacht war, mit Kinderlachen und vielleicht sogar dem Bellen eines Haustiers erfüllt zu sein. Etwas Weicheres. Er schüttelte den Kopf. Er konnte nicht glauben, dass er das Wort *weich* verwendet hatte, um sein zukünftiges Heim zu beschreiben.

Als Nächstes würde er wohl noch Minivans anschauen und Spieltreffen mit anderen Hausmännern vereinbaren.

Brian schluckte schwer. Woher war dieser Gedanke gekommen? Seit wann wollte er Hausmann sein? Er schnaubte verächtlich.

»Was ist los?«

Brian blickte auf und sah Diane mit einem besorgten Blick auf der untersten Stufe vor ihm stehen.

Er schüttelte den Kopf, schob den Gedanken beiseite, dass er so eine Art Mann sein könnte, und zwang sich zu einem Lächeln.

»Nichts. Wollen wir essen?« Er hielt ihr seine Hand hin, und als sie sie ergriff, zog er sie in seine Arme. Er liebte es, sie festzuhalten, ihren Körper an seinem zu spüren, zu wissen, dass es in diesem kurzen Moment nur sie beide auf der Welt gab.

Sie zog sich aus seiner Umarmung, ihr Gesicht zu einer Grimasse verzogen.

»Brian.« Sie hielt sich die Nase zu und schüttelte den Kopf.

»O nein, ist es das Knoblauchbrot?«

Sie nickte und rannte in Richtung Bad. Mit schlechtem Gewissen hörte er, wie sie sich übergab.

Brian durchsuchte die Küche und versuchte, etwas zu finden, womit er den Geruch loswerden konnte. Seine harte Arbeit mit der Knoblauchbutter war eindeutig umsonst gewesen. Er wickelte das heiße Brot in Servietten und warf es in den Abfall in ihrer Garage. Dann ging er wieder hinein und öffnete die Tür in ihrem Essbereich zur Hintertür, um Luft hereinzulassen. Er hoffte, das würde den Geruch vertreiben und Diane könnte zumindest die Spaghetti genießen.

»Gott, wie ich das hasse.« Diane kam in die Küche zurück und rieb sich das Gesicht.

Brian reichte ihr das Wasser, das er vorhin eingegossen hatte. Ihre Nase war noch immer verzogen.

»Ich dachte, die Morgenübelkeit gäbe es nur … na ja, morgens.«

Der sengende Blick, den ihm Diane zuwarf, während sie an ihrem Wasser nippte, machte ihm klar, dass dem nicht so war.

»Tut mir leid.« Er wusste nicht, was er sonst sagen sollte.

Diane sackte auf einem Barhocker zusammen. »Tut mir leid wegen des Knoblauchbrots.«

Brian stellte sich hinter sie und rieb ihr sanft den Nacken. Sie ließ den Kopf hängen und er versuchte, die Verspannungen in Hals und Schultern zu lösen.

»Ist okay. Es ist mir sowieso verbrannt«, log er. »Ist das auch tagsüber so schlimm?«

Diane stöhnte. Er nahm das als ein Ja.

»Du hast noch Urlaub. Warum nimmst du dir nicht ein paar Tage frei?«

»Ich kann nicht. Zu viele Meetings im nächsten Monat.«

Brian rieb mit seinem Daumen über einen festen Punkt in ihrer Schulter. »Denkst du nicht, dass du ein bisschen runterschalten solltest?«

Brian ließ seine Hände sinken, als sich Diane vorbeugte und zu ihm umdrehte.

»Ich kann nicht. Das weißt du doch. Nur weil ich schwanger bin, gibt mir das keine Freiheiten bei der Arbeit.«

Brian setzte sich auf den Hocker neben ihr. »Ich will nur nicht, dass du dich verausgabst, das ist alles. Das ist weder für dich gut noch für das Baby.«

Diane schüttelte den Kopf.

»Ich mache mir nur Sorgen um dich.« Er wusste, dass sie sich keine Pause gönnen würde, obwohl sie schwanger war.

»Vielleicht, wenn die Schwangerschaft weiter vorangeschritten ist und die Leute es wissen, aber im Moment kann ich es nicht.«

Er biss sich auf die Zunge, um nichts zu antworten, und konzentrierte sich stattdessen darauf, Nudeln auf ihre Teller zu füllen, als ihm plötzlich klar wurde, was sie gerade gesagt hatte.

»Moment mal.« Seine Hand hielt über dem Soßentopf inne. »Du hast es Walter nicht erzählt?«

Diane schüttelte den Kopf.

Das überraschte ihn. So wie Walter auf der Party geredet hatte, hatte Brian gedacht, er wüsste Bescheid.

»Weiß es irgendjemand?« Er wartete, um zu sehen, ob sie den Anstand hatte, ihn anzusehen, aber das tat sie nicht.

Brian ließ die Schultern sacken. Er verstand nicht, warum sie so zögerlich war.

Sie erhob sich vom Hocker und umrundete die Kochinsel, um sich neben ihn zu stellen. »Ich will einfach warten. Fürs Erste soll es unser Geheimnis bleiben.« Sie schlang ihre Arme um seine Taille und lehnte ihren Kopf gegen seine Schulter.

»Wie lange?« Wie lange wollte sie die Veränderungen ignorieren, die auf sie warteten? Schon bald würde man es ihr ansehen. Und was dann?

»Bis ich weiß, dass ich damit umgehen kann.«

Brian wand seine Finger durch Dianes. In diesem Augenblick wusste er, dass er wirklich keine Ahnung hatte, was ihr das antat.

Ihre Finger wanden sich aus seinen, als sie aus der Küche rannte, und ihre Worte hallten in der Stille der Küche wider.

»Gott, wie ich das hasse«, sagte sie, ihre Aussage von vorhin wiederholend.

Er konnte kaum glauben, wie viel Informationen online für Männer von schwangeren Frauen zu finden waren. Diane hatte kaum etwas gegessen und war dann ohne ein weiteres Wort nach oben gegangen. Als er das Wasser laufen hörte, wusste er, dass sie ein Bad nahm. Er hatte während des Abendessens gesehen, wie sie sichtbar in sich zusammengefallen war, und das machte ihm Sorgen. Es war Zeit, etwas zu tun. Nachdem er die Küche aufgeräumt hatte, schnappte er sich seinen Laptop und setzte sich auf die Couch. Er führte eine schnelle Suche durch, engte seine Ergebnisse ein und fand einen Blog darüber, wie Männer ihre schwangeren Frauen unterstützen konnten.

Hören Sie ihr zu. Check.

Helfen Sie ihr. Diane war keine Frau, die schnell Hilfe annahm. Außerdem, was sollte er tun? Ihr die Haare halten, während sie sich übergab? Nein, das würde nicht gut ankommen. Als er sie das erste Mal über die Toilette gebeugt angetroffen hatte, hatte sie verlangt, dass er ging, und dann die Tür mit ihrem Fuß zugeschlagen.

Stehen Sie auf Abruf für sie bereit. Er bezweifelte, dass sie eine dieser Frauen war, die nachts um zwei mit einem Verlangen nach Burger und Milchshake aufwachten, aber wenn dem so wäre, würde er das natürlich für sie besorgen.

Führen Sie sie zu einem Date aus. Was für eine tolle Idee. Brian öffnete seinen Kalender und suchte nach einem Abend, an dem sie beide zu Hause waren. Normalerweise vereinbarten sie alle zwei Wochen ein Date, aber irgendwie war das zweitrangig geworden, nachdem die Arbeit sie beide so zu vereinnahmen begann. Er würde es vorschlagen, nachdem sie ihr Bad genommen hatte, und herausfinden, ob vielleicht ein Film lief, den sie gern sehen würde.

Seien Sie aufgeschlossen. Brian seufzte. Er war aufgeschlossener für das Baby als sie. Er war sicher, dass sich das ändern würde; das musste es. Der Mutterinstinkt würde einsetzen und dann würde er sich vom Band zwischen ihr und dem Baby ausgeschlossen fühlen. Er stellte sich vor, wie sich ihr Körper in den kommenden Monaten verändern würde. Im Moment war sie schlank und trieb gewissenhaft jeden Morgen Sport, bevor sie zur Arbeit ging. Er konnte es kaum erwarten, einen kleinen Bauch an ihr zu sehen und dann zuzuschauen, wie er wuchs. Die Bewegungen ihres

Kinds unter seinen Händen zu spüren. Sie würde strahlen, würde noch schöner sein, als er je für möglich gehalten hatte.

Zeigen Sie etwas Romantik. Er würde ihr sogar viel Romantik zeigen, wenn sie das glücklich machte. Früher hatte er ihr einmal die Woche Blumen mitgebracht, jetzt war es noch einmal im Monat. Er hatte zufällig gehört, wie sie einer Freundin am Telefon erzählte, dass der Reiz von Blumen als Geschenk schwand, wenn man sie die ganze Zeit bekam. Aber vielleicht könnte er ihr andere Dinge kaufen oder sogar andere Dinge tun. Bei der Romantik ging es ja nicht darum, wie viel Geld er ausgab; es ging darum, ihr zu zeigen, dass er sie liebte. Als sie frisch verheiratet waren, war er noch erfindungsreich und stolz darauf, um die Ecke zu denken, wenn es um romantische Dinge ging. Er schrieb ihr kleine Zettel mit Liebesbotschaften und ließ sie überall im Haus liegen.

Buchen Sie eine Wellnessbehandlung für sie. Das tat sie bereits selbst. Sie hatte einen wöchentlichen Termin für Massage, Maniküre und all den anderen Frauenkram.

Helfen Sie ihr beim Entspannen. Das war der Schlüssel. Aber wie? Sie war ausgelaugt, angespannt von all dem, was auf der Arbeit vor sich ging. Er war fast durchgedreht, als er die blauen Flecke auf ihrem Rücken und ihren Schultern letzte Woche nach der Massage gesehen hatte. Diane war Stress gewohnt und konnte normalerweise gut damit umgehen, aber was würde das für das Baby bedeuten? Es konnte nicht gut für ihren Körper sein. *Nach anderen Entspannungstechniken als Massage suchen,* kritzelte er auf den Notizblock neben sich.

Buchen Sie einen Reinigungsdienst. Brian sah sich um. Ihr Haus war makellos dank des Reinigungsdienstes, den Diane schon seit einigen Jahren kommen ließ. Das konnte er von der Liste streichen.

Gönnen Sie ihr schöne Umstandsmode. Nun, das konnte er tun. Diane liebte Shopping. Es musste ein paar Geschäfte für hochwertige Umstandskleidung in der Nähe geben. *Geschenkgutschein für Umstandsmode,* schrieb er auf.

Lassen Sie sie wissen, dass sie wunderschön ist. Auch das war einfach. Seine Frau war hinreißend, war es immer gewesen und würde es immer sein. Sagte er ihr das oft genug? Er glaubte schon. Aber wie er sie kannte, konnte er es wahrscheinlich ruhig noch öfter sagen. Es hing alles von ihren schwankenden Stimmungen ab. An einem Tag warf sie ihm vor, nicht romantisch genug zu sein, an einem anderen schrie sie ihn an, dass er es übertrieben hatte.

Er schloss den Laptop, stand auf und streckte sich. Jetzt, da er eine Liste hatte, mit der er Diane helfen konnte, ihre Schwangerschaft durchzustehen, konnte er sich entspannen. Er nahm sich ein Bier aus der Küche, nahm einen großen Schluck und genoss das Gefühl der kühlen Flüssigkeit, die seine Kehle hinunterrann.

Vielleicht sollte er nach oben gehen und schauen, ob Diane Hilfe beim Abtrocknen brauchte. Er konnte sich keine perfektere Art vorstellen, den Abend zu beenden, vor allem einen, der nicht so begonnen hatte wie geplant.

9

Das Vibrieren eines Handys riss Brian aus einem Traum voller schreiender Babys. Er rollte rüber und schlang seine Arme um Diane, die ihn jedoch wegschob. Brian legte seinen Arm trotzdem über ihre Taille und kuschelte sich an ihren Rücken.

»Hallo.« Diane zog sich aus seiner Umarmung und versuchte, sich im Bett aufzusetzen.

Brian blickte auf den Wecker und stöhnte. Es war drei Uhr morgens. Wer im Himmel rief zu so einer Zeit an? Er ließ den Kopf zurück aufs Kissen sinken und legte den Arm über seine Augen, als Diane ihre Nachttischlampe anknipste.

»Walter, ganz langsam. Es ist noch zu früh.«

Brian hob kurz seinen Arm, als Diane ihre Beine aus dem Bett schwang und sich mit dem Rücken zu ihm setzte. Sie beugte sich vor, den Kopf in die Hände gestützt, und blockierte dankenswerterweise etwas von dem Licht.

»Warum ruft er an?«, brachte Brian murmelnd hervor. Diane wedelte mit einer Hand in der Luft, ihr Signal an ihn, sie in Ruhe zu lassen, also rollte er zurück und zog sich die Decke über den Kopf.

»Mach wenigstens das Licht aus«, grummelte er. Sie musste ihn wohl gehört haben, denn kurz danach war das Licht aus. Ein leichtes Rascheln ihrer Füße und das leise Klicken der Tür zu ihrem angeschlossenen Bad, dann war er allein im Zimmer.

Brian versuchte zu lauschen, aber Dianes Stimme klang gedämpft, sodass er nur ein Flüstern vernehmen konnte. Warum rief Walter sie zu dieser Zeit an? Warum konnte er sie nicht in Ruhe lassen? Genügte es nicht, dass er sie tagsüber hatte? Musste er auch Brians Nächte mit ihr stehlen?

Er hörte Wasser ins Waschbecken fließen und die Tür öffnete sich. Ein Lichtstrahl schien ins Zimmer.

»Okay, Walter. Ich bin gleich da. Nein, nein, du musst nichts machen. Ich kümmere mich darum.«

Brian stützte sich auf seinen Ellbogen und seufzte, als Diane die Tür noch weiter öffnete.

»Tut mir leid«, flüsterte sie. »Ich muss mir nur ein paar Klamotten schnappen.«

»Du machst Witze, oder?« Brian rieb sich die Augen und gähnte.

Er hörte, wie sie in ihren Schubladen kramte, und dann das leise Klacken der Bügel im Schrank, als sie nach einem Kleidungsstück griff.

»Walter braucht mich.«

Ihr Tonfall regte Brian auf. Als wäre die Tatsache, dass Walter sie brauchte, das einzig Wichtige. »Er schnippt also einfach mit den Fingern und du kommst gerannt?«

»Brian.« Sie seufzte schwer. »Es gibt einen Notfall bei einem unserer Kunden im Ausland. Der Server ist ausgefallen, niemand kann Neil erreichen und daher hat einer der Frontdesk-Mitarbeiter panisch Walter angerufen.«

»Und du bist sein Mädchen für alles, sogar zu dieser« – Brian blickte wieder zur Uhr – »dieser unchristlichen Uhrzeit. Muss schön sein. Brauchst du Hilfe?« Wenn niemand Neil erreichen konnte, konnte er vielleicht bei der Problemlösung helfen. Es wäre nicht das erste Mal, dass er aushalf.

»Nein, Neil hat mir gezeigt, was man tun muss, wenn so etwas passiert.«

»Bist du sicher?«

»Wenn ich deine Hilfe bräuchte, würde ich fragen, okay?«

Brian hielt den Mund. Sie musste ihm ja nicht gleich den Kopf abreißen; er hatte nur seine Hilfe angeboten. Sie war schon den ganzen Abend über so gewesen.

Er war hochgekommen, um Diane beim Abtrocknen zu helfen, und bekam zu hören, dass er sie allein lassen sollte. Also war er wieder nach unten gegangen, hatte sich noch ein Glas Merlot eingegossen und ferngesehen, bis er sicher war, dass sie schlief. Immer wenn er in der Nacht versucht hatte, mit ihr zu kuscheln, hatte sie sich ihm entzogen.

Es überraschte ihn, als sie sich auf den Bettrand setzte und über seine Haare strich.

»Tut mir leid. Ich weiß dein Angebot zu schätzen, wirklich. Aber als du letztes Mal gekommen bist und Neils Schlamassel beseitigt hast, hat Walter ihm das noch monatelang vorgehalten.« Sie beugte sich nach unten und küsste ihn auf die Stirn. »Versuch, etwas Schlaf zu bekommen.«

»Nur, wenn du ihn auch bekommst. Du brauchst ihn nötiger als ich.« Er rieb sich die Augen, wohl wissend, dass sie es ablehnen würde, und wog seine Optionen ab. Sein Wecker würde in wenigen Stunden klingeln. Er konnte versuchen, wieder einzuschlafen, oder er könnte aufstehen und etwas früher als sonst ins Fitnessstudio gehen.

»Du weißt, dass ich das nicht kann.«

Brian seufzte. »Natürlich nicht. Du würdest niemals Nein zu Walter sagen. Es spielt keine Rolle, dass du schwanger bist und es Zeit wird, dass du dich mehr um dich als um ihn kümmerst. Nein, du leidest einfach weiter, während er die Lorbeeren für deine harte Arbeit erntet.« Er rieb sich den Kopf. »Gott, manchmal hasse ich deinen Job.«

»Was stimmt denn nicht mit dir?«, fragte Diane entrüstet. »Was ist aus dem sorgenden und unterstützenden Ehemann geworden, der ebenfalls nachts um drei Anrufe von seinem Boss bekommt und zur Arbeit muss? Ich bin nicht behindert, Brian, und zerbrechlich bin ich auch nicht.«

Brian blinzelte. Was mit *ihm* nicht stimmte? Das musste sie ihn wirklich fragen?

»Nein, aber du bist schwanger, Diane, oder hast du das vergessen? Du kannst dich jetzt nicht mehr nur um dich selbst kümmern; in dir wächst unser Baby.«

»Das bedeutet nicht, dass sich mein Leben ändern muss.« Diane drehte ihm den Rücken zu und verließ das Schlafzimmer.

Er konnte nicht glauben, dass sie ihn so stehen ließ. Er folgte ihr, zog seine Boxershorts an und schnappte sich seinen Morgenmantel vom Haken an der Tür. »Ich kann nicht glauben, dass du mit mir darüber streitest«, sagte er, sobald er die Küche erreicht hatte.

Diane stand an der Spüle und trank ein Glas Wasser. Sie stellte das Glas auf der Anrichte ab und drehte sich zu ihm, die Hände in die Hüften gestemmt.

»Ich? Du benimmst dich doch wie ein Neandertaler. Was erwartest du von mir? Ich kann doch nicht mein Leben umkrempeln, nur weil ich schwanger bin. Ich weiß, du denkst, dass ich das tun sollte, aber das werde ich nicht. Ich kann nicht. So bin ich nicht. Ich bin eine Geschäftsfrau, Brian, die hart für eine vielversprechende Karriere gearbeitet hat, und ich werde nicht zulassen, dass das« – für einen kurzen Augenblick legte sie ihre Hand auf ihren Bauch – »mich daran hindert, zu bleiben, wer ich bin.«

Ihre Augen blitzten, als sie die Worte ausspie, von denen Brian kaum glauben konnte, dass er sie hörte.

»Wer du bist?«

Diane hielt sich den Mund zu und ihre Augen weiteten sich. »Ich habe Angst, Brian. Ich habe einfach nur Angst. Ich will nicht …«, flüsterte sie.

»Das? Unser Baby? Ist es das, was du nicht willst?« Brian schüttelte den Kopf. Er konnte es nicht glauben. Er wollte es nicht glauben. Es war nur die Angst, die aus ihr sprach.

»Brian, so habe ich das nicht gemeint. Das weißt du doch.« Schuldbewusst trat Diane auf ihn zu, aber Brian schüttelte weiter den Kopf. Er streckte seine Hand aus, wie um sie zu stoppen.

»Doch. Das hast du. Das wissen wir beide. Du bist einfach nur ehrlich. Das ist …« Er war kurz davor zu sagen, dass es okay war, aber das war es nicht. Es war wirklich nicht okay. In seinem Herzen hatte er bereits gewusst, dass sie so fühlte, aber er hatte gehofft, falschzuliegen. Brian atmete tief ein und versuchte, seine Gedanken zu sortieren. Diane konnte es jetzt nicht gebrauchen, dass er sie verurteilte. Er durfte sie nicht von sich schieben; es stand zu viel auf dem Spiel.

»Ich weiß, dass es ein Schock für dich ist und dass sich Dinge ändern werden. Aber wir haben darüber gesprochen. Wir wollten das, weißt du nicht mehr?« Brian senkte die Hand und ließ die Schultern hängen, als Diane den Kopf schüttelte.

»Nein. Du wolltest das. Ich nicht. Das habe ich eigentlich nie. Ich bin mit unserem Leben zufrieden. Ich bin beruflich endlich da, wo ich sein wollte; es geht uns gut, wir sind glücklich und erfolgreich, und ich brauche nichts sonst in meinem Leben.«

Brian versuchte verzweifelt, ihre Worte zu deuten, vielleicht Hoffnung in ihrer Stimme zu hören, die sie nicht zugeben konnte. »Das meinst du nicht so. Ich weiß, dass du es nicht tust.«

Diane kaute auf ihrer Lippe herum. »Was, wenn doch? Was, wenn ich es wirklich so meine?«

Die Bedeutung ihrer Worte, das Zögern in ihrer Stimme, es nahm ihm die Luft. Seine Knie gaben nach und Brian war gezwungen, an der Kochinsel Halt zu suchen. Sie konnte doch nicht wirklich das sagen, was er da hörte.

Diane trat zu ihm und legte ihre kalte Hand über seine.

»Denk darüber nach, Brian. Jetzt ein Baby zu bekommen macht alles nur komplizierter. Ich kann kein Hausmütterchen werden, du kannst deine Position auf der Arbeit nicht aufgeben und ich will nicht, dass jemand anders unser Kind aufzieht. Und was, wenn …« Sie senkte die Stimme, sodass er die Worte kaum noch verstehen konnte. »Meine Mutter war Anfang dreißig, als sie Christopher bekam. Ich bin genauso alt wie sie.« Ihre Stimme, die eigentlich beruhigend klingen sollte, kratzte nur an seinen Nerven – bis sie diese letzten Worte flüsterte.

Er wusste nicht, was er tun oder sagen konnte, um diese Angst zu zerstreuen. Sie war nicht ihre Mutter. Was damals passiert war, würde nicht wieder passieren. Die Geschichte würde sich nicht wiederholen. Das würde er nicht zulassen.

Er nahm alle Kraft zusammen und richtete sich auf. Jetzt war nicht die Zeit, darüber zu diskutieren. Er zwang sich, zu entspannen, um nicht sichtbar auf das zu reagieren, was sie andeutete.

»Lass uns später darüber reden, okay? Wie wär's, wenn wir uns zum Abendessen im Luigi's treffen? Ich werde heute etwas früher Schluss machen. Wenn wir hingehen, während das Restaurant gerade öffnet, haben wir es ganz für uns, dann können wir uns entspannen und wirklich darüber reden, was gerade in unserem Leben passiert.«

Diane gab nach, ihre Schultern lockerten sich und ein sanftes Lächeln erschien auf ihren Lippen. »Wir haben nicht wirklich darüber geredet, nicht wahr?«

Brian schüttelte den Kopf.

Diane schlang ihre Arme um ihn. »Okay, das wäre schön.«

Brian hielt sie fest, während sie ihren Kopf auf seine Schulter legte.

Er hatte einen Tag. Einen Tag, um herauszufinden, wie er die Ängste seiner Frau zerstreuen, sie beruhigen und ihr beweisen konnte, dass ihr Happy End möglich war.

Brian saß am Tisch und spielte mit dem Besteck.

Diane war spät dran, allerdings war er auch zu früh gekommen.

Der heutige Tag war eine völlige Verschwendung gewesen. Er wünschte, er könnte es auf die Müdigkeit schieben, aber er war daran gewöhnt, Anrufe mitten in der Nacht zu erhalten.

Er konnte sich einfach nicht konzentrieren.

Ihm war schnell klar geworden, dass es in Bezug auf ihr Baby rein auf Dianes Bedürfnisse und Wünsche ankam. Sie machte eine Zeit der Anpassung durch. Das war normal. So musste es sein. Er konnte sich vorstellen, dass es für keine Frau einfach war, die sich sonst auf ihre Karriere konzentrierte. Aber er kannte seine Frau. Sie kämpfte vielleicht gegen den Gedanken an, dass sich ihr Leben drastisch verändern würde, aber schlussendlich würde sie es akzeptieren.

Und sobald sie es akzeptiert hatte, würde sie mit aller Macht dafür sorgen, dass es auch funktionierte.

Und trotzdem hatte er Magenschmerzen.

»Noch etwas Wein?«

Brian nickte dem Kellner zu. Da vibrierte sein Handy. Er blickte zur Vordertür, aber bisher war er der einzige Gast im Restaurant.

Er drehte sein Handy um, das er auf den Tisch gelegt hatte, und sah eine Nachricht von Diane. *Bin spät dran. Komme gleich. Bestell bitte schon mal das Übliche.*

Er las die Nachricht erneut. Ihr Übliches bestand aus einem Glas Rotwein, einem Teller Bruschetta, den sie sich teilten, und den toskanischen Penne mit Hähnchenfleisch. Den Wein würde er nicht für sie bestellen und es würde ihn wundern, wenn sie die Bruschetta essen könnte, besonders nach der empfindlichen Reaktion ihres Magens gestern Abend – und das, nachdem sie sein Knoblauchbrot nur gerochen hatte.

»Kann ich ein Glas Mineralwasser mit Zitrone und einmal Ihr Parmesanbrot mit wenig Knoblauch bekommen, bitte?« Brian wartete auf das Nicken des Kellners, dann lehnte er sich zurück und griff nach seinem Weinglas.

»Es ist schon eine Weile her, dass du hier warst.« Eine Hand klatschte Brian auf den Rücken, sodass er beinahe seinen Wein verschüttet hätte.

»Marcello. Ich hatte nicht erwartet, dass du heute Abend hier bist.«

Brian stellte sein Glas ab, als sich der freundliche Italiener neben ihn setzte.

»Als mir meine Sara erzählt hat, dass du hier bist, bin ich gleich hergekommen.« Er glättete das Tischtuch und richtete die Blumen in der Vase auf dem Tisch. »Wo ist deine reizende Frau? Ich vermisse ihr Lachen.«

»Sie verspätet sich ein wenig.«

»Diese Frau muss die Kunst der Entspannung lernen. Sie muss sie von dir lernen.«

Es war selten, dass jemand Dianes Arbeitsmoral kritisierte, aber Marcello nahm nie ein Blatt vor den Mund.

Sie hatten das Luigi's entdeckt, als es vor ein paar Jahren eröffnete.

Von dem Augenblick an, in dem sie das Restaurant betraten, fühlten sie sich, als wären sie zu einer anderen Zeit an einem anderen Ort. Marcello hatte eine alte Cowboystiefelfabrik in ein rustikales italienisches Restaurant verwandelt, mit freiliegenden Balken, einem Kamin, Schwarz-Weiß-Fotos von der alten Heimat und ein paar Bereichen, in denen man gemütlich auf Ledersofas und Stühlen sitzen konnte, die am Essbereich entlang aufgestellt waren.

Diane sagte immer, hier könnte sie nach einem langen Arbeitstag herkommen und einfach entspannen. Sie hatte einmal zugegeben, dass sie manchmal während des Tages von der Arbeit hierhin flüchtete, um sich ein Glas Wein zu gönnen. Marcello hatte einen Bereich extra für Diane kreiert, in dem sie sich entspannen konnte. Er hatte sie um Hilfe bei der Einrichtung eines kleinen Sitzbereichs gebeten, also war sie eines Tages mit einem Ledersofa und einem Hocker, ein paar Beistelltischen, Lampen, einem gerahmten Spiegel und sogar einem kleinen Bücherregal angekommen. Ab und zu brachte Diane Bücher vorbei und ließ sie dort, manchmal aufgeschlagen, manchmal mit Lesezeichen. Es war ihr kleiner persönlicher Touch, wie sie zu sagen pflegte. Ihr kleiner persönlicher Touch in ihrem kleinen persönlichen Himmel.

»Ihr Buch liegt noch auf dem Tisch, weißt du? Sie ist schon seit ein paar Wochen nicht mehr gekommen, um zu lesen. Ich mache mir etwas Sorgen.«

Brian spielte mit seinem Weinglas. »Bei ihr im Büro geht es etwas hektisch zu.« Es brachte ihn um, nicht in die ganze Welt rufen zu dürfen, dass sie ein Baby bekamen.

»Ich habe von ihrer Beförderung gehört.« Der große Mann runzelte die Stirn, während er sich zurücklehnte und die Arme vor der Brust verschränkte. »Das wurde auch Zeit.«

»Und warum dann dieses Stirnrunzeln?«

»Es hätte schon vor Jahren geschehen sollen.« Marcello nahm ein Weinglas, das ihm von einem der Kellner angeboten wurde, und winkte den Mann dann fort.

Die Vordertür öffnete sich und ein Händchen haltendes Pärchen trat ein. Ein Kellner kam zu ihnen und bot sich an, ihnen die Mäntel abzunehmen, dann führte er sie zu einem Tisch.

»Ah, ich erinnere mich noch, als ihr beide so hereinkamt, euch an den Händen haltend. Ihr habt einander tief in die Augen gesehen, euer Essen und euren Nachtisch geteilt. Ihr habt hier Stunden entspannt gesessen und das Leben genossen. Scheint, als wäre das in einem anderen Leben gewesen, nicht wahr?« Ein abschätzendes Funkeln war in Marcellos Augen zu sehen, als er zu Brian blickte.

Traurigerweise schien er recht zu haben.

»Weißt du, was ihr braucht?«

»Urlaub? Glaub mir, ich habe darüber nachgedacht. Jetzt ist es aber keine gute Zeit für Diane. Aber vielleicht ein Wochenendausflug. Irgendwelche Vorschläge?«

»Nein, nein, kein Urlaub. Obwohl ...« – er wackelte mit den Augenbrauen und grinste – »ein Wochenendurlaub könnte perfekt sein. Mein Cousin hat eine Hütte in den Bergen, falls ihr interessiert seid. Aber nein, mein lieber Freund, was ihr braucht, ist ein kleiner Bambino.« Er breitete die Hände aus, als würde er dem gesamten Restaurant seine brillante Idee verkünden wollen.

Brian wünschte nur, er hätte leiser gesprochen, denn in diesem Augenblick trat Diane ein.

Er musterte sie, als sie den Raum durchquerte und auf ihn zukam. Ihre Schultern waren angespannt und sie runzelte die Stirn. Hatte sie das gehört? Gott, er hoffte nicht. Das war das Letzte, womit er sich heute noch befassen wollte.

»Diane!« Marcello stand auf und breitete die Arme aus.

Diane warf Brian einen misstrauischen Blick zu, erwiderte aber Marcellos Umarmung.

»Wir haben gerade von dir gesprochen.« Marcello löste die Umarmung und nahm ihre Hände in seine. »Du siehst müde aus. Erschöpft. Du arbeitest zu viel. Du kommst nicht mehr oft genug hierher.« Er zog einen Schmollmund. Brian schob seinen Stuhl zurück und stand auf.

»Tut mir leid, Marcello«, sagte Diane. »Die Arbeit war in letzter Zeit ... schwierig und ich bin nicht so oft weggekommen, wie ich es gern wäre.«

Brian musterte seine Frau. Ihre Worte klangen gestelzt, ihre Haltung war angespannt. Irgendetwas stimmte nicht.

»Komm, komm. Setz dich hin und ich bringe dir ein Glas von deinem Lieblingswein.« Er führte sie zu einem Stuhl neben Brian, zog ihn hervor und wartete darauf, dass sie sich hinsetzte.

Diane blickte auf das Glas Wasser vor ihr und schüttelte den Kopf. »Heute Abend nicht, Marcello. Wasser ist gut. Und vielleicht später einen Tee, bitte.«

Die buschigen Augenbrauen des Mannes hoben sich, dann drehte er sich um und zwinkerte Brian übertrieben dramatisch zu. »Natürlich, natürlich. Für dich alles.«

Brian schüttelte den Kopf, als Marcello fortging, und musste trotz allem grinsen.

Leider verflog dieses Grinsen in dem Moment wieder, in dem er seine Aufmerksamkeit zurück auf Diane richtete.

»Du hast es ihm gesagt?«

10

Alarmiert lehnte sich Brian zurück.

»Natürlich nicht. Warum glaubst du das?«

Diane warf ihm *den* Blick zu. Der, bei dem er sich wie ein Trottel vorkam, solch eine dumme Frage überhaupt zu stellen. Der Blick, bei dem er sich wünschte, an jedem anderen Ort als hier zu sein. *Dieser* Blick.

»Es war ziemlich schwer, nicht zu hören, wie er das Wort ›Bambino‹ rief.«

Brian versuchte zu lachen, um die Anspannung zu lockern, aber es klang eher nach einem Schnauben.

»Nein, nein. Er sagte mir, dass du alles langsamer angehen und das Leben genießen müsstest, und dass ein Baby genau das Richtige wäre. Das ist alles.« Er griff nach ihrer Hand. »Versprochen.«

Diane blieb skeptisch. Sie zog ihre Hand aus seiner.

»Glaubt er wirklich, ein Baby würde unser Leben entschleunigen?«

Brian zuckte mit den Achseln. Es spielte keine Rolle, was er sagte; er konnte nicht gewinnen.

»Wohl eher würde es das noch anstrengender machen. Ich verstehe nicht, wie berufstätige Frauen es schaffen, Familie und Job unter einen Hut zu bringen.« Sie nippte an ihrem Wasser und der Kellner kam und brachte das Parmesanbrot.

»Ich hoffe, es macht dir nichts aus. Nachdem du gestern Abend so stark auf mein Knoblauchbrot reagiert hast, war ich mir nicht sicher, wie es dir mit Bruschetta gehen würde. Ich dachte, der Parmesan wäre die bessere Wahl.« Brian redete wild drauflos, wie so oft, wenn er unsicher war.

Diane griff nach einem Stück und lächelte. »Tatsächlich ist heute ein guter Tag. Ich habe Hunger, ob du es glaubst oder nicht.« Sie biss in das mit Parmesan bestreute Brot und seufzte. »Das schmeckt ja so gut«, murmelte sie kauend.

Der Knoten in Brians Magen löste sich, und seine Schultern wurden lockerer. Vielleicht machte er sich umsonst Sorgen.

»Du meinst, du willst heute tatsächlich etwas essen? Das muss gefeiert werden«, neckte Brian sie.

»Kannst du dir vorstellen, dass manche Frauen monatelang Morgenübelkeit haben? Das würde ich nicht durchhalten. Ich liebe Essen einfach viel zu sehr.« Sie nahm noch ein Stück und schlang es herunter. Brian griff nach dem letzten Stück und biss hinein, bevor Diane es überhaupt bemerkte.

»Denkst du, deine ist vorbei?«

Diane nickte. »Gott, ich hoffe es zumindest.« Sie beugte sich vor, stützte die Ellbogen auf den Tisch und sah sich im Restaurant um.

Die Tische begannen sich zu füllen und der Geräuschpegel um sie herum stieg. Marcello begrüßte die Leute an ihren Tischen mit seiner donnernden Stimme, während Kellner im Raum umhereilten.

»Warum haben wir das nicht schon früher gemacht?« Als Diane ihn anlächelte, war da ein Leuchten in ihren Augen, etwas, das er schon lange nicht mehr gesehen und sehr vermisst hatte.

»Wir müssen das wieder viel öfter machen, nicht wahr?« Er griff nach ihrer Hand und schlang seine Finger um ihre. Als sie ihn anlächelte, war in seiner Welt wieder alles in Ordnung. Es war seltsam, wie ein Mensch so etwas bei ihm bewirken konnte.

Er hatte nie an Seelenverwandtschaft geglaubt, bis Diane in sein Leben trat. Von dem Augenblick an, in dem er sie gesehen hatte, wusste er, dass sie die Richtige war. Es war ein früher Morgen gewesen und sie waren die Einzigen in einem kleinen Coffeeshop. Er hatte sich neben ihr in die Sessel beim Kamin gesetzt und so getan, als würde er Zeitung lesen, aber er konnte seine Augen nicht von ihr nehmen. Innerhalb von Minuten hatten sie zu reden begonnen; und bevor er es wusste, bat sie ihn auf ein Date. Sie machten ein Picknick, sahen ein Feuerwerk am Himmel und der Rest war sozusagen Geschichte.

Diane ergänzte Brian auf eine Art, die er niemals für möglich gehalten hatte. Sie inspirierte ihn dazu, ein besserer Mann zu sein, ein besserer Ehemann. Sie glaubte an ihn, wenn es sonst niemand tat. Und sie ergänzte ihn nicht nur; durch sie wollte er jemand sein, von dem er nie geglaubt hätte, es sein zu können.

»Es ist eine Weile her, dass wir ein Date hatten. Was ist nur mit uns passiert, Brian?« Dianes Stimme brach ein wenig.

»Das Leben. Die Arbeit. Geschäftige Zeitpläne. So etwas passiert.« Er zuckte mit den Schultern. »Weißt du noch, was uns der Psychologe vor ein paar Jahren gesagt hat? Dass wir uns manchmal auf den Rücksitz des Lebens setzen müssen, aber solange wir es uns darin nicht zu gemütlich machen und uns klar ist, dass wir nicht immer mit Autopilot fahren können, wird alles gut.« Brian schluckte.

Er hatte diese Beratung gehasst. Er hatte geglaubt, es ginge ihnen gut, dass ihre Ehe problemlos verlief, bis er all die Beziehungsratgeber zu Hause herumliegen sah. Anscheinend hatte Diane anders gedacht.

»Verreist du bald wieder?«

Brian schüttelte den Kopf. »Nein. Da Marie die neue Zweigstelle in London vorbereitet, bleibe ich in nächster Zeit zu Hause. Es wird schön sein, nicht so viel zu reisen, einfach nur zu Hause zu sein.« Er lächelte. »Wer weiß, vielleicht kann ich ein paar Projekte auf deiner To-do-Liste angehen.« Er zwinkerte.

»Ach ja?« Er hörte die Skepsis in ihrer Stimme.

»Oder vielleicht einen Handwerker finden«, gab er zu. Sosehr es ihn auch ärgerte, seine Talente lagen im Computerbereich, nicht beim Heimwerken. Als er das letzte Mal versucht hatte, einen tropfenden Wasserhahn zu reparieren, hatte er eine leichte Überflutung der Küche verursacht.

Er war nicht sicher, ob jetzt die richtige Zeit war, um das zu erwähnen, aber egal. »Was hältst du von einem Umzug?«

Diane zog ihre Hand aus seiner. »Umziehen? Geht es dir um ein anderes Haus oder eine andere Stadt?«

»Ein Haus. Vielleicht etwas Größeres, mit mehr Platz.«

Das Lächeln verschwand von Dianes Lippen.

»Warum? Mir gefällt unser Apartment. Es passt zu uns.«

Brian nahm einen Schluck Wein. »Ich weiß. Aber wir haben dort lange gewohnt. Ich habe mich etwas umgesehen. Auf dem heutigen Wohnungsmarkt könnten wir unseres für gutes Geld verkaufen und …«

Diane hielt ihre Hände wie zur Abwehr in die Luft. »Warte. Du hast dich umgesehen? Seit wann und warum höre ich erst jetzt davon?« Sie schüttelte den Kopf. »Nein. Ich will nicht umziehen. Es gibt keinen Grund dafür, besonders jetzt nicht. Ich habe keine Zeit dafür, Brian.«

»Du müsstest gar nichts tun. Ich würde mich um alles kümmern und wir heuern Möbelpacker an.« Er beugte sich vor und schämte sich fast für den flehenden Ton in seiner Stimme. »Das ist die perfekte Zeit, Diane. Denk einfach darüber nach. Unser Zuhause ist nicht groß genug für ein Baby. Wir haben noch nicht einmal ein zusätzliches Schlafzimmer.«

Diane biss sich auf die Lippe. »Das Baby. Du willst, dass das Baby ein eigenes Zimmer bekommt. Darum geht es hier.«

»Natürlich«, stimmte Brian zu. Wurde ihr das erst jetzt klar?

»Brian …« Sie seufzte und nahm einen Schluck von ihrem Wasser. »Es gibt da etwas, worüber wir reden müssen.« Sie hielt inne, sah von ihm fort, lehnte sich zurück und schlug die

Beine übereinander, als würde sie versuchen, sich von ihm zu distanzieren.

Auf keinen Fall. Das würde er nicht zulassen. Er hatte gehofft, dieses Gespräch später zu führen, nach dem Abendessen, aber das war gelaufen. Wenn sie darüber sprachen, würden sie es richtig tun. Er zog seinen Stuhl näher heran und zwang sie, ihre Hand in seine zu legen. Sie zog ein wenig daran, als wollte sie keinen Kontakt zu ihm, aber er weigerte sich, nachzugeben.

»Diane, ich weiß, dass der Gedanke, ein Baby zu bekommen, deine Welt auf den Kopf gestellt hat, aber wir bekommen das hin. Zusammen.« Er musste dafür sorgen, dass sie den Ernst in seiner Stimme hörte. Dass sie ihm glaubte.

»Aber was, wenn ich meine Welt genau so mag, wie sie jetzt ist?«

Natürlich tat sie das. Sie tat sich schwer mit Veränderungen. Außer sie waren geplant. Und dieses Baby war alles andere als geplant.

»Unser Baby wird alles noch besser machen.«

Sie schüttelte schwach den Kopf. »Brian, was, wenn ich dieses Baby nicht will? Was dann?«

Er rieb sich die Stirn. »Das meinst du nicht so. Ich weiß, dass du es nicht tust.« Hatten sie dieses Gespräch nicht gerade erst geführt?

»Das tue ich aber. Ich weiß, du hast mir heute Morgen nicht geglaubt, als ich es sagte, aber es stimmt. Ich will kein Baby. Ich empfinde kein Glücksgefühl bei dem Gedanken. Gar keins. Ich habe es versucht, das habe ich wirklich.« Sie beugte sich vor und begann, mit ihrem Daumen über seine Hand zu streicheln. »Brian, ich habe lange darüber nachgedacht und sehe nur eine Möglichkeit, die für uns beide von Vorteil ist.«

In diesem Moment kam der Kellner mit ihrem Essen.

Brian zog seine Hand von Diane weg, er wollte sie nicht mehr berühren. Sobald der Kellner weg war, nahm er Messer und Gabel und schnitt in seine dampfende Hähnchenpasta. Als sein Messer über den Teller schabte, lief ihm ein Schauer über den Rücken. Er weigerte sich, Diane anzusehen, ihren Gesichtsausdruck zu sehen, die unausgesprochenen Worte in ihrem Blick zu lesen. Stattdessen nahm er eine Gabelvoll Nudeln und kämpfte sichtlich darum, die Portion herunterzuschlucken.

Augenblicke unangenehmer Stille folgten, keiner von ihnen sagte ein Wort. Das einzige Geräusch, das er hörte, war das Klappern ihres Bestecks. Alles andere war verschwunden.

»Im Moment macht mir nichts mehr Angst als das, was passieren könnte, wenn dieses Kind geboren wird. Was, wenn ich es nicht schaffe? Was, wenn ich nicht damit umgehen kann? Was, wenn …«

»Hör auf.« Die Nerven in seinem Körper waren angespannt und er konnte spüren, wie sich seine Muskeln verkrampften. Das wenige Essen, das er zu sich genommen hatte, lag wie ein Stein in seinem Magen, und er wusste, dass er keinen weiteren Bissen mehr essen konnte.

»Wir können dieses *Was-wäre-wenn*-Spiel nicht spielen, Diane. Das dürfen wir nicht. Was mit deiner Mutter passiert ist, wird dir nicht passieren. Das wird es nicht.«

»Das weißt du nicht. Selbst der Arzt hat gesagt, dass es keine Garantie gibt.«

Brian spannte den Kiefer an.

»Nein.« Er atmete tief ein und versuchte, sich seinen Zorn nicht anmerken zu lassen. »Nein, das hat er nicht gesagt. Er hat uns gesagt, dass nicht geklärt ist, ob Psychosen erblich sind.« Er spielte mit der Serviette auf seinem Schoß, faltete sie zusammen und legte sie neben seinen Teller.

»Bitte sag mir, dass du nicht darüber nachgedacht hast, es …« Er konnte den Satz nicht beenden. Die Worte wollten einfach nicht über seine Lippen kommen.

Diane lehnte sich in ihrem Stuhl zurück und verschränkte die Arme, der Rest ihres Essens war vergessen. Brian legte seine Gabel hin und schluckte den Bissen, an dem er vergeblich gekaut hatte, herunter. Es schmeckte wie Sägemehl.

Diane sprach die Worte aus, die er nicht hören wollte. »Abtreiben zu lassen? Doch, darüber habe ich in der Tat nachgedacht.«

In diesem Augenblick brach seine Welt zusammen. Sein Kopf war leer, konnte die Sache nicht verarbeiten, mit der er sich nie hatte befassen wollen. Abtreibung. Wie konnte sie nur?

»Ich bin zu alt, Brian. Wir sind zu alt.«

Er schüttelte den Kopf. Er wollte ihr widersprechen. Sie waren nicht zu alt. Sie waren noch nicht einmal Mitte dreißig.

»Außerdem ist es für mich schon zu spät. Wäre ich am Anfang meiner Karriere, dann vielleicht, aber das bin ich nicht. Ich habe hart gearbeitet, um dorthin zu kommen, wo ich jetzt bin, und das möchte ich nicht aufgeben.«

Er blinzelte nur. Er konnte nicht glauben, was sie da sagte. In einem Augenblick war es ihre Angst, dass sich die Geschichte wiederholen könnte, im nächsten ging es um ihre Karriere. Es war, als könnte sie sich nicht entscheiden. Er dachte, sie hätte das alles bereits hinter sich gelassen, dass sie erkannte, dass ihr Kind keine Unannehmlichkeit war, dass sie nichts aufgab, sondern etwas bekam, das ihr Leben zum Guten ändern würde.

»Ich möchte nicht, dass sich mein Leben ändert«, sagte sie.

»Findest du nicht, dass du etwas eigensüchtig bist?« Er stieß die Worte hervor, bereute sie aber auch nicht. Sie war eigensüchtig. Das war nicht die Frau, die er geheiratet hatte. Ganz und gar nicht. Und dafür konnten auch nicht nur die Hormone verantwortlich sein.

»Eigensüchtig? Ich bin eigensüchtig? Wie kannst du es wagen? Bist du derjenige, der mit der Übelkeit umgehen musste? Wirst du zu Hause bleiben und unser Kind großziehen? Bist du bereit, alles für ein Baby zu opfern?« Ihre Nasenflügel blähten sich, während sie ihm ihre Worte entgegenschleuderte.

Sein Kiefer schmerzte, so stark presste er die Zähne aufeinander.

»Ich würde alles opfern. Nicht nur für unser Kind, sondern auch für dich.« Jedes Wort betonte er mit Nachdruck.

Ein kurzer Zweifel überzog ihr Gesicht, bevor die Maske, die er tatsächlich mit jeder Faser seines Körpers hasste, wieder alles bedeckte.

Verachtung. Als wäre sie besser als er. Als wüsste sie mehr als er.

»Das sagst du jetzt, aber wenn es darauf ankäme, würdest du es nicht tun«, fuhr sie fort. »Du bist ein Mann. Du hast keine Ahnung, was es bedeutet, eine Frau in einer Männerwelt zu sein.«

»Ach, komm schon, Diane. Es ist ja nicht so, als würdest du dafür gefeuert werden, ein Baby zu haben.«

»Nein. Ich werde nicht gefeuert. Das würde Walter nicht tun. Da hast du recht.«

Er konnte einfach nicht glauben, was er da hörte.

»Damit ich das richtig verstehe: Du entscheidest dich für deinen Beruf statt für unser Baby.« Er knackte mit den Fingerknöcheln und hielt den Atem an.

Diane rollte mit den Augen.

»Jetzt reiß dich doch zusammen. Ich entscheide mich für überhaupt nichts. Du hast mir eine Frage gestellt und ich habe geantwortet. Ich hätte wissen müssen, dass du mit der Wahrheit nicht umgehen kannst. Das kannst du nie.«

Brian rutschte das Herz in die Hose. Sah sie ihn wirklich so?

»Aber eine Abtreibung? Das sollte die letzte Option sein, nicht die einzige Option.« Brian musste dafür sorgen, dass sie ihn verstand.

Erneut rollte sie mit den Augen.

»Das habe ich auch nie gesagt. Gott, würdest du mir ausnahmsweise einmal zuhören? Was ist nur mit dir los?«

»Ich *höre* zu.« Brian verschränkte die Arme über der Brust.

»Nein, nein, das tust du nicht. Du hast mir nicht mehr zugehört seit dem Augenblick, an dem du herausgefunden hast, dass ich schwanger bin.«

»Das ist nicht wahr. Das weißt du. Schieb das jetzt nicht mir in die Schuhe, Dee. Das ist nicht fair.«

Dianes Mund öffnete und schloss sich dann wieder. Tränen glitzerten in ihren Augen.

»So hast du mich schon seit Jahren nicht mehr genannt.«

»Natürlich habe ich das.« Er nannte sie ständig so, oder?

Ihre Lippen wurden schmaler, sie wischte die Tränen weg.

»Du hast mich nicht mehr so genannt, seit wir das letzte Mal darüber geredet haben, Kinder zu bekommen, und ich sagte, dass ich dazu nicht bereit wäre, dass wir unsere Ziele und unsere Zeitlinie neu einschätzen und darüber nachdenken müssten, ob es richtig für uns wäre, ein Baby zu bekommen.« In diesem Augenblick verließ Diane jeglicher Kampfgeist. Sie ließ die Schultern sinken und ihren Kopf tiefer hängen als zuvor.

»Ich bin mir sicher, dass ich es getan habe.« Warum war sie so darauf fixiert? Er wusste, dass er sie Dutzende Male mit ihrem Spitznamen angesprochen hatte. Es war zur zweiten Natur für ihn geworden.

»Das hast du nicht. Und es ist mir aufgefallen. Es ist, als würde mein Problem mit einem Baby einen Keil zwischen uns treiben. Ich weiß, dass du dieses Baby willst. Ich weiß, dass du dir schon lange ein Kind wünschst, und ich fühle mich furchtbar, weil ich nicht genauso fühle. Glaubst du nicht, dass es nicht auch an mir nagt? Was für eine Art Frau bin ich, dass ich keine Kinder will?« Ihre Lippen bebten. »Aber dann denke ich: *Was für eine Art Mutter werde ich für unser Kind sein?* Und tief in meinem Inneren kenne ich die Antwort.«

»Sag das nicht. Bitte sag das nicht. Natürlich willst du unser Baby. Tief in dir weißt du, dass du es willst. Du bist nur verwirrt und …«

»Ich bin nicht verwirrt«, unterbrach ihn Diane. »Ich will nur, dass alles wieder so wird, wie es vorher war.«

Brian legte den Kopf in den Nacken und starrte an die Decke. Egal, was er sagte, egal, was er tat, es würde nicht genug sein. Er konnte mit ihr diskutieren, bis er blau im Gesicht war. Er könnte ihr den Mond versprechen, aber es würde keine Rolle spielen. Sie konnte nicht aus ihrer Haut heraus.

»Also, was willst du mir damit sagen?« Wenn sie wollte, dass er zuhörte, sollte es so sein. Er würde zuhören. Er konnte nicht versprechen, dass er es verstehen würde, aber er würde auf jeden Fall zuhören.

»Ich sage …« Sie schob ihren Teller von sich und sah sich im Restaurant um. »Ich weiß nicht, was ich sage. Es ist ja nicht so, als hätte ich wirklich eine Wahl. Das ärgert mich am meisten.«

Brian beugte sich vor und blickte seiner Frau in die Augen. Er las die widersprüchlichen Gefühlsregungen in ihrem Gesicht.

»Du hast eine Wahl. Du hattest immer eine Wahl.«

Diane lächelte ihn traurig an, nahm ihre Handtasche und hängte sie sich um die Schulter.

»Ich weiß. Ich kann dich, unser Leben und dieses Baby wählen. Oder ich kann mich selbst wählen. Meine Träume. Meine Ziele. Mich.« Sie stand auf und sah ihn an. »Keine große Wahl, nicht wahr?« Sie beugte sich zu ihm und küsste ihn sanft auf die Stirn. Sie verharrte dort und Brian spürte, wie ihm die Tränen in die Augen stiegen. Er wollte nach ihrer Hand greifen, aber sie trat zurück und ging.

Er sah zu, wie sie ihn verließ. Er hätte sie aufhalten oder ihr sogar folgen sollen. Aber das tat er nicht. Er konnte nicht.

Sie hatte ihre Entscheidung wohl soeben getroffen, und in ihm starb etwas.

11

DIANE

Gegenwart – Mai

Es ist seltsam, dass man in dem Augenblick, in dem man aufwacht, schon weiß, dass dieser Tag anders werden wird als der vorherige.

Mein Gefühl für den heutigen gefiel mir gar nicht. Irgendetwas stimmte nicht. Vielleicht waren es die schweren dunklen Wolken, die die aufgehende Sonne aus meinem Fenster verbannten, oder das Gefühl des kühlen Winds an meiner Haut, der durch die schmale Öffnung zog.

Ich zog meinen Morgenmantel fest um mich und rieb mir das Genick, während ich Grace' leisen Atemgeräuschen über das Babyfon lauschte.

Ich wollte am liebsten zurück ins Bett gehen und mich zu einem Ball zusammenrollen. Ich konnte fast schon spüren, wie ich unter den schweren Decken lag und zurück in den Schlaf driftete. Aber stattdessen blieb ich auf meinem Posten am Fenster und wartete darauf, dass sich die Sonne wieder durch die Wolken schob.

Wenn ich die Sonne sehen könnte, würde mich die Schwere vielleicht verlassen.

Gestern Abend hatten Nina und Charlie mich gemeinsam davon überzeugt, heute einen Spaziergang zu machen. Ich wusste nicht genau, wie das vor sich gegangen war, aber es hatte wohl etwas mit Ninas Androhung, nichts mehr zu backen, und Charlies Versuch, mich mit einem Mokka vom Coffeeshop auf der anderen Seite des Parks zu bestechen, zu tun.

Aber um ehrlich zu sein, hatte wohl Charlies Bitte den Ausschlag gegeben, aus dem Haus zu kommen und gemeinsam etwas zu unternehmen.

Ich hatte ihr noch nichts von meinen Panikattacken erzählt.

»Du schaffst das. Atme ganz ruhig. Ein und aus, ein und aus.«

Ninas sanfte, beruhigende Stimme brachte mich zurück vom Abgrund, über dem ich eben noch gestanden hatte. Ich drückte ihre Hand und tat genau das. Einatmen, ausatmen.

»Wir öffnen jetzt die Tür. Lass es uns gemeinsam tun. Leg deine Hand auf den Knauf … genau so, du schaffst es.«

Ich konzentrierte mich auf Nina und ihre Stimme. Zusammen gelang es uns, meine Hand auf den Türknauf zu legen, und mit ihrer Hilfe konnte ich ihn auch drehen, damit sich die Tür öffnete. Aber schon begannen meine Lungen, sich zu verkrampfen, und ich konnte keine Luft mehr holen.

Nina hatte die Panik auf meinem Gesicht wohl gesehen. Sie drehte mich zu sich und zwang mich, sie anzusehen. Sie sagte kein Wort, hielt nur meine Hände und wartete darauf, dass ich mich entspannte.

Nach einem Augenblick begann sie zu zählen.

»Eins.« Sie machte eine Pause. »Zwei.« Noch eine Pause. »Drei.« Sie drückte meine Hand.

»Vier«, flüsterte ich. Meine Lungen lockerten sich und ließen die dringend benötigte Luft herein. Ich konnte meine Schultern entspannen und war in der Lage, Ninas Hände loszulassen und mir die feuchten Handflächen an meiner Hose abzuwischen.

»Ich schaffe es nicht.«

Seit wann gab ich so schnell auf? Langsam begann ich, mich selbst zu hassen, die Person zu hassen, zu der ich geworden war. Aber es gab auch nichts, was ich tun konnte, um es zu ändern.

Nina nickte. »Doch, du schaffst es. Fangen wir an, indem wir uns einfach nur auf die Bank auf der Veranda setzen. Ich hole etwas Wasser.«

Ich blickte hinter mich, um mich zu versichern, dass Charlie noch bei Grace war. Sie war so still wie ein kleiner Engel in ihrem Kinderwagen. Charlie hingegen sah so aus, als wäre sie bereit, jeden Augenblick wegzulaufen. Schuld nagte an mir, wohl wissend, dass es an mir lag. Wenn ich doch nur meine Panik unter Kontrolle bekommen und mich wie ein normaler Mensch benehmen könnte, der dabei war, einen Spaziergang mit seiner Tochter zu machen.

Es war nicht so, dass ich nicht spazieren gehen wollte. Ich wollte es. Ich wollte mit Grace in den Park gehen und ihr die Vögel und die Blumen und das Gelächter anderer Kinder zeigen. Ich konnte es kaum erwarten, dass sie alt genug war, um die Rutsche zu benutzen, auf der Wippe zu lachen oder zu lernen, wie man richtig schaukelte.

Aber was ich wollte und was ich tun konnte, waren zwei völlig verschiedene Dinge.

Es war, als wäre da eine Blockade in meinem Kopf, etwas, das mich davon abhielt, das zu tun, was ich tun wollte. Oder vielleicht war ich es, die versuchte, sich hinter einer Maske zu verstecken, von der ich nicht einmal sicher war, dass ich sie überhaupt tragen wollte.

Eins wusste ich. Würde Brian mich so sehen, wäre er angewidert von meiner Schwäche. Ich wusste, dass Charlie es war.

Triff endlich eine Entscheidung, konnte ich ihn sagen hören. Aber welche Entscheidung war die richtige? Sollte ich die Frau akzeptieren, die ich war, oder die Frau, die ich sein konnte?

»Nein.« Ich zog die Schultern nach hinten. »Es ist ein schöner Tag. Der Spaziergang wird uns allen guttun.«

Ich schloss die Augen und schob die Tür auf, bevor ich weiter darüber nachdenken konnte. Ich würde es tun. Ich musste es tun. Mir gefiel diejenige nicht, zu der ich wurde. Ich erkannte diese Version von mir überhaupt nicht wieder.

Ich merkte, dass sowohl Nina als auch Charlie mir nach draußen folgten. Nina lächelte zweifellos. Ihre Freude über meinen Fortschritt brachte mich dazu, auch die Treppe der Veranda herunterzugehen. Ich machte mir keine Sorgen um Grace; ich wusste, Charlie würde sie mitbringen. Abgesehen von jenem ersten Tag hatte sich Charlie geweigert, Grace noch einmal zu halten. Ich glaube, sie wollte keine Gefühle für sie entwickeln, hatte Angst, das Gefühl eines Babys in ihren Armen zu genießen. Ein Kinderwagen war sicherer, und auch wenn sie heute Morgen gezögert hatte, als ich sie bat, Grace zu schieben, wusste ich, dass sie nicht Nein sagen würde.

Also konzentrierte ich mich auf mich selbst, darauf, einen Fuß vor den anderen zu setzen. Ich musste es nur bis zum Auto schaffen. Das tat ich auch auf dem Weg zur Arbeit – ich konnte es schaffen. Sobald ich bei meinem Fahrzeug war, zwang ich mich, weitere fünf Schritte zu gehen, nur bis zum Ende des SUV, und dann noch einmal fünf Schritte, bis ich fast den Gehweg erreicht hatte.

Ich genoss die Wärme der Sonne auf meiner Haut und in meinen Knochen. Es fühlte sich so gut an. Ich fühlte mich so … frei. Lebendig.

Ich legte den Kopf nach hinten und blickte wie hypnotisiert auf die Wolken, die vorbeizogen. Es war, als würde ich sie mit neuen Augen sehen. Was sahen Kinder, wenn sie die Wolken anschauten? Ich erinnerte mich daran, wie ich früher gedacht hatte, dass sich der Himmel auf den Wolken befand und dass mich vielleicht die Engel hören würden, wenn ich nur laut genug rief.

Ein Lächeln überzog mein Gesicht und ich hätte am liebsten laut gelacht. Ich konnte es schaffen. Die Erkenntnis, dass ich meiner Panikattacke nicht nachgegeben hatte, erfüllte mich mit einer Freude, wie ich sie lange nicht verspürt hatte. Ich konnte es schaffen.

Ich drehte mich um und lächelte die Frauen hinter mir an. Ich breitete meine Arme aus und lachte. Lachte wirklich. Ausnahmsweise war mir einmal nicht kalt. Ich machte mir keine Sorgen. Ich hatte keine Angst. Ich fühlte mich wie ich selbst. Das echte Ich. Das wahre Ich. Das Ich, in das sich Brian vor so vielen Jahren verliebt hatte, das Ich, das ihn noch immer liebte.

»Na, da scheint ja jemand glücklich zu sein.« Nina lächelte.

»Das bin ich.« Ich liebte es, das Lachen in meiner Stimme zu hören, und ich wusste, Nina erging es ebenso.

Ich übernahm den Kinderwagen von Charlie, schließlich wollte ich diejenige sein, die Grace die Sonne präsentierte. Würden ihre Augen bei all den strahlenden Farben aufleuchten? Würde sie die Vögel in den Bäumen zwitschern hören und versuchen, sie zu sehen? Würde sie mich anlächeln, wenn ich sie hochhob und an mich drückte?

Warum hatte ich solche Angst gehabt, sie nach draußen mitzunehmen?

»Wollen wir auf dem Rückweg am Spielplatz halten?« Ich lief den Gehweg entlang.

»Können wir machen«, sagte Nina. »Ich hätte nichts dagegen, mich dort auf eine Bank zu setzen und ein bisschen die frische Luft zu genießen.«

Ninas Handy klingelte. Ich beobachtete sie aus dem Augenwinkel, als sie auf die Nummer schaute und dann zurückblieb, während ich weiterging. Ich sah über meine Schulter zu ihr, aber sie winkte mich voran. Mit wem sprach sie? War es Brian?

»Bist du nicht froh, dass wir das gemacht haben?«, fragte mich Charlie. Ich nickte, verlangsamte aber meine Schritte, damit ich Ninas Gespräch belauschen konnte.

»Wir machen Fortschritte. Ja … wir sind gerade auf einem Spaziergang. Das Kind ist bei uns … es ist ein Schritt … nun, im Moment nehme ich, was ich bekommen kann.«

Ich zögerte meinen nächsten Schritt hinaus und stolperte, wodurch ich den Kinderwagen von mir schubste und ihn nicht mehr greifen konnte. Wir waren an der Spitze eines kleinen Hügels und voller Grauen sah ich zu, wie Grace den leichten Abhang hinunterrollte. Mein Körper erstarrte, während sich eine Szene in meinem Kopf abspielte, bei der sie von einem Auto angefahren wurde, als ihr Kinderwagen an Fahrt aufnahm und die Straße überquerte. Ein plötzlicher Schmerz zuckte durch mein Herz und ich rannte hinter ihr her.

Das Geräusch meiner Schuhe auf dem Gehweg hallte zusammen mit Ninas Rufen, ich solle anhalten, in meinen Ohren wider. Panisch griff ich nach dem Kinderwagen. Mit einem Ruck zog ich ihn am Griff zu mir, gerade als wir das Ende des Gehwegs erreicht hatten. Ein Kleinlaster kam quietschend einen Meter vor mir zum Stehen und hupte. Ich zuckte zurück und funkelte den Fahrer an. Fast hätte er mein Baby überfahren!

»Ist okay, Baby, Mami hat dich. Mami hat dich.«

»Diane!«

Mit der Hand fest am Griff des Kinderwagens drehte ich mich zu Charlie um, die direkt hinter mir war.

»Mach. Das. Nicht. Noch. Mal.« Nina holte nach jedem Wort keuchend Luft.

»Sie wäre fast überfahren worden.«

»Mein Gott, Diane. Er hätte dich überfahren können.« Charlies Körper zitterte, während sie da stand. Sie schlang die Arme um ihren Körper und sah mich stirnrunzelnd an.

»Grace wäre das auch beinahe passiert!« Hatte sie das nicht gerade selbst gesehen?

»Wie konntest du nur so unvorsichtig sein?« Charlie blinzelte und rieb sich die Augen.

Sie hatte Angst. Ich konnte es in ihren Augen sehen. Sie hatte wirklich Angst um mein Leben gehabt.

Nina kam herbeigelaufen und ergriff meinen Arm. Sie starrte mich aus weit aufgerissenen Augen an.

»Es tut mir leid«, sagte ich. »Ich bin gestolpert und habe den Kinderwagen losgelassen. O mein Gott, Nina. Grace hätte überfahren werden können!« Ich legte meine Hand auf ihre und drückte sie. »Ich hätte sie beinahe verloren.« Meine Stimme stieg um eine Oktave und meine Kehle war wie zugeschnürt.

Ich hätte sie fast verloren. Mein Baby. Sie wäre gestorben, wenn ich sie nicht rechtzeitig erreicht hätte. Ich eilte nach vorn zum Kinderwagen und hob die Abdeckung. Meine Tochter schlief fest.

Erleichterung überkam mich, meine Beine zitterten und meine Knie gaben plötzlich nach. Ich sank zu Boden, während ich mein süßes Baby anstarrte. Ihre Wimpern flatterten, sie verzog das Gesicht und mir wurde klar, dass sie ohne die Abdeckung jetzt direkt von der Sonne angestrahlt wurde. Ich hob meine Hand, um das Sonnenlicht zu blockieren, und sah, wie sich ihr Gesicht entspannte. Es ging ihr gut.

»Es geht ihr gut. Sie schläft noch. Sie hat gar nicht mitbekommen, was passiert ist.« Ich lächelte zu Nina hoch.

»Natürlich hat sie das nicht«, murmelte Charlie. Ich sah, wie Nina Charlie stirnrunzelnd ansah.

Was ging zwischen den beiden vor sich?

Und warum war Charlie nicht ebenso erleichtert wie ich? Das war ihre Nichte. Ihre Familie. War ihr nicht klar, wie knapp das gewesen war? War es ihr egal? Sie sah Grace kaum an. Was war nur los?

Und was war mit Nina? Was war da los? Sie schien sich mehr Sorgen um mich zu machen als um Grace, und dabei war sie doch die Babysitterin.

Warum wirkte es bei beiden so, als wäre ich ihnen wichtiger als meine Tochter?

Meine Hand zitterte, während ich auf das Piepen von Brians Anrufbeantworter wartete.

»Verdammt, Brian, warum hebst du niemals ab? Warum muss ich dir jedes Mal eine Nachricht hinterlassen? Verdammt, unsere Tochter wäre fast gestorben und du warst nicht hier. Wo zur Hölle bist du?«

Den letzten Teil schrie ich ins Telefon, warf es dann quer durchs Schlafzimmer und sank schluchzend vor lauter Wut, die in mir hochgekommen war, auf die Knie.

Wo war er? Was war mit ihm los? Hatte er mich verlassen und vergessen, es mir zu sagen? Hatte es einen Unfall gegeben und er war in ein Krankenhaus eingeliefert worden und niemand wusste, wie man mich erreichen konnte?

Wo war mein Ehemann?

Ich schnappte mir ein Kissen vom Bett und schrie hinein. Ich ertrug das nicht mehr. Warum war ich plötzlich so allein, gezwungen, ein Leben zu leben, das ich so nie gewollt hatte? Es war Brian gewesen, der mich überzeugt hatte, das Baby zu behalten, Brian, der mir versprochen hatte, er würde an meiner Seite sein, Brian, der geschworen hatte, ich müsste dieses Kind nicht allein großziehen.

Wofür waren seine Versprechen jetzt noch gut?

Wenn er hier wäre, würde ich ihn schlagen. So hart schlagen, dass meine Handfläche brennen und das Klatschen von Haut auf Haut in unser beider Ohren hallen würde. Dann würde ich mit meinen Fäusten auf seine Brust eintrommeln, meine Arme um ihn werfen und ihm sagen, wie sehr ich ihn liebte und vermisst hatte. Ich hasste ihn, liebte ihn, vermisste ihn und brauchte ihn so sehr.

Nina würde sagen, ich sollte mich auf mich selbst konzentrieren und mir keine Gedanken über Brian machen. Sie würde sagen, dass ich stark werden musste, um das wiederzufinden, vom dem ich das Gefühl hatte, es verloren zu haben.

Ich hatte allerdings das Gefühl, alles verloren zu haben. Wie sollte ich das wiederfinden? Das Einzige, was ich noch hatte, war Grace. Die süße, engelsgleiche Grace, die keine Ahnung von der Welt hatte, in die sie hineingeboren worden war. Ihr Vater wurde vermisst und ihre Mutter war verrückt geworden.

»Diane?«

»Geh weg.« Ich saß vornübergebeugt und schluchzte in das Kissen, das ich fest an mein Gesicht gedrückt hielt. Ich war es satt, dass Nina mich immer auf meinem Tiefpunkt sah.

Die Tür öffnete sich knarzend.

»Lass mich allein!« Meine Kehle schmerzte vom vielen Schreien. Ich warf das Kissen in Richtung Tür, ohne hinzusehen, wo es landete.

Erneut spielte sich die Szene von vorhin vor meinem geistigen Auge ab. Und wieder und wieder und wieder.

Der Blick auf Charlies Gesicht, als ich ihr sagte, dass es Grace gut ging. Die Art, wie sie sich auf mein Wohlbefinden konzentrierte anstatt auf das meiner Tochter. Wie sie kaum in den Kinderwagen schaute, als wir unseren Spaziergang fortsetzten, und so tat, als wäre nichts geschehen.

»Diane, wir müssen reden.«

Das Kissen, das ich in Richtung Tür geworfen hatte, landete neben mir. Ich blickte auf und sah Nina mit einem Glas Wasser in der Hand neben mir knien. Sie hielt es mir hin.

Ich versuchte zu schlucken, aber meine Kehle war so rau. Ich nahm das Glas und nippte daran, bis es halb leer war.

»Was? Was gibt es da zu reden? Dir zufolge habe ich mich beinahe selbst umgebracht für etwas so Unbedeutendes wie das Leben meiner Tochter.« Ich begann zu lachen. Was konnte ich auch sonst tun? Innerhalb von Minuten hatte ich Zorn erlebt, Verzweiflung, und jetzt … jetzt was?

»Ich war erschrocken. Ich bin falsch damit umgegangen. Es tut mir leid.« Nina half mir, aufzustehen. Meine Beine waren taub und ich verlor beinahe das Gleichgewicht. »Vergibst du mir?«

Ich setzte mich aufs Bett und zog die Beine unter meinen Körper. Nina setzte sich mir gegenüber. Die Stille zwischen uns dehnte sich aus, bis ich nickte.

»Wie geht es dir im Moment? Hast du Kopfschmerzen? Ist dir übel?«

»Ich fühle mich außer Kontrolle. Es ist, als wäre ich auf einer emotionalen Achterbahnfahrt, die niemals endet.« Ich lehnte mich zurück, stützte mich mit den Händen ab und sah Grace' Korbwiege auf meinem Bett. Meine Hand schoss nach vorn und ich umklammerte einen der Griffe. Ich hatte sie fast vergessen.

Es fühlte sich an wie ein Schlag in die Magengrube. Ich hatte sie fast vergessen.

»Grace.« Ich flüsterte ihren Namen, entsetzt über diese Erkenntnis.

»Schhh, schon gut. Alles ist gut.« Nina legte ihre Hand auf mein Knie.

Ich schüttelte den Kopf. Nein, nichts war gut. Es war weit davon entfernt, gut zu sein.

»Ich habe sie vergessen. Ich habe Grace vergessen. Erzähl es nicht Brian. Bitte, bitte erzähl es nicht Brian«, flehte ich Nina an. »Was für eine Mutter bin ich nur?«

Erleichterung zeigte sich in Ninas Augen und für einen kurzen Augenblick hasste ich sie. Sie schüttelte den Kopf, als könnte sie meine Gedanken lesen.

»Nein, nein. Es ist schon gut. Zweifle nie an dir als Mutter. Von dem Augenblick an, in dem dir klar wurde, dass du schwanger warst, hast du alles getan, was du konntest, um sie zu beschützen.«

Ich schüttelte den Kopf und wollte Einspruch erheben.

Nina ließ das nicht zu.

»Vertrau dir selbst, Diane. Wir haben darüber geredet, weißt du noch? Ja, am Anfang warst du nicht sicher, ob du bereit für ein Baby wärst, aber immer wenn du die Wahl hattest, dich um das Kind in dir zu kümmern oder das zu tun, was du wolltest, wie etwas Alkoholisches zu trinken, hast du dich für dein Kind entschieden. Du bist die perfekte Art von Mutter. Eine, bei der ihr Kind immer zuerst kommt. Immer. Es spielt keine Rolle, wie lange dein Kind bei dir ist – einmal Mutter, immer Mutter.«

»Ich brauche Brian. Ich brauche ihn hier, Nina. Warum reagiert er nicht auf meine Anrufe und E-Mails? Es ist zu lange, Nina. Er ist schon zu lange weg.« Meine Stimme brach, als ich sie anflehte, mir eine Antwort zu geben.

»Diane …«

»Nein.« Ich knetete die Bettdecke in meinen Händen. »Findest du das nicht seltsam? Ich habe ihn dich bitten hören, ihm Neuigkeiten mitzuteilen. Hast du das getan? Hat er reagiert?«

Als sich ihre Augen weiteten, war es, als würde ein Licht verlöschen. Ich sprang vom Bett und gab Nina eine Ohrfeige. Eine kräftige. Meine Hand tat weh und ihre Wange leuchtete flammend rot.

»Du hast es getan. Und mir nichts erzählt.« Ich fühlte mich verraten. Sie hatte mich angelogen. »Wie konntest du nur?« Mein ganzer Körper vibrierte vor Wut. Nina starrte nur zu mir hoch. Sie sagte kein Wort. Nichts, um sich selbst zu entlasten oder zu erklären, warum sie geschwiegen hatte. Nichts.

»Verschwinde.« Meine Stimme war leise, aber fest. Trotz des wirbelnden Chaos blieb ich fokussiert. Ruhig. Ich wusste eine Sache und nur eine Sache.

»Verschwinde aus meinem Zimmer. Verschwinde aus meinem Haus. Halt dich von mir und meiner Familie fern.«

Ich trat einen Schritt zurück und sah zu, wie sie sich langsam erhob. Ich konnte ihren Gesichtsausdruck nicht entschlüsseln. Für einen Augenblick hätte ich schwören können, dass sie stolz auf mich war, aber im nächsten Augenblick war mir klar, dass sie besorgt war.

Ich wollte sie aufhalten, ihr sagen, dass es mir leidtäte, dass ich es nicht so meinte, aber das tat ich nicht.

Ich betete nur darum, dass sie es wusste. Ich war mir nicht sicher, was ich ohne sie tun würde.

12

Brian

Mai 2013

»Ich kann nicht glauben, dass du mich zu dieser Sache überredet hast.«

Brian hielt Dianes Hand fest, während er sie den Weg hoch zum Haus führte, von dem er wusste, dass es für sie bestimmt war. Er hatte sich in dem Augenblick, indem er es auf der Immobilienwebsite gesehen hatte, in das Haus verliebt. Jetzt musste Diane nur noch ebenso denken.

Es war perfekt. Von dem weißen Gartenzaun bis hin zum Gartenweg und der vorderen Veranda, auf der sie morgens ihren Kaffee trinken und ihren Nachbarn zuwinken konnten. Die Garage an der Seite lenkte die Aufmerksamkeit nicht von der Hausfront ab und im Garten war genug Platz, damit ein Kind oder zwei darin spielen konnten, vielleicht sogar ein kleiner Hund.

»Bleib einfach offen.« Brian drückte ihre Hand, als sie der Immobilienmaklerin die Verandatreppe nach oben folgten.

Es hatte einiger Überzeugungsarbeit vonseiten Brians bedurft, um Diane hierherzubringen. Er hatte sich langsam vorgearbeitet, ihr in den letzten zwei Monaten Wohnungseinrichtungen und Inserate gezeigt und Ideen vorgebracht, was sie alles in einem anderen Haus tun könnten. Nun, da ihre morgendliche Übelkeit vorüber war, hatte sich ihre Laune gebessert und sie redete nicht mehr davon, das Baby nicht zu bekommen. Eigentlich wurde gar nicht viel über das Baby geredet.

»Ich lasse Sie zwei einfach durch das Haus gehen, während ich hier draußen auf der Veranda sitze und das schöne Wetter genieße. Geben Sie mir Bescheid, wenn Sie Fragen haben.« Die Maklerin trat beiseite und Brian führte Diane durch die offene Tür.

In dem Augenblick, in dem er ihr leises Keuchen hörte, wusste er, dass alles gut werden würde.

Brian war selbst nicht sicher, wie er dieses Haus beschreiben sollte. Es war Zuhause. Das hatte er bereits in dem Augenblick gefühlt, in dem er es zum ersten Mal gesehen hatte, und er war sicher, dass Diane das jetzt auch fühlte. Zumindest hoffte er es. Es war sauber, einfach und hell, mit klaren und geraden Linien. Es hatte die breiten Rahmen um Türen und Fenster, wie Diane sie liebte, ein weißes Bücherregal direkt im Eingangsbereich und den schokobraunen Hartholzboden, von dem sie immer schwärmte.

Er konnte es kaum abwarten, bis sie die Küche sah.

»Du fühlst es, oder?« Er schlang seinen Arm um ihre Taille und hielt sie fest, während sie alle Details in sich aufnahm. Er folgte ihrem Blick, als sie die Wendeltreppe musterte, die nach oben führte, und dann durch die französischen Türen in ein großes Arbeitszimmer mit einem funkelnden Kronleuchter über einem antiken Schreibtisch blickte.

Brian zeigte zur hinteren Wand. »Ich wette, der Besitzer ist Schriftsteller. Oder Bibliothekar.« Das würde die vielen Bücherregale im Haus erklären.

»Ich liebe das Büro.« Diane strahlte ihn an, als sie eine der französischen Türen öffnete und das Büro betrat. Gerahmte Bucheinbände säumten eine Wand; an einer anderen stand eine riesige Pinnwand, an der Bilder und Papierschnipsel angepinnt waren.

»Kannst du dich hier drin arbeiten sehen?« Es für sie persönlich werden lassen, das war heute sein Ziel. Seiner Frau helfen, sich selbst in diesem Haus zu sehen.

Sie fuhr mit ihrer Hand über die Lehne eines großen Ledersessels und seufzte.

»Es ist wunderschön und genau so, wie ich mir das Büro eines Schriftstellers vorstellen würde, wenn hier tatsächlich ein Schriftsteller gewohnt hat.«

Er griff nach ihrer Hand und führte sie ins Wohnzimmer. Er stellte sich vor, wie sie hier sitzen würden, auf dem Sofa vor dem Kamin, beide mit Büchern in der Hand, während ihr Baby in einem Körbchen neben ihnen schlief. Ruhig. Zufrieden. Er zog Diane in seine Arme und gab ihr einen Kuss. Die Überraschung in ihren Augen wich, sie lehnte sich an ihn und erwiderte den Kuss.

»Dir gefällt dieses Haus, nicht wahr?« Sie legte ihre Hand auf seine Brust und lächelte.

Er liebte es, sie lächeln zu sehen.

Heute war ein guter Tag.

»Das tut es. Ich sage dir später auch, warum. Aber erst will ich, dass du den Rest siehst.«

Er führte sie zur Küche. Er erwartete eine ähnliche Reaktion wie die, als sie das Haus betreten hatten – ein leichtes Keuchen –, aber es kam nichts. Stattdessen zog sie ihre Hand aus seiner und lehnte sich gegen die Anrichte.

»Gefällt sie dir nicht?«

Sie zuckte mit den Achseln.

Er blickte sich im Zimmer um, verwirrt, was ihr daran nicht gefallen könnte. Von der antikweißen Farbe bis hin zu den Geräten in Edelstahloptik war es der wahr gewordene Traum jedes Hausbesitzers. Oder zumindest sein Traum.

»Es ist eine schöne Küche, Brian, wirklich. Ich habe das Gefühl, dass jedes Zimmer in diesem Haus so ist – gut durchdacht, voller Details und allem, was man sich wünschen könnte. Ich bin nicht sicher, was du von mir erwartest. Willst du, dass ich mich darin verliebe? Ich glaube, das hast du bereits getan.« Sie drückte sich von der Anrichte ab und nahm eine der Wasserflaschen in die Hand, die dort für die Gäste bereitstanden.

»Ich habe gedacht, dass du dir vielleicht vorstellen könntest, diesen Ort zu unserem Zuhause zu machen.« Vielleicht hatte er sich getäuscht.

Der Blick in Dianes Augen war einer, den er während ihrer Ehe erst wenige Male gesehen hatte. Es kam nicht oft vor, dass Diane einen Schritt zurücktrat und nachgab. Das tat sie normalerweise nur, wenn sie wusste, dass das Endergebnis es wert war. Aber er wusste, wenn er sie darum bitten würde, wenn er sagte, dass er wirklich hierherziehen wollte, dann würde sie es tun. Nicht weil sie es wollte, nicht weil sie sich in das Haus verliebt hatte, sondern weil er es getan hatte.

Aber so wollte er es nicht. Er wollte, dass sie es auch wollte. Sie musste es auch wollen.

»Vielleicht war das keine gute Idee.« Er schüttelte den Kopf und schickte sich an, an ihr vorbei zum Vordereingang zurückzugehen, während sie nur dastand und ihn ansah.

»Wohin gehst du?« Sie streckte eine Hand nach ihm aus, um ihn zu stoppen.

»Ich sage der Maklerin, dass sie nicht warten muss.« Es gelang ihm, seine Stimme neutral zu halten, seine Enttäuschung zu verbergen.

»Du könntest mir auch erst einmal den Rest des Hauses zeigen, bevor du das tust.« Ob sie nun wollte, dass er ihr Seufzen hörte, oder nicht, er tat es. Er riss seinen Arm von ihr fort und zwang sich, tief durchzuatmen. Wütend zu werden würde nichts bringen, aber verdammt, musste sie es so offensichtlich machen?

Diane schlang ihre Finger durch seine und übernahm die Führung, lief durch den Flur, bis sie wieder im Eingangsbereich standen. Sie hatten ein paar Zimmer ausgelassen, die vom Flur abgingen, und er wollte ihr den Wintergarten und dann den Garten zeigen, aber sie zog ihn mit sich, bis sie die Treppe erreicht hatten.

»Erinnerst du dich, wie wir darüber geredet haben, eine Wendeltreppe in unserem Haus zu haben? Wir haben in diesen ersten Jahren so viel geträumt.« In ihren Worten schwang Wehmut mit. Es war eins der ersten Dinge, an die er gedacht hatte, als er das Haus zum ersten Mal betreten hatte, aber er war nicht sicher gewesen, dass es ihr ebenso ergehen würde.

»Du hast immer behauptet, du würdest morgens das Geländer hinunterrutschen.« Diane lächelte ihn an, während er beim Gedanken an die Erinnerung grinste.

»Ich bin mir nicht mehr so sicher, ob das eine gute Idee wäre«, sagte er.

Sie legte ihre Handfläche auf das Geländer aus poliertem Holz und ging langsam die Treppe hinauf.

»Nein, du möchtest unserem Sohn ja wohl auch keine schlechten Manieren beibringen, oder?«

Brian schluckte schwer. Seine Brust verengte sich bei ihren Worten.

»Sohn?«

Diane setzte ihren Weg fort, blickte aber über ihre Schulter und lächelte. »Oder Tochter.«

Diane war im dritten Monat und hatte gerade ihre erste Ultraschalluntersuchung gehabt, aber sie hatten gemeinsam beschlossen, das Geschlecht des Babys nicht erfahren zu wollen. Für einen Augenblick hatte er sich gefragt, ob sie ihre Meinung geändert und die Ärztin gebeten hatte, es ihr zu sagen.

»Was möchtest du mir zuerst zeigen?« Sie stand oben und sah den Flur hinunter. Rechts befand sich das Hauptschlafzimmer und links die anderen Zimmer.

»Geh nach rechts.«

Als er das erste Mal durch das Haus gegangen war, war er vom Hauptschlafzimmer sehr beeindruckt gewesen. Die Maklerin hatte es den Hauptflügel genannt und damit nicht gelogen. Es nahm die Hälfte der oberen Etage ein. Von dem Augenblick, in dem man das Schlafzimmer betrat, fühlte man sich wie in einem anderen Bereich des Hauses. Links gab es einen kleinen Sitzbereich mit elektrischem Kamin, Zweiersofa und einem an der Wand montierten Fernseher, rechts einen Bürobereich mit gefüllten Bücherregalen und einem Schreibtisch. Direkt voraus war das eigentliche Schlafzimmer; dahinter befand sich das angeschlossene Bad.

Diane stand am Fenster, zog den Vorhang zurück und blickte in den Garten.

»Was denkst du?«

»Es ist einfach fantastisch. Mir fällt kein anderes Wort ein, um dieses Haus zu beschreiben. Ein Heim, das sich die meisten Frauen wünschen würden.« Sie drehte sich um. »Dieses Zimmer ist eine Zuflucht. Ich bin mir nicht sicher, ob ich es überhaupt würde verlassen wollen. Du müsstest mir meinen Kaffee und die Mahlzeiten bringen.« Sie lächelte ihn an.

»Das könnte ich tun.« Er wusste, dass sie ihn nur neckte, aber er meinte es ernst.

»Aber was ist mit dir? Wo wird dein Traum wahr? Du hast dieses Haus doch nicht nur für mich ausgesucht.«

Er neigte den Kopf. All die Jahre, und sie verstand es noch immer nicht. Sie verstand es nicht.

»Du bist mein wahr gewordener Traum, Diane. Du und unser gemeinsames Wunder.« Er legte seine Hand sanft über die leichte Wölbung, die sich zu bilden begonnen hatte.

Sie seufzte, legte ihre Hand über seine und küsste ihn auf die Lippen.

»Du bist zu gut zu mir«, flüsterte sie in seinen Mund, bevor sie sich ihm entzog. »Was gibt es noch zu sehen?«

Brian lächelte. »Folge mir.« Er konnte es kaum erwarten, ihr eins seiner Lieblingszimmer im Haus zu zeigen. Ja, die Küche ließ sein Feinschmeckerherz höher schlagen, aber dieses eine Zimmer am Ende des Flurs brachte sein Herz zum Singen.

»Gibt es ein geheimes Zimmer voller Computer und mit Plasmabildschirmen an allen Wänden?« Diane lachte, als sie ihm aus dem Schlafzimmer hinaus und den Flur hinunter folgte.

Brian ging vorbei am Badezimmer und den anderen beiden Schlafzimmern. An ihnen war nichts Besonderes. Dann hielt er vor dem einzigen Zimmer, dessen Tür geschlossen war. Das Haus hatte ursprünglich ein zusätzliches Zimmer gehabt, aber die Besitzer hatten die Wand zwischen jenem Zimmer und diesem Schlafzimmer eingerissen, um eine Oase für ein kleines Kind zu schaffen.

Er wartete, bis Diane neben ihm stand, dann öffnete er die Tür.

Nie würde er vergessen, wie er dieses Zimmer das erste Mal gesehen hatte.

Die Wände waren cremefarben und an einer hing ein Teppich, von dem Brian wusste, dass er sich sehr weich anfühlen würde. Ein Kinderbett in Antikweiß stand vor dieser Wand, mit einer sandfarbenen Decke darüber gebreitet. Das Zimmer strahlte Eleganz aus und er wusste genau, dass Diane es lieben würde. In einer Ecke stand ein Schaukelstuhl; in einer anderen ein großes einzigartiges Schaukelpferd aus Holz.

»Es ist wunderschön.« Diane drückte seine Hand, ging zum Pferd und fuhr mit ihren Fingern durch seine dichte Mähne.

»Es ist perfekt, nicht wahr?« Brian konnte die Freude in seiner Stimme nicht unterdrücken. Es gefiel ihr. Ein kleiner

Teil von ihm war besorgt gewesen, nicht sicher, ob das die Art Zimmer war, die sie für ihr Baby wollen würde. Er hätte ein typischeres Babyzimmer bevorzugt, mit etwas Blau oder Rosa, aber er wusste, dass das für Diane möglicherweise zu weit gehen könnte.

Sie hielt vor dem Kinderwagen, eine Hand auf der Decke, während sie den Teppich an der Wand berührte.

»Ich habe diesen Look schon in Zeitschriften gesehen. Es ist schön mit dem Wandteppich. Mir gefällt, wie er das Zimmer weicher macht.« Sie drehte sich um, lehnte sich gegen das Kinderbett und rieb sich über den Bauch.

Brian trat zu ihr heran und legte seine Hand über ihre. »Ich dachte, das wäre das perfekte Zimmer für unser Baby.«

Dianes Augen wurden bei seinen Worten weicher und pure Freude durchströmte ihn. Er wünschte sich, dass sie genauso aufgeregt wegen des Babys war wie er. Sie war noch nicht so weit, aber das würde schon noch kommen.

»Ich bin überrascht. Ich dachte, du würdest das volle Programm wollen und das Zimmer rosa oder blau streichen und ich müsste dich überzeugen, stattdessen nur Farbakzente zu setzen.« Ihre Augen funkelten. »Aber ich verstehe, warum das dein Lieblingszimmer ist. Ich sehe dich schon vor mir, wie du nachts im Schaukelstuhl sitzt und versuchst, unseren Sohn oder unsere Tochter zum Einschlafen zu bringen.« Ihre Lippen verzogen sich zu einem Lächeln, als sie ihre Arme um ihn schlang und sich an ihn lehnte. »Ich hoffe, das Zimmer ist schalldicht, damit wenigstens einer von uns schlafen kann.«

Brian zog sich zurück. »Wer sagt, dass ich alle Nachtschichten übernehme?«

»Ich dachte eher daran, dass du unserem Kind mitten in der Nacht Programmieren beibringst. Das funktioniert bei mir immer, um mich zum Einschlafen zu bringen.« Sie zuckte mit den Achseln und schnippte spielerisch mit ihrem Finger gegen seine Brust. Er fing ihre Hand auf, brachte sie an seine Lippen und küsste sie.

»Mal im Ernst, ich glaube, dieses Zimmer, dieses Haus ist perfekt für uns. Meinst du nicht?«, fragte Brian.

Er beobachtete, wie Diane tief einatmete, wie sie ihren Rücken durchstreckte und sich dann von ihm abwandte, um das Zimmer zu mustern.

»Es gibt uns mehr Platz, um zu wachsen …« Ihre Stimme schwand.

»Aber?« Er war nicht sicher, ob ihm gefiel, in welche Richtung das ging.

Diane seufzte. »Kein Aber. Es gefällt mir. Es ist perfekt. Es kommen nur einfach so viele Veränderungen auf einmal. Ich mag unser Apartment und unser Apartmentleben.«

Das feste Band, das sein Herz umschlungen hielt, lockerte sich. In ihrer Stimme konnte er hören, dass sie Angst hatte. Die vielen Veränderungen in ihrem persönlichen Leben machten ihr zu schaffen. Das war schon immer so gewesen. Darauf hätte er stärker achten müssen.

»Wie wäre es, wenn du das alles mir überlässt? Du konzentrierst dich auf die Arbeit und alles, was du tun musst, bevor unser Baby kommt, und ich kümmere mich um den Rest.« Wenn er alles Negative von ihr fernhalten konnte, würde sie vielleicht nachgeben und erkennen, dass ein Umzug gut für sie wäre.

»Du willst dich um den Umzug kümmern? Einpacken, sauber machen, auspacken, alles aufstellen, malern, reparieren … unser Apartment für das Inserieren vorbereiten? Du wirst dich um all das kümmern?«

Er nickte. »Wie schwer kann das schon sein? Ich engagiere eine Umzugsfirma und wir lassen die Putzkräfte ein paarmal zusätzlich kommen.«

Diane kicherte. »Typisch Mann, andere die Arbeit machen zu lassen. Ich weiß, dass es schon ein paar Jahre her ist, Brian, aber es gehört mehr dazu, als eine Reinigungs- und eine Umzugsfirma anzuheuern.«

Brian zuckte mit den Achseln. Er würde schon einen Weg finden. »Wenn ich mich um das alles kümmere, wirst du darüber nachdenken?«

Sie schürzte die Lippen. »Brian …«

Er schüttelte den Kopf. »Nein.« Er ließ sie nicht weiterreden. »Denk einfach darüber nach, okay?«

Sie neigte den Kopf und sah sich noch einmal im Kinderzimmer um.

»Okay.«

Brian versuchte mit aller Macht, ein Lächeln zu unterdrücken, als er nach ihrer Hand griff, und sie gingen gemeinsam aus dem Zimmer und die Treppe hinunter.

Sie brauchte nur etwas Zeit. Sie würde schon einlenken und einsehen, dass sie umziehen müssten und dass dieses Haus mehr als perfekt für sie war. Er würde keinen Druck aufbauen, es nur im Vorbeigehen erwähnen und abwarten, bis sie von selbst zu der Entscheidung kam.

Kein Druck. Das würde sein Motto für die nächsten Monate sein.

Unten an der Treppe wartete die Maklerin auf sie. Sie hielt ein Klemmbrett voller Formulare mit einem Stift oben in der Hand.

»Und, wie war die Tour? Sie haben sich doch bestimmt ebenso verliebt wie Brian all die anderen Male, als wir uns das Haus angesehen haben. Ich habe hier alle Unterlagen und brauche nur noch Ihre Unterschrift, Diane, um alles abzuschließen.« Sie hielt ihr das Klemmbrett hin.

Diane verschränkte die Arme und drehte sich zu Brian um. »Abschließen? Du hast bereits unterschrieben?«

Brian zuckte innerlich zusammen, als er ihrem tödlichen Blick begegnete. Es spielte keine Rolle, dass sie noch immer lächelte. Die Art, wie sie mit einem Finger auf ihren Arm tippte, zeigte ihm, dass er in Schwierigkeiten steckte.

Die Maklerin trat einen Schritt zurück und wollte das Klemmbrett zurückziehen, aber Diane nahm es ihr ab.

»Es tut mir leid. Ich dachte … Wie wär's, wenn ich Ihnen ein paar Minuten gebe, um das zu besprechen?« Die Maklerin wurde rot und flüchtete zurück auf die Veranda.

Eine unangenehme Stille füllte den Flur, während Brian zusah, wie sich Diane die Unterlagen durchlas.

»Ich wusste, dass du nicht viel Zeit hast, um nach Häusern zu schauen …«

»Also hast du die Initiative ergriffen und es ohne mich getan.« Dianes Stimme war leise. Sie blätterte die Seiten durch.

Er räusperte sich. »Ich habe mir nur ein paar Häuser angeschaut.« Brian zuckte mit den Achseln.

»Du hast nicht in Betracht gezogen, vorher mit mir zu reden? Ich dachte, wir wären ein Team.«

Brian wusste nicht, was er darauf antworten sollte. Sie waren ein Team, aber in letzter Zeit hatte er das Gefühl, dass er der Einzige war, der für ihre Zukunft als Familie plante.

»Bevor ich es erwähnte, hast du dir irgendwelche Gedanken darüber gemacht, dass das Apartment vielleicht zu klein für uns alle sein könnte?«

Diane schüttelte den Kopf.

»Und genau deshalb sind wir so ein tolles Team. Du musst nicht darüber nachdenken, weil du weißt, dass ich es tue. Wer war derjenige, der unser Apartment gefunden hat?« Brian trat vor und schlang seine Arme um seine Frau, deren Lippen sich zu einem Lächeln verzogen.

»Du«, sagte sie.

»Genau. Hätte ich es nicht getan, würden wir vielleicht immer noch in dieser Einraumwohnung leben, mit Mrs Higgins, der verrückten Katzenlady, gegenüber.«

Als Diane lachte, löste sich die Anspannung um Brians Herz.

»Die hatte ich fast vergessen.« Sie rümpfte die Nase. »Erinnerst du dich noch an diesen schrecklichen Fischgestank?«

Brian nickte. »Der einen empfing, sobald man den Fahrstuhl verließ? Ja, den werde ich nie vergessen.«

Beide mussten sie bei der Erinnerung daran grinsen. Brian wusste, dass er sich immer an diese Zeit erinnern würde.

»Weißt du« – Diane drehte sich in seinen Armen, sodass ihr Rücken an seiner Brust lehnte – »ich glaube, das Haus ist perfekt. Nehmen wir die Unterlagen mit nach Hause, sodass ich sie durchsehen kann, und dann vereinbaren wir einen Termin mit der Maklerin, um sie gemeinsam zu unterschreiben. Wie klingt das?«

Brian stand da, die Arme um seine Frau gelegt, und grinste. Hatte sie wirklich gerade das gesagt, was er gehört zu haben glaubte?

»Bist du sicher?« Das musste ein Witz sein. Auf keinen Fall würde sie sich so schnell entscheiden. Nicht Diane. Sie brauchte Zeit, es zu verarbeiten, das Pro und Kontra gegeneinander abzuwägen. Zeit, in der er sie dazu überreden konnte. Das war nicht die Frau, die er geheiratet hatte.

»Absolut.«

Sie drehte sich um, gab ihm einen kurzen Kuss auf die Lippen, löste sich aus seiner Umarmung und öffnete die Zwischentür.

Brians Welt geriet ein wenig aus dem Lot. Er hatte einen großen Konflikt erwartet und dass er Zeit brauchen würde, sie davon zu überzeugen, dass das hier das Richtige war. Nicht in einer Million Jahren hätte er erwartet, dass sie einfach so zustimmte.

Vielleicht war das das Problem. Er hatte erwartet, dass sie gegen ihn kämpfen würde, dabei hätte er auch darauf vorbereitet gewesen sein sollen, dass sie sich ebenso in das Haus verliebte wie er.

»Wundervoll!«, dröhnte die Stimme der Maklerin, als er Diane zur vorderen Veranda folgte. »Ich habe heute Abend noch Zeit, falls das für Sie möglich ist. Ich kann vorbeikommen und mir gleich auch Ihr Apartment anschauen«, sagte sie, bevor sie sie auf der Veranda allein ließ.

Brian nahm Dianes Hand und ging mit ihr zu ihrem Wagen. Er blickte über seine Schulter zurück und ihm kam nur ein Wort in den Sinn, als er das Haus anschaute.

Zuhause.

13

Diane

Gegenwart – Mai

»Bist du sicher, dass das eine gute Idee ist?«

Wir saßen in meinem Auto, Charlie hinter dem Lenkrad, weil sie es hasste, Beifahrerin zu sein, und beide blickten wir auf die Vordertür zu meinem Bürogebäude. Charlie trommelte mit den Fingern auf das Lenkrad, während sie mich ansah.

»Warum nicht? Wir werden im Nu wieder draußen sein.«

»Ja, genau. Ich kenn dich doch, Diane. Es dauert nicht lange, dann bist du in deine E-Mails oder Memos oder in eine dringende Nachricht von Walter über irgendetwas vertieft.« Sie rollte mit den Augen, schnappte sich dann ihre Handtasche und öffnete die Tür.

Ich widersprach ihr nicht. Sie hatte ja recht. Das alte Ich wäre so gewesen, aber in letzter Zeit war mir die Arbeit nicht mehr so wichtig. Natürlich behielt ich alles im Auge und sprach regelmäßig mit Walter, aber heute ging es um Charlie und darum, mit ihr Zeit zu verbringen. Ich musste nur kurz vorbeischauen, um etwas aus meinem Büro zu holen.

»Warum sind wir noch mal hier?«

»Um meine Notizen für heute Abend abzuholen und mein Kleid, das Amanda von der Reinigung geholt hat.«

»Und das ist für …«

»Die Benefizveranstaltung. Die, zu der ich dich zu überreden versuche …« Ich zwinkerte ihr zu.

»Geeeeenau. Die, von der ich die ganze Zeit sage, dass ich nicht gehen will.« Sie rümpfte die Nase, etwas, das sie schon als Kind getan hatte, wenn ich sie zu etwas zwang, das sie partout nicht wollte.

Ich führte sie durch die Türen und den Gang hinunter, in dem unsere Büros lagen.

»Ach, komm schon, das wird lustig. Normalerweise würde ich nicht gehen, aber es ist für die städtische Essensausgabe, und ich bin im Vorstand meiner Firma. Es ist sozusagen eine der wenigen Partys, die ich nicht verpassen darf. Und außerdem habe ich bei meiner Rückantwort eine zweite Person angegeben.«

»Dir ist klar, dass ich nichts anzuziehen habe, oder? Ich habe auch keine Schuhe und ich kann dir versprechen, dass ich nicht in der Stimmung bin, meine Haare gemacht zu bekommen, und auch nicht so tun werde, als wäre ich auch nur im Entferntesten daran interessiert, dort jemanden kennenzulernen.« Sie ließ sich in einen der Stühle gegenüber meinem Schreibtisch plumpsen, während ich mich hinsetzte, um den Computer anzuschalten.

»Nein, nein. Keine E-Mails, keine Nachrichten.« Sie drohte mir mit dem Finger. »Such einfach deine Notizen, schnapp dir dein Kleid und dann sind wir wieder raus.«

Ich durchsuchte den Stapel Unterlagen auf meinem Schreibtisch, um die Notizen zu finden, die ich bei meinem letzten Besuch im Büro gemacht hatte. Ich wusste, dass sie hier irgendwo sein mussten. Ich schnappte mir den Stapel, der am nächsten lag. Ich massierte mir kurz die Schläfen und sah dann auf die Blätter herunter.

»Geht es dir gut?«, fragte Charlie.

Ich sah auf und blinzelte. Große schwarze Kreise erschienen vor meinen Augen und verdeckten einen Großteil ihres Gesichts.

»Diane?« Charlie erhob sich von ihrem Stuhl.

Ich blinzelte erneut und die schwarzen Kreise verblassten. Ich blinzelte noch ein paarmal, bis sie ganz verschwunden waren. Das war auch schon vor ein paar Tagen passiert, kurz bevor ich eine schwere Migräne bekam.

»Es sind nur Kopfschmerzen.«

Charlie massierte sanft meine Schläfen und ich stöhnte. Es fühlte sich so gut an. Brian hatte das auch immer für mich getan. Beim Gedanken daran überkam mich ein heftiges Gefühl der Einsamkeit. Es tat zu weh, an ihn zu denken. Ich verstand sein Schweigen nicht, konnte mir nicht erklären, warum er meine SMS und Anrufe ignorierte. Warum er mit Nina sprach, aber nicht mit mir.

»Hast du Aspirin?«, fragte Charlie.

»In meiner Handtasche.«

Ich hörte, wie Charlie in meiner Handtasche wühlte. »Die hier?«

Ich öffnete die Augen und sah ein orangefarbenes Tablettenfläschchen in ihrer Hand.

»Nein, da muss noch eine angebrochene Flasche mit Aspirin sein. Ich weiß nicht, was das für welche sind.« Ich griff danach und las das Etikett, in der Hoffnung, dort würde draufstehen, wofür sie waren. Aber die einzigen Informationen auf der Flasche waren mein Name und wie viele Pillen ich wie oft am Tag nehmen sollte.

War das eine neue Medikation? Das konnte doch nicht sein. Ich erinnerte mich nicht daran, sie in meine Tasche gesteckt zu haben, ganz zu schweigen davon, dass ich sie abgefüllt bekommen hätte oder überhaupt bei einem Arzt gewesen wäre. Ich öffnete den Deckel und schüttete ein paar der Pillen auf meine Hand. Das waren nicht die normalen weißen Pillen, die ich abends während des Tees mit Nina nahm. Diese Pillen waren rosa und gelb und rund.

Charlie musste mein Zögern bemerkt haben, als ich sie auf meinen Schreibtisch legte. Sie schnappte sich das Telefon und rief Nina an.

»Diane hat Kopfschmerzen.« Sie rieb mir die Schultern, während sie Nina zuhörte.

»Genau, die hab ich gefunden. Sind die ... okay, wie viele?«

Ich riss ihr das Telefon aus der Hand. »Wofür sind diese Pillen? Ich erinnere mich nicht an sie.«

Nina seufzte in das Telefon. »Gegen deine Kopfschmerzen. Darüber haben wir schon geredet, Diane.« Im Hintergrund hörte man leises Weinen.

»Ist das Grace? Und ich erinnere mich nicht an diese Pillen. Ich fühle mich nicht wohl damit, noch mehr Medikamente zu nehmen.« Das Weinen wurde kurz lauter, dann hörte ich das Geräusch einer schließenden Tür und danach war es still.

»Diese sind stärker und wirken besser mit den anderen Medikamenten, die du nimmst. Du musst sie alle vier Stunden zusammen mit etwas zu essen einnehmen. Ich hab dir auch ein paar Cracker mitgegeben. Hast du sie gefunden?«

»Sind da auch Cracker drin?« Ich deckte das Handymikrofon mit meiner Hand ab, während Charlie in meiner Tasche suchte und dann die Päckchen mit salzigen Crackern herauszog, die Nina erwähnt hatte.

»Hab sie«, sagte ich ihr.

»Nimm die und wenn du nach Hause kommst, können wir über deine Kopfschmerzen reden.«

Ich öffnete das Päckchen mit den Crackern und knabberte an einem, während ich die winzigen Pillen beäugte. Ich wollte sie nicht nehmen. Aber gleichzeitig war ich nicht sicher, wie ich das Dinner heute Abend überstehen sollte, wenn ich mit diesen Kopfschmerzen belastet war. Trotz meines Zögerns schob ich mir die Pillen in den Mund, nahm einen Schluck Wasser und hoffte das Beste. Und dann machte ich mir eine gedankliche

Notiz, mit Nina über all die Medikamente zu reden, die ich in letzter Zeit zu nehmen schien.

Wie konnte sie mir Medikamente verabreichen, wenn ich zuvor nicht einmal bei einem Arzt gewesen war?

»Na, wer ist denn da? Meine zwei liebsten Mädchen auf der ganzen weiten Welt.«

Walters laute Stimme hallte von den Wänden meines Büros wider, das er mit weit ausgebreiteten Armen betrat. Ich war nicht überrascht, ihn zu sehen. Die Rezeptionistin am Empfang hatte ihm sicherlich mitgeteilt, dass ich gekommen war.

Ich zuckte zusammen, als seine Stimme in meinem Kopf erklang, während Charlie ihm fast in die Arme rannte. Sie liebte Walter vermutlich ebenso sehr wie ich. Walter war in unser Leben getreten, während wir bei Tante Mags lebten. Ich hatte nie herausgefunden, woher die zwei einander kannten, aber Walter tauchte in diesen frühen Jahren oft mit Taschen voller Einkäufe oder Spielzeug für uns auf. Kurz danach fingen wir an, ihn Onkel Walter zu nennen. Er schien immer für uns da zu sein, wenn wir ihn brauchten.

»Es ist so schön, dich zu sehen!« Walter hielt Charlie auf Armeslänge von sich und betrachtete sie genau. Ich fragte mich, ob er das sehen würde, was ich gesehen hatte, als sie ankam. Walter sah, wenn es Charlie betraf, normalerweise die kleinen Dinge, die sie vor anderen zu verbergen versuchte.

»Was ist los?« Seine Augen verengten sich, als er sie anstarrte. Ich fing ihr fast unmerkliches Kopfschütteln auf, bevor er sie an sich drückte und seine Arme fest um sie schlang.

Meine Beziehung zu Walter unterschied sich von der Charlies. Meine hatte sich über die Jahre entwickelt, in denen ich mit ihm zusammengearbeitet hatte. Aber Walter war Charlies Beinahe-Vater. Auch wenn ich ihre Reaktion nicht sehen konnte, wusste ich, dass sie darum kämpfte, nicht zu weinen.

»Es wird alles gut. Das weißt du doch, oder? Immer einen Tag nach dem anderen, Kleines. Wir stehen das durch.«

Ich beugte mich vor, Ellbogen auf dem Schreibtisch, während ich die zwei vor mir beobachtete. Was meinte er damit? Hatte Charlie mit Walter über Marcus und die ganze Babysache geredet, ohne es mir zu sagen? Aus irgendeinem Grund störte mich der Gedanke, außen vor gelassen worden zu sein.

»Es ist schwerer, als ich dachte.« Charlie zog sich zurück, ließ aber eine Hand auf seinem Arm. »Diane ist nur kurz vorbeigekommen, um ein paar Notizen und ihr Kleid für heute Abend zu holen.«

Walter drehte sich zu mir um.

Mir gefiel die Haltung nicht, die er ausstrahlte. Seine Arme waren über seiner massiven Brust verschränkt, während er mich stirnrunzelnd anstarrte.

»Was?«, fragte ich.

Ich massierte eine kleine Stelle an meinem Kopf, um die Kopfschmerzen wegzureiben.

»Warum bist du hier? Ich dachte, ich hätte dir gesagt, du sollst dir länger freinehmen.« Er kam näher an meinen Schreibtisch und funkelte mich an.

Ich zuckte mit den Achseln. Ich war nicht in der Stimmung, mir auf die Finger klopfen zu lassen. Ich war eine erwachsene Frau. Ich sollte diejenige sein, die entschied, was ich tun oder lassen wollte.

»Ich habe den ganzen Tag versucht, es ihr auszureden, aber sie hört nicht auf mich.« Charlie ließ sich auf einen Stuhl sinken und sah mich nicht an.

»Ich bin kein Kind, also hört auf, mich wie eins zu behandeln, ihr alle beide.« Ich presste meine Lippen aufeinander, da ich fühlen konnte, wie sich meine Muskeln in Reaktion auf den Ärger, der sich in mir aufzubauen begann, anspannten.

»Niemand behandelt dich wie ein Kind.« Charlie seufzte.

Wirklich? Wollte sie das jetzt wirklich ausdiskutieren?

»Seit du angekommen bist, hast du mich nicht aus den Augen gelassen. Du folgst mir durch das ganze Haus und behandelst mich, als wäre ich eine Porzellanpuppe, die zerbricht, wenn du das Falsche sagst. Ernsthaft, ich habe genug davon.« Ich lehnte mich in meinem Stuhl zurück und verschränkte die Arme.

»Diane …« Walter lehnte sich vor und legte seine Hände auf meinen Schreibtisch, aber ich ließ ihn nicht ausreden.

»Nein, Walter. Nicht. Ich habe ein Kind bekommen. Ich habe keine Katastrophe durchgestanden. Und behindert bin ich auch nicht.« Na ja, abgesehen von diesen stechenden Kopfschmerzen …

»Du siehst nicht gut aus. Ich mache mir nur Sorgen.«

»So viele Sorgen, dass du dir nicht einmal Zeit nimmst, bei mir zu Hause vorbeizukommen?«

Ich blickte zu ihm auf und sah die Sorge in seinen Augen. Ich fühlte mich schlecht, nachdem ich ihn so angefahren hatte.

»Sie bekommt immer wieder schlimme Migräne«, erklärte Charlie.

»Jetzt hast du sie auch, oder?« Walters Blick war durchdringend.

Es gab keinen Grund, es zu leugnen – Charlie würde das sowieso nicht zulassen –, also nickte ich.

»Du musste heute Abend nicht kommen. Das habe ich dir doch gesagt. Der Vorstand weiß bereits, dass du nicht da sein wirst; sie erwarten dich gar nicht.«

Ich rollte mit den Augen. Er sagte mir nichts, was ich nicht bereits wusste. Wir hatten das wieder und wieder diskutiert. Sogar heute Morgen noch einmal.

»Ich will aber hingehen. Es gibt keinen Grund für mich, das heute Abend zu verpassen. Keinen.«

»Es gibt jeden Grund!« Walter warf die Hände in die Luft und lief in meinem Büro auf und ab.

Ich hatte das Gefühl, in der Twilight Zone zu sein, in der jeder eine Sprache sprach, die nur ich nicht verstehen konnte.

»Dann nenn mir einen«, forderte ich ihn auf. Auf Unterstützung hoffend blickte ich zu Charlie, aber das war ein Fehler. Ich wusste sofort, dass sie mir nicht beispringen würde. Sie rieb sich ihre Hände mit Handcreme ein und sah mich nicht einmal an.

»Diane ...« Walter seufzte, redete aber nicht weiter.

»Hör mal, ich halte mich zurück, komme spät und gehe früh wieder.«

Walter schüttelte nur den Kopf, daher wusste ich, dass er keine Auseinandersetzung führen wollte, was gut war. Vielleicht war das Problem nicht, dass sie mich wie ein Kind behandelten, sondern dass ich es zuließ.

»Ich mache mir Sorgen, dass du noch nicht so weit bist, dass es dir zu viel auf einmal wird.« Walter setzte sich auf den Stuhl neben Charlie und schlug die Beine übereinander.

»Wie kann es zu viel sein? Würdest du dir so viele Sorgen um mich machen, wenn das vor Grace' Geburt wäre?«

Seine Augen weiteten sich. »Natürlich nicht.«

»Wo liegt dann das Problem?« Ich zuckte mit den Achseln. »Außerdem wird Charlie mitkommen. Es ist ja nicht so, als würde ich allein gehen.«

Walter drehte sich zu Charlie um, sie nickte.

»Du versprichst mir, es langsam anzugehen?«

»Großes Indianerehrenwort.« Ich hielt meine Hand hoch.

»Als würde ich das für voll nehmen. Du bist schließlich kein Indianer«, spöttelte Walter, während er seine Krawatte richtete. »Hör mal« – er rutschte auf seinem Stuhl hin und her – »du brauchst meine Erlaubnis nicht, das weiß ich. Ich will nur ... ich will mich nur um dich kümmern, sichergehen, dass es dir gut geht. Du bist im Moment nicht die Diane, die ich kenne und liebe.«

Das kam überraschend.

»Ich bin dieselbe Frau, die ich immer war, Walter. Warum sagst du das?«

»Er meint nur, dass du weicher geworden bist, seit Grace da ist, nicht wahr?«, mischte sich Charlie ein, während Walter um eine Antwort kämpfte.

»Weicher geworden?« Was meinte sie damit? Meinte sie das auf gute oder schlechte Art? Sprach sie über meine Paranoia, mit Grace nach draußen zu gehen? Das würde sie mir doch nicht vorhalten, oder?

Und plötzlich liefen all meine Gedanken zusammen, bis ich sie nicht länger unterscheiden konnte und nichts mehr fühlte als den lähmenden Schmerz, ausgelöst von ihren geflüsterten Worten. Meine Augen zuckten, während ich von Walter zu Charlie und zurück zu Walter blickte. Die Art, wie sie einander ansahen … Irgendetwas ging vor sich und es hatte mit mir zu tun. Ihre Münder bewegten sich, aber ich konnte nicht hören, was sie einander sagten. Ein lautes Klingeln ertönte in meinen Ohren und die schwarzen Punkte erschienen wieder vor meinen Augen.

Das Zimmer vor mir schwankte hin und her, bis ich sicher war, mich im Kreis zu drehen. Ich sah, wie Charlie und Walter mit ausgestreckten Händen auf mich zuliefen, aber dann verschluckten die schwarzen Punkte sie komplett, und ich schrie.

14

Brian

Juli 2013

»Vertrau mir.«

Brian war sehr aufgeregt, als er die Augen seiner Frau mit einem schwarzen Tuch bedeckte. Er wollte, dass dies ein Abend wurde, den sie nie vergaß.

»Ich vertraue dir.« Sie lächelte und drehte sich um, damit er das Tuch festbinden konnte.

Er führte sie aus ihrem Apartment und zur Limousine, die in der Einfahrt auf sie wartete. Er half ihr, einzusteigen, und nachdem er sichergestellt hatte, dass sie beide bequem saßen, tippte er gegen die Trennscheibe, als Zeichen für den Fahrer, loszufahren.

»Sind wir« – ihre Hände tasteten über die schwarzen Ledersitze, an der Tür entlang, und entdeckten dann die Bar links von ihr – »in einer Limousine?« In ihrer Stimme klang eine Spur von Aufregung mit, was Brian außerordentlich gefiel.

Er liebte es, sie so überraschen zu können. Und er wusste, er hatte sie völlig überrascht.

Es war ihr dreizehnter Hochzeitstag. Brian hatte Diane die Woche über angelogen und behauptet, er müsste jeden Abend lange arbeiten, also hatten sie geplant, am Wochenende zu feiern. Diane hatte Tickets für das neueste Theaterstück gekauft und Brian hatte in einem hochklassigen Steakhaus in der Nähe einen Tisch reserviert.

Als Diane nach Hause kam und von einem Weg aus Rosenblüten zu ihrem Zimmer begrüßt wurde, in dem sie ein heißes Bad erwartete sowie ein neues Kleid, neue Schuhe und Unterwäsche auf ihrem Bett lagen … war sie natürlich sprachlos gewesen.

Im nächsten Jahr würden sie ihr Jubiläum mit einem sechs oder sieben Monate alten Baby feiern, also wollte Brian es dieses Jahr zu einem ganz besonderen Erlebnis machen.

»Wohin fahren wir?«

Brian griff nach den zwei Gläsern, die schon eingeschenkt waren, und reichte eins davon Diane. Er hätte Champagner bevorzugt, aber sie mussten mit alkoholfreiem Saft vorliebnehmen.

»Auf einen Abend voller Liebe, Überraschungen und Happy Ends.« Er stieß mit seinem Weinglas mit ihr an. »Auf uns.«

»Auf uns«, wiederholte Diane.

Sie tranken schweigend, aber Brian ließ Dianes Hand dabei nicht los. Er konnte es kaum abwarten, ihre Reaktion zu sehen, wenn sie an ihrem Ziel ankamen. Er hatte ein paar Gefallen einfordern müssen, um diesen Abend möglich zu machen, aber das war es wert.

»Wie lang hast du das geplant?« Diane legte ihren Kopf auf seine Schulter und seufzte.

Er wusste, dass der Tag für sie lang und ermüdend gewesen war. Er war per SMS in Kontakt mit ihr geblieben, während sie von einem Meeting zum nächsten eilte. Gegen sechzehn Uhr hatte sie geschrieben, dass sie ans andere Ende der Stadt müsste, um persönlich einen Streit mit einem ihrer Kunden zu schlichten. Er hatte sich Sorgen gemacht, dass sie es nicht rechtzeitig nach Hause schaffen würde.

Er schaute auf die Uhr. Sie müssten in fünf Minuten ankommen, es war noch genug Zeit.

»Lang genug, um mir Sorgen zu machen, als du heute noch in letzter Minute diesen Botengang erledigen musstest.«

Sie kicherte. »Und ich dachte, du würdest lange arbeiten.«

»Stimmt.« Er zeichnete Kreise auf ihrer Hand, während er die Form ihrer langen, muskulösen Beine bewunderte.

»Ich kann nicht glauben, dass du das vor mir geheim gehalten hast. Was, wenn ich zu spät gekommen wäre?«

»Nun, ich schätze, dann hätte ich meine Lektion gelernt.« Brian lachte, aber in Wahrheit hatte er Blut und Wasser geschwitzt, bis sie endlich daheim war.

»Bekomme ich irgendwelche Tipps?« Sie stieß mit ihrem Bein gegen seins. Er legte seine Hand auf ihr Knie, genoss das Gefühl nackter Haut unter seiner Hand. Er war versucht, mit seiner Hand unter ihr Kleid zu fahren, hielt sich aber zurück. Heute ging es darum, auf den Augenblick hinzuarbeiten. Fast wie damals, als sie sich kennengelernt hatten.

»Du darfst dreimal raten.«

»Sagst du es mir auch, wenn ich recht habe?«

Brian schüttelte den Kopf, bis ihm einfiel, dass sie ihn nicht sehen konnte.

»Höchst unwahrscheinlich. Aber … du könntest überrascht sein«, neckte er sie.

Er liebte es, sie zu überraschen, ihre Reaktion zu sehen, wie es sie immer kalt erwischte. Und dass ihm das nach all diesen Jahren noch immer gelang.

Ihre Wangen waren gerötet, ihre Lippen zu einem Lächeln verzogen, und wenn er die Augenbinde abnahm, würden ihre Augen funkeln. Sie war die schönste Frau, der er je begegnet war, und bis heute konnte er nicht glauben, dass sie ihm gehörte.

»Gehen wir ins Luigi's?«

»Darauf verschwendest du wirklich einen Rateversuch? Das ist doch heute ein ganz besonderer Abend. Außer natürlich, ich hätte Marcello überzeugt, das Restaurant für den gesamten

Abend zu schließen …« Es gelang ihm, seinen Tonfall glaubwürdig zu machen.

Sie keuchte.

»Aber natürlich würde ich das nicht tun. Sein Restaurant ist jeden Abend rappelvoll. Weißt du, wie teuer das wäre?«

Er genoss die Art, wie sie an ihrer Lippe kaute, während sie weiter nachdachte.

»Wir verlassen für den Abend die Stadt?«

Er machte »Tsss« und sie schlug ihm auf den Arm und lachte.

»Aber dann hättest du mir eine Tasche packen müssen und wir wissen beide, dass das nicht passieren würde.«

Das Fahrzeug wurde langsamer und hielt an.

»Sind wir da?« Diane beugte sich vor, als die Tür geöffnet wurde. »Nicht schummeln, ja?« Brian legte eine Hand über das Tuch vor ihren Augen, während er sich rückwärts aus der Tür schob und sie mit sich zog.

Er half ihr über den Bordstein und sah sich um. Aufregung stieg in ihm auf und fast hätte er die Überraschung verraten.

»Brian, wo sind wir?« Sie griff nach oben, um das Tuch abzunehmen, aber er stoppte sie.

»Noch nicht. Du willst es doch nicht ruinieren.«

Er führte sie durch die Vordertür des Hotels und dann durch das Foyer. Er war vorhin schon hier gewesen, um sich zu vergewissern, dass man sich um alles gekümmert hatte, und erkannte den Concierge. Der Mann tippte sich an den Hut und lächelte. Brian lächelte zurück. Er konnte nicht glauben, dass das hier stattfand.

Mit ineinander verschränkten Händen, Diane dicht bei sich, ging er mit ihr durch das Dreisternerestaurant. Er hielt seinen Finger an die Lippen und die Kellner und Kellnerinnen, die dort standen, um sie zu begrüßen, lächelten alle, aber schwiegen.

Ein leises Murmeln war zu hören, als Brian einer der Kellnerinnen durch den Essbereich folgte. Er achtete darauf, langsam zu gehen, da Diane noch immer nichts sehen konnte und er verhindern wollte, dass sie gegen jemanden stieß. Das Restaurant war voll. Gerüchten zufolge gab es eine sechsmonatige Warteliste.

»Brian?«

Sie hielten an der Tür, die in den Küchenbereich führte. Unglaublich, dass ihm das gelungen war. Diane würde es lieben. Er blickte hinter sich auf die Leute, die ihn von ihren Tischen aus beobachteten. Edles Porzellan, weiches creme-schwarzes Dekor, Kerzenlicht und weiße Rosen auf jedem Tisch.

So schön es dort auch war, nichts war vergleichbar mit dem, was sie erleben würden.

»Bist du bereit?«

Er schob die Tür auf und führte Diane hindurch. Ihr Griff auf seiner Hand wurde fester, als die Geräusche der geschäftigen Küche sie umgaben.

»Brian?«

Er konnte das Lächeln nicht von seinem Gesicht wischen.

Er führte sie zu einem Tisch an der Seite und drehte sie herum, sodass sie mit dem Rücken zu ihm stand. Er beugte sich vor, küsste sie sanft auf die Wange und flüsterte »Ich liebe dich« in ihr Ohr, bevor er das Tuch abnahm.

»Oh …«

Brian schlang seinen Arm um ihre Taille und hielt sie fest, während sie realisierte, wo sie sich befanden.

»Jean Pierre's«, flüsterte Diane, als der berühmte Michelin-Sternekoch seinen Platz verließ und mit breitem Grinsen auf sie zukam.

»Brian!« JP schüttelte ihm die Hand und zog dann Diane in eine Umarmung.

»Wie? Was?« Sie drehte sich mit großen Augen um und kämpfte um die richtigen Worte.

JP lachte und schlug Brian auf den Rücken. Brian stolperte nach vorn und warf dem Koch einen Blick zu. JP zuckte nur mit den Achseln.

»Ich habe gehört, heute ist Ihr Hochzeitstag. Ich öffne meine Küche nur selten für Gäste, aber für Brian würde ich fast alles tun.«

JP war ein ehemaliger Kunde von Harper and Wainwright. Brian hatte letztes Jahr mit ihm an einem speziellen Projekt gearbeitet. Erst letzte Woche hatte er sich daran erinnert, dass ihm der Mann noch einen Gefallen schuldete.

»Ich kann nicht glauben, dass du das getan hast.« Diane drehte sich um, schlang ihre Arme um Brian und lächelte zu ihm hoch.

Auf der Stelle hatte Brian die Gewissheit, dass sie sich immer an diesen Abend erinnern würden.

»Für dich alles«, flüsterte Brian gegen ihre Lippen. Sie fühlte sich so gut in seinen Armen an.

»In Ordnung, ihr zwei Unzertrennlichen. Hebt euch das für später auf.«

Ein Kellner zog den Stuhl für Diane nach hinten, während Brian sich setzte. Während ihr Wasser eingegossen wurde, beugte sich Diane mit den Ellbogen auf dem Tisch vor und hörte zu, wie JP das Menü des Abends herunterrasselte. Brian hörte kein einziges Wort. Er sah nur, wie das Licht von Dianes Haaren reflektierte und ihre Haut glänzte. Sie strahlte von innen.

Er griff nach ihrer Hand und zog sie unter den Tisch, die Finger ineinander verschränkt. Er fühlte sich gerade wie ein liebestoller Welpe, und nichts konnte das ruinieren.

»Wie hast du das gemacht?« Nachdem JP gegangen war, lehnte sich Diane dicht zu ihm. Ihre Finger strichen in verführerischen Kreisen über seinen Oberschenkel.

»Ich habe meine Methoden.« Brian lächelte.

»Woher kennst du ihn? Ich habe vor ein paar Jahren versucht, hier zu reservieren, aber sie waren für Monate ausgebucht.«

»Ich habe ihm letztes Jahr einen Gefallen getan.« Er lächelte.

»Oh, was für einen Gefallen denn?« In ihren Augen funkelte es.

»Einen, bei dem es darum ging, unerwünschte Fotos zu entfernen, die er aus Versehen auf seine Website hochgeladen hatte.« Brian beugte sich vor und flüsterte es ihr ins Ohr.

Sie keuchte. Er nickte. Sie lachten. Genau, wie sie es getan hatten, als sie noch frisch verheiratet waren.

Sie konnten nicht aufhören, einander zu berühren, ob es ein Streicheln unter dem Tisch war, eine Fingerspitze, die einen Arm hinabstrich, oder ein leichtes Berühren des Halses. Brian konnte an diesem Abend nicht genug von seiner Frau bekommen und sie schien ebenso ergriffen zu sein wie er.

»Wir sollten uns wirklich auf den Koch konzentrieren«, neckte ihn Diane, während sie ihm ins Knie kniff.

Brian sah, wie ihm JP zuzwinkerte.

»Ich glaube, er genießt die Show«, flüsterte Diane.

»Das ist mir aufgefallen.« Brian runzelte die Stirn in Richtung des Kochs. »Ich glaube, er verzögert unser Essen mit Absicht.«

»Das sollte er nicht tun. Ich habe ziemlichen Hunger.« Diane lehnte sich in ihrem Stuhl zurück und verschränkte die Arme über der Brust. Sie winkte JP mit ihrem Finger zu sich heran.

»Sie haben gerufen?« In seiner Stimme klang ein Lachen mit, Gott sei Dank. Das war ihr erstes Essen bei einem Privatkoch überhaupt, also wusste Brian nicht, was er zu erwarten hatte. Er hatte auf jeden Fall nicht erwartet, dass der Tisch ebenso gedeckt war wie im Hauptsaal, komplett mit Kristallgläsern, edlem Porzellan und Tischdekoration. Aus irgendeinem Grund hatte er geglaubt, sie bekämen einen normalen Tisch mit einem einfachen Tischtuch. Jetzt im Nachhinein verstand er auch den überraschten Blick der Kellnerin, als er sie gefragt hatte, ob der Tisch nett hergerichtet werden könnte.

»Gibt es denn bald etwas zu essen? Ich habe heute ziemlichen Hunger. Ich esse nämlich für zwei.« Sie rieb sich leicht über den Bauch und lächelte Brian an.

JP hob die Brauen.

»Ich hatte ja keine Ahnung, Brian, alter Mann. Warum haben Sie mir das nicht gesagt?« JP umrundete den Tisch und küsste Diane auf die Wange.

Brian erstarrte bei dieser vertraulichen Geste.

»Heute Abend feiern wir nur uns.« Diane küsste Brian auf die Wange.

»Nun denn, lassen wir die Feier beginnen.« JP schnippte mit den Fingern und die Kellner stellten sich mit Tellern in der Hand um sie herum.

Dianes Augen wurden kugelrund beim Anblick all des Essens, und Brians Magen knurrte.

»Ich hoffe wirklich, Sie haben Hunger.« Noch mehr Teller wurden gebracht und Brian hätte schwören können, dass das genug Essen für alle in der Küche war. Er wusste, dass sie Probierhäppchen von allen Gerichten bekommen würden, aber er hatte gedacht, es wären auch wirklich nur Probierhäppchen. Keine vollständigen Gerichte.

Diane spießte einen in Butter getränkten Shrimp auf und hob ihn an den Mund. »Iss aber nicht zu viel. Ich habe meine eigenen Ideen, was das Dessert angeht.«

Brian war im Himmel.

15

Brian

August 2013

»Ich kann noch immer nicht glauben, dass du das getan hast.«

Brian hob sein Weinglas und stieß mit Dianes mit Mineralwasser gefülltem Glas an. Sie saßen an ihrem Lieblingstisch im Luigi's und feierten die neue Veränderung in ihrem Leben.

Innerhalb von nur zwei Monaten war es Brian gelungen, das Apartment zu verkaufen und ihren Umzug in das neue Haus zu organisieren. Er wollte keine wertvolle Zeit damit verschwenden, ihr neues Haus für ihre größer werdende Familie vorzubereiten.

»*Wir* haben es getan«, korrigierte er. Natürlich hatte er die Hauptarbeit geleistet, die Umzugsfirma und Putzkolonne organisiert und ihre neue Adresse bei allen lokalen Firmen gemeldet, aber hätte sie ihm nicht eine Liste aller Dinge gegeben, die zu tun waren, hätte er kläglich versagt.

Diane lächelte. »Ich bin einfach froh, dass es vorbei ist.«

»Diane! Du bist hier!« Marcellos laute Stimme dröhnte durch das Restaurant. Ein breites Lächeln erschien auf dem Gesicht seiner Frau und Brian schüttelte über den lauten Italiener einfach nur den Kopf.

»Ist heute der Tag? Seid ihr deshalb hier? Ich fühle mich geehrt, dass ihr euer neues Zuhause bei mir feiert.« Marcello beugte sich nach unten und küsste Dianes rosige Wangen. Sie strahlte ihn an und nickte dann in Richtung Brian.

»Und du, du hast alles gemacht! Mein Sohn hat gut gearbeitet, oder? Ich habe ihm gesagt, wenn er irgendwelche eurer Möbel ruiniert, schicke ich ihn zurück in die alte Heimat, wo er lernen kann, was harte Arbeit bedeutet.«

Aufgrund von Marcellos Beharrlichkeit hatte Brian dessen Sohn und einige Freunde angeheuert, um die Möbel in ihr neues Haus zu bringen und ihm zu helfen, alles vorzubereiten.

»Sie haben gut gearbeitet. Du kannst stolz auf ihn sein.« Brian klopfte Marcello auf den Rücken. »Er ist ein fleißiger Arbeiter.«

Marcello nickte. »Gut. Gut. Man weiß ja nie mit Kindern. Man kann sie erziehen, wie man will, aber wenn sie alt genug sind, kann man nur noch hoffen und beten, dass sie einem auch zugehört haben.«

»Sobald wir alles ausgepackt haben, musst du kommen und unser neues Haus anschauen, Marcello, und deine liebe Frau auch mitbringen«, sagte Diane.

Brian lehnte sich leicht überrascht zurück. Sie hatte Marcello noch nie eingeladen. Beim ersten und einzigen Mal, als Brian so etwas vorgeschlagen hatte, hatte Diane ihn in der Luft zerrissen und klargestellt, dass sie ihre Beziehung auf das Restaurant beschränken sollten.

»Wirklich? Das werden wir sehr gern tun. Welch eine Ehre! Ich bringe etwas von meinem besten Wein mit, den ich für besondere Gelegenheiten versteckt halte. Danke.« Marcello küsste Dianes Handrücken.

Brian beobachtete die Szene vor sich. Es war interessant, seine Frau wie ein Schulmädchen erröten zu sehen.

»Was war das denn?«, fragte er sie leise, zu ihr gebeugt, während Marcello andere Gäste begrüßte, die hereinkamen.

Diane zuckte mit den Achseln.

Nein, damit würde er sie nicht so einfach davonkommen lassen.

»Spuck's aus. Es muss einen Grund für diesen plötzlichen Sinneswandel geben.«

Diane spielte mit der Serviette auf ihrem Schoß, den Blick in einem seltenen Augenblick der Unsicherheit gesenkt. Entweder spielte sie mit ihm oder das war hormonell bedingt. Mal wieder.

»Unser neues Haus fühlt sich anders an. Einladender. Freundlicher. Ich dachte, es wäre vielleicht Zeit, ebenso zu sein. Persönlicher.«

»Das bist du doch. Jeder mag dich.«

Sie schüttelte unwillig den Kopf.

»Diane.« Brian lehnte sich zu ihr und griff nach ihrer Hand. »Liebling, du bist perfekt, wie du bist. Du musst dich nicht verändern.«

»Du musst das ja sagen. Aber wir wissen beide, dass es nicht wahr ist. Damals vielleicht.« Sie blickte zu ihm auf. »Aber in letzter Zeit habe ich das Gefühl, als wäre ich so konzentriert auf meine Karriere gewesen, dass ich vergessen habe, dass zum Leben mehr gehört.«

Brian wusste nicht, was er sagen sollte. Er konnte es nicht wirklich leugnen, weil sie in der Tat mehr auf die Arbeit als auf alles andere konzentriert gewesen war. Allein schon, wenn man bedachte, wie sie reagiert hatte, als ihr klar wurde, dass sie schwanger war. Aber langsam hatte er begonnen, eine Veränderung in ihr in Bezug auf ihr Baby zu bemerken. Akzeptierender und … konnte er es sagen … sogar etwas freudig erregt?

»Kann ich irgendetwas tun, um zu helfen?« Er versuchte, einer direkten Antwort auszuweichen.

Sie kicherte. »Du kannst mir ruhig zustimmen. Ich werde dir nicht den Kopf abreißen.«

»Vielleicht nicht jetzt, aber später.« Er lehnte sich in seinem Stuhl zurück und griff nach einem Stück des warmen gebutterten Knoblauchbrots, das Marcello an den Tisch gebracht hatte.

Sie stöhnte. »War ich so schlimm?«

Brian rieb sich das Kinn und lächelte. »Nur, wenn du es schlimm findest, dass du mir eine Essiggurke gegen den Rücken geworfen hast, weil du glaubtest, ich würde dich ignorieren.«

Diane hielt ihre Serviette vor den Mund und begann zu lachen. »Es tut mir so leid.« Ihr Lachen war ansteckend und auch Brian musste kichern.

»Du musst aber zugeben, dass ich nicht ganz unrecht hatte.« Diane gelang es, mit dem Lachen aufzuhören, aber sie lächelte weiterhin.

Brian nickte. »Natürlich, aber was war mit dem einen Mal, als du wütend wurdest, weil ich mit dem Stift auf die Kartons schrieb, anstatt die Notizkarten zu verwenden, wie du es gewollt hattest?«

Sie hatte ihm über hundert blassrosa Notizkarten gekauft und gesagt, es würde den Umzug erleichtern, wenn er den Inhalt jeder Kiste auf diese Karten schreiben und sie auf die Kisten kleben würde. Er sagte ihr, sie wäre verrückt, und benutzte einen schwarzen Stift, um zu markieren, in welches Zimmer die Kisten gehen sollten. Wutentbrannt hatte Diane ihre Hände hochgeworfen und war aus dem Haus gestürmt, nur um zwanzig Minuten später mit zwei Eiswaffeln zurückzukommen. Anscheinend war das ihre Art der Entschuldigung.

Er weigerte sich noch immer, die Notizkarten zu benutzen.

»Auch da hatte ich recht. Vertrau mir, wenn du anfängst, nach Dingen zu suchen, wirst du dir wünschen, du hättest auf mich gehört.«

In diesen Augenblicken voller Lachen und angenehmer Stille wurde Brian klar, dass er glücklich war. Wirklich glücklich. Er konnte es kaum erwarten, ein köstliches Abendessen zu genießen, dann seine Frau nach Hause zu bringen und zum ersten Mal in ihrem neuen Heim Liebe mit ihr zu machen.

»Ich finde, wir sollten den Nachtisch heute auslassen«, schlug Brian vor, während er einen Schluck von seinem Wein nahm.

»Wirklich? Hast du nicht gehört, wie uns Marcello von dem Käsekuchen erzählt hat?«

»Wir könnten ihn mit nach Hause nehmen und später essen.« Er zuckte mit den Achseln. Er hatte ein paar Ideen, wie sie ihren Nachtisch genießen konnten.

»Brian …« Der Tonfall ihrer Stimme und die Art, wie sie sich zu ihm vorbeugte, gaben ihm allen Ansporn, ihr Essen erfreulich, aber kurz halten zu wollen. Gott sei Dank kam der Kellner bereits mit ihren Bestellungen. Er dachte nicht einmal an ein Dankeschön; er nahm einfach sein Messer und begann, sein Steak zu schneiden. Das würde das schnellste Abendessen werden, das sie je bei Luigi's gegessen hatten.

Es war zwar nur eine Woche her, seit er das letzte Mal Liebe mit seiner Frau gemacht hatte, aber er konnte schwören, dass es sich wie ein Jahr anfühlte.

»Oha, ganz langsam. Ich habe es überhaupt nicht eilig. Das Einzige, was auf uns wartet, sind Kisten, die ausgepackt werden wollen.« Sie schüttelte den Kopf. »Moment, lass es mich anders formulieren: Das Einzige, was auf *dich* im Haus wartet, sind Kisten, die ausgepackt werden wollen. Ich plane, mich mit meiner neuen Badewanne vertraut zu machen, bevor irgendetwas anderes geschieht.«

Brian stöhnte.

»Du darfst mich gern abtrocknen«, schlug Diane vor. Sie zwinkerte ihm über den Tisch hinweg zu und spießte ein Stück Hähnchen von ihrem Pastateller auf.

»Außerdem«, sagte sie zwischen zwei Stücken, »musst du erst die Kiste mit unserem Bettzeug finden.«

Brian knurrte.

»Ach, und überhaupt, meinst du, wir könnten auf dem Weg nach Hause am Büro halten?«

»Diane!« Jetzt ging sie zu weit.

»Nein.« Sie schüttelte den Kopf. »Ich meine es ernst. Es gibt da eine Datei, die ich dich bitten würde anzusehen, wenn du Zeit hast. Walter hat eine neue Idee zu einem Programm, von dem er glaubt, dass es uns bei einigen unserer Prozesse helfen würde, aber bevor ich es Neil gebe, würde ich es gern dir zeigen und sehen, ob es überhaupt möglich ist.«

»Wenn das deine Vorstellung eines Vorspiels ist …« Er griff nach dem Wein, um seine Gedanken zu ordnen. Immer wenn sie ihn bat, eine von Walters großen Ideen zu inspizieren, brauchte er am Ende meistens einen starken Drink. Der Abend schien nicht gut für ihn zu laufen.

»Du kannst es dir auch morgen anschauen. Wir haben das ganze Wochenende vor uns.« Sie lehnte sich zurück und ließ den Kellner ihren bereits leeren Teller abräumen. Brian blickte auf seinen eigenen hinunter und stellte fest, dass er sein Steak und die Nudeln kaum angerührt hatte.

»Genau«, murmelte er. »Ein Wochenende, um Kisten auszupacken und eine Möglichkeit zu finden, Walters dusselige Idee in eine gute zu verwandeln. Klingt nach Spaß.« Er hielt den Blick gesenkt, wohl wissend, dass ihn Diane vermutlich nicht hörte, da sie gerade die Nachspeise bestellte.

»Was hast du gesagt?«

Brian seufzte, während er an dem Essen kaute, das nun keinen Reiz mehr für ihn hatte.

»Nichts. Wenn es dir dein Arbeitsleben erleichtert, gibt es nichts, was ich lieber täte, als dir mit diesem Projekt zu helfen.«

Das Summen von Brians Handy, das auf einer der vielen Kisten im Zimmer vibrierte, brachte ihn dazu, gegen etwas schlagen zu wollen. Seit er das Telefon dort abgelegt hatte, hatte es in den letzten drei Stunden wiederholt geklingelt. Zuerst hatte er versucht, es zu ignorieren. Es war Samstag und das gesamte Büro wusste, dass er wegen seines Umzugs nicht erreichbar war. Aber dieses unaufhörliche Brummen war langsam nicht mehr zu ertragen.

Ursprünglich hatte er es für eine gute Idee gehalten, durch eigenes Auspacken Geld zu sparen. Jetzt wurde ihm klar, wie viel intelligenter es gewesen wäre, für das komplette Paket zu bezahlen.

Er hatte geglaubt, Diane machte Witze, als sie sagte, sie würde nicht beim Auspacken helfen. Anscheinend hatte er sich aber geirrt. Sie hatte kein Problem, sich einen Wellnesstag mit ihren Freundinnen zu gönnen, während er sich damit abmühte, Sachen in Kisten zu finden, die er besser hätte beschriften sollen.

Verdammte Diane und ihre Notizkarten. Verdammter Stolz, zu denken, er wüsste es besser.

Was er brauchte, war ein eiskaltes Bier, aber das würde bedeuten, aufzuhören, um zum Getränkeladen zu fahren, und er wollte hier so viel wie möglich schaffen. Zumindest hatten die Umzugsleute die Kisten in die richtigen Zimmer gebracht. Er würde Dianes Bürokisten ihr überlassen und seine eigenen Bürokisten später auspacken. Doch da blieben noch Küche, Badezimmer, Schlafzimmer und zahllose Kleinigkeiten und Klamotten – es war einfach zu viel.

Aber er würde seine Niederlage nicht eingestehen. Vielleicht könnte er Marcellos Sohn anrufen und sehen, ob dieser sich ein bisschen zusätzliches Geld verdienen wollte. Und wenn der Junge eine Freundin hatte, könnte er sie sogar mitbringen. Verflucht, er würde ihr sogar das Doppelte bezahlen, wenn sie die Küche in Gang brächte. In diesem Fall hatte er keine Probleme, zuzugeben, dass er überfordert war, aber es lag nicht in seiner Natur, sich entmutigen zu lassen.

Brian wischte sich mit dem Saum seines T-Shirts den Schweiß von der Stirn. Obwohl alle Fenster geöffnet waren, wurde er hier drin geröstet. Es war Hochsommer und sie hatten sich ausgerechnet das heißeste Wochenende des Monats ausgesucht, um umzuziehen. Kein Wunder, dass Diane in letzter Zeit so launisch war.

Er nahm sich eine weitere Kiste mit der Aufschrift *Wohnzimmer* vor und riss das Packpapier ab. Wurfkissen. Na wunderbar. Er schnappte sich das erste und warf es hinter sich, wobei er auf die Couch zielte, auch wenn ihm eigentlich egal war, wo es landete. Darunter befanden sich in Papier eingewickelte Schüsseln und Vasen. Brian blickte sich im Zimmer um und fragte sich, wo er das alles hinstellen sollte. Er wusste, dass Diane einen Platz für jeden einzelnen Artikel in diesen Kisten hatte, aber ernsthaft?

Während er eine weiße mundgeblasene Glasvase auspackte, die er einst als Geburtstagsgeschenk gekauft hatte, klingelte es an der Tür, gefolgt von lautem Klopfen. Er trat einen Schritt zur Seite, um aus dem großen Erkerfenster zu schauen, und sah einen schwarzen SUV in ihrer Einfahrt parken.

Er erkannte das Fahrzeug. Wenn sein Chef jetzt schon Hausbesuche machte, war der Tag eindeutig gelaufen.

»Die Tür ist offen«, rief Brian durchs Zimmer. Er fuhr fort, den Inhalt der Kiste auszupacken, während Tim Wainwright in sein Haus trat.

»Wie läuft's?«

Brian zuckte mit den Achseln, blickte sich in dem mit Kisten übersäten Zimmer um und grinste, als Tim den Kasten Bier in seinen Händen hob.

»Einweihungsgeschenk.«

Brian stieg über ein paar Kisten und nahm seinem Chef das Bier ab.

»Sie haben keine Ahnung, wie sehr ich das gebraucht habe.« Er ging durch den Flur voran zur Küche, stellte den Kasten auf der Theke ab, griff nach einer Schublade, um einen Flaschenöffner herauszuholen, und erstarrte mitten im Vorgang. »Ich habe keine Ahnung, wo der Flaschenöffner ist.«

Tim griff nach einer Flasche, drehte den Verschluss auf und gab sie ihm mit einem Grinsen. »Ich habe diesen Trick bei unserem letzten Umzug gelernt. Nur zur Info – der Flaschenöffner ist immer das Letzte, was man findet.«

Brian nahm einen großen Schluck Bier und ließ die kühle Flüssigkeit genießerisch seine Kehle hinunterrinnen.

»Also, sind Sie hier, um zu plaudern, oder haben Sie Lust, beim Auspacken mitzumachen?« Er wischte sich über den Mund und stellte die Flasche ab.

Tim schüttelte den Kopf. »Sind Sie verrückt? Ich habe beim letzten Mal jemanden fürs Auspacken bezahlt. War auch besser so für unsere Ehe. Umziehen ist stressig, besonders, wenn man eine hormongesteuerte schwangere Frau hat. Wo ist sie übrigens?« Er stützte sich mit den Ellbogen auf die Anrichte und sah sich um.

Brian stöhnte. »Im Wellnesscenter. Und ernsthaft – Sie haben jemanden bezahlt?«

»Ja.« Tim lachte. »Sie haben mir einen Paketpreis angeboten, den ich nicht ablehnen konnte. Ich bin überrascht, dass sie das bei Ihnen nicht auch gemacht haben.«

»Haben sie ja.« Brians Lippe zuckte.

»Und Sie haben es abgelehnt?«

Brian zuckte mit den Achseln. Das war ja wohl eindeutig. Vielleicht könnte er sie anrufen und fragen, ob sie es als Last-Minute-Aktion doch noch leisten könnten. Wäre Diane nicht überrascht, wenn sie nach Hause käme und sähe, dass fast schon alles ausgepackt war?

»Hören Sie, ich bin aus einem bestimmten Grund hier.«

Brian nahm einen weiteren Schluck Bier und wartete auf das Unvermeidliche. Er hatte es gewusst.

»Ich glaube, Marie bekommt es nicht hin. Wir bekommen Beschwerden aus London.«

Das hatte er nicht erwartet. Natürlich bekam Marie es hin. Er hatte die ganze Zeit mit ihr in Kontakt gestanden und war alles mit ihr durchgegangen, mit dem sie allein nicht zurechtkam.

»Warum höre ich davon jetzt zum ersten Mal? Ich stehe täglich mit ihr in Kontakt, Tim. Sie macht sich gut. Es gibt keine Aussetzer. Alles läuft nach Plan. Wo kommt das denn plötzlich her?«

Der Blick auf Tims Gesicht überraschte Brian. Er konnte sehen, dass sein Chef mit sich kämpfte und offenbar selbst nicht unbedingt guthieß, worum er Brian bat. Wäre nicht das erste Mal, dass Tim die Kohlen für William Harper, den Geschäftsführer von Harper and Wainwright, aus dem Feuer holen musste.

»Ich versteh schon. Sie müssen gar nichts mehr sagen.« Brian seufzte. Er wusste, dass er die Schlacht bereits verloren hatte.

Tim zuckte mit den Achseln. »William würde sich wohler fühlen, wenn Sie die Sache leiten würden anstatt Marie.«

So viel war ihm schon klar geworden.

»Was ist mit meinem Wunsch, nicht zu reisen, bis das Baby geboren ist?«

Tim schüttelte den Kopf. »Ich sorge dafür, dass es nicht zu lange dauert.«

Brian ballte die Fäuste. »Selbst eine Woche ist zu viel. Kommen Sie, Tim, das ist das Mindeste, was Sie für mich tun könnten.« Seine ursprüngliche Argumentation war nicht mehr wirklich von Belang; er machte sich keine Sorgen mehr um Diane. Die Schwangerschaft verlief bisher ohne Komplikationen und abgesehen von den seltsam intensiven Stimmungsschwankungen strahlte Diane buchstäblich. Sie war glücklich und sogar aufgeregt, was die Geburt des Babys betraf. Er konnte es kaum erwarten, Möbel für das Kinderzimmer kaufen zu gehen. Aber das würde er nicht für sie oder mit ihr tun können, wenn er nicht hier war. Und er wollte hier sein. Ganz ohne Frage.

»Will möchte einfach gern, dass Sie hinfliegen, sich alles anschauen und sicherstellen, dass alles in Ordnung ist. Er vertraut Ihnen. Wenn Sie sagen, dass alles gut ist, beruhigt er sich.«

»Ich habe bereits gesagt, dass alles gut ist.« Brian verschränkte die Arme und lehnte sich zurück. Er wusste, dass er hinfliegen musste, wenn Tim darauf bestand, aber er würde dafür sorgen, dass es nicht ohne einen Kampf geschah.

»Die Hauptsorge besteht darin, dass sie Ihnen vielleicht nicht alles erzählt. Bitte, fliegen Sie für eine Woche. Das war's. Schauen Sie sich die Systeme vor Ort an, sprechen Sie mit den Mitarbeitern, arbeiten Sie ein bisschen mit ihr zusammen und dann kommen Sie mit einem vor Lob übersprudelnden Bericht zurück. Diane hat jetzt die Hälfte ihrer Schwangerschaft hinter sich, richtig?«

Brian nickte. »Sie ist kurz vor der dreißigsten Woche.«

»Dann haben Sie noch Zeit. Nehmen Sie sich eine Woche, um auszupacken, und dann fliegen Sie hin.«

Brian seufzte. Diane würde nicht begeistert sein, wenn sie es erfuhr. Ursprünglich hatte sie mit ihm über seine Entscheidung, nicht zu reisen, diskutiert, aber je weiter sie in der Schwangerschaft war, desto mehr schien sie es zu schätzen zu wissen, ihn um sich zu haben. Wie sollte er ihr sagen, dass er fortmusste und dass es vielleicht für länger sein würde, als ihm lieb war? Er kannte Tim und William – wenn sie sagten, dass etwas nur eine Woche dauerte, waren es schlussendlich eher drei.

»Ich habe nicht wirklich eine Wahl, oder?«

16

Diane

Gegenwart – Juni

»Sorg dafür, dass es aufhört. Bitte lass es aufhören.« Ich brachte mein Flehen nur leise vor und doch verdreifachte sich das Pochen in meinem Kopf. Ich konnte mich nicht bewegen; mein Körper war so schwer, dass ich mich nicht einmal leicht in meinem Bett drehen konnte. Das Zimmer fühlte sich feucht an und ich konnte nicht aufhören zu zittern.

Ich war so müde.

»Kannst du etwas Wasser trinken?«

Das Bett neigte sich, als sich Nina neben mich setzte.

»Ich glaube nicht, dass ich mich bewegen kann.« Ich stöhnte, als mich eine Welle der Übelkeit überkam.

»Wie schlimm ist es auf einer Skala von eins bis zehn?«

Ich hörte das Rascheln von Seiten, die umgeblättert wurden, und das leichte Kratzen eines Stifts. Sie schrieb das alles auf. Schon wieder. Jeden Tag schien sie wissen zu wollen, wie ich mich fühlte, was ich aß, wie viel ich aß … Ich beschwerte mich darüber, sagte, dass ich keine Pflegerin brauchte, aber sie lachte nur und sagte, einmal Krankenschwester, immer Krankenschwester.

Aber ich brauchte keine Krankenschwester. Ich brauchte …

»Sieben. Vielleicht auch acht.« Ich versuchte, die Augen zu öffnen, und das Zimmer drehte sich. »O Gott, Nina, ich muss mich übergeben.« Ich kämpfte mich hoch und drehte mich zur Seite, gerade noch rechtzeitig, um mich in die Schüssel zu übergeben, die Nina für mich bereithielt.

Ich hasste das.

»Warum hört das nicht auf?« Ich wischte mir den Mund ab und sank langsam zurück, bis mein Kopf wieder auf dem Kissen lag.

Nina legte mir ein kaltes Tuch auf die Stirn und ich stöhnte erleichtert. Mindestens dreimal die Woche passierte das, und zwar immer nach einer Pille, die mir Nina am Abend zuvor gab. Eine Pille, von der sie sagte, dass sie gegen meine Kopfschmerzen helfen würde.

»Du bist eine Lügnerin«, flüsterte ich.

»Ich glaube, es wird Zeit, die Dosierung zu ändern. Es geht dir schlechter, nicht besser«, murmelte sie.

»Wie wär's, wenn wir einfach mit den Pillen aufhören?« Ich zwang mich, die Augen wieder zu öffnen, und bemerkte ihr Stirnrunzeln.

»Das können wir nicht machen. Der Entzug wäre zu anstrengend für deinen Körper. Aber wir beginnen mit einer graduellen Senkung und schauen mal, ob das hilft.« Sie setzte sich gerade hin und zog die Bettdecke hoch. »Schlaf jetzt etwas. Ich verspreche dir, wenn du aufwachst, wirst du dich viel besser fühlen.«

»Ich schaffe das nicht mehr, Nina.« Ich schloss die Augen und seufzte. Ich wollte einfach nur schlafen.

»Psst. Versuch zu schlafen.«

Ich drehte meinen Kopf und konzentrierte mich auf meine Atmung. Ein und aus. Ein und aus. Stimmen waren zu hören, als sich die Tür hinter Nina schloss, die das Schlafzimmer verließ. Ich konnte Charlies Stimme erkennen.

»Wie geht es ihr heute?«

»Besser. Ich glaube, es funktioniert.«

Das erregte meine Aufmerksamkeit. Hörte ich Erleichterung in Ninas Stimme? Hatte sie mir nicht gerade gesagt, dass sie das Gefühl hatte, es ginge mir schlechter?

»Irgendeine Erwähnung von …«

»Nein.«

»Das ist das erste Mal. Das …«

Weiter konnte ich nichts mehr hören. Ihre Stimmen trieben davon, während ich nur dalag. Das einzige Geräusch, das ich noch hörte, kam von dem Vorschlaghammer in meinem Kopf.

17

Brian

September 2013

Der Wind wehte über den Weg und wirbelte die Blätter auf.

Hand in Hand liefen Brian und Diane die Straße hinunter. Diese Abendspaziergänge waren ein Ritual, das sie kürzlich begonnen hatten. Jetzt brauchten sie nur noch einen Hund an ihrer Seite, dann wären sie völlig an den Rest ihrer Nachbarn angepasst. Er hatte es letzten Abend erwähnt, als sie im Park waren, und Diane hatte gesagt, dass sie darüber nachdenken würde.

Zum ersten Mal, seit sie verheiratet waren, hatte sie den Vorschlag nicht einfach verlacht.

Auf seinem Weg von der Arbeit nach Hause war ihm ein neuer Coffeeshop aufgefallen, der ein paar Blocks weiter eröffnet hatte, und er hatte vorgeschlagen, hinzugehen, um ihn auszuprobieren.

»Hallo, Nachbar.« Ein Kopf wurde unter der Haube eines Autos sichtbar. »Probleme mit dem Auto?«

Brian mochte ihren Nachbarn zwei Häuser weiter. Sie hatten Chad und seine Frau Natasha Anfang des Sommers bei einem privaten Flohmarkt kennengelernt.

Chad kratzte sich seine Glatze.

»Irgendwann möchte ich mal ein Auto besitzen, mit dem ich keine Probleme habe.« Seine Lippen verzogen sich, während er sich die Hand an einem Tuch abwischte.

Diane kicherte und Brian sah, was ihr aufgefallen war. Chad hatte Schmiere an den Händen und jetzt war seine ganze Stirn damit bedeckt.

»Äh …« Brian zeigte auf Chads Kopf.

Chad blickte auf seine Hände und zuckte mit den Achseln. Er kratzte an seiner Stirn herum, aber das verschmierte alles nur noch mehr.

»Tash?«, rief er über seine Schulter.

»Was ist los?« Natasha, seine Frau, kam um die Ecke und begann zu lachen, als sie ihren Mann sah.

Brian blickte auf Diane herunter und sie mussten beide lächeln.

Während Chad mit seinem riesigen Bauchumfang und den Armen wie Baumstämmen wie ein großer Ochse aussah, wirkte seine Frau wie ein Porzellanpüppchen und reichte ihm kaum bis zur Schulter.

»Sollen die Leute denken, wir wären Hinterwäldler? Schlimm genug, dass du immer Schrottwagen kaufst, um sie zu reparieren. Musst du auch noch selbst wie einer aussehen?« Natasha stöhnte, während sie herauskam. Sie lief an ihrem Mann vorbei zum Gehweg.

»Ein schöner Abend für einen Spaziergang, nicht wahr?« Natasha griff nach Dianes Hand. »Ich wollte schon mit etwas Gebackenem vorbeikommen, aber Chad meinte, das würde zu aufdringlich wirken.« Natasha zuckte mit den Achseln. »Also dachte ich, ich warte, bis du mal zu Hause bist, und lade dich dann zu einem Kaffee ein.«

»Kaffee wäre schön.« Diane lächelte und lehnte sich an Brian.

Er schlang seinen Arm um sie. Er wollte hier wirklich Freunde finden. Und noch wichtiger, er wollte, dass Diane Freundinnen fand. Frauen, mit denen sie Kaffeeklatsch halten und über Kinder reden konnte.

»Hey, Kumpel, wie geht's dir?« Chad ergriff Brians Hand und zerquetschte sie förmlich.

Brian wusste sofort, dass Chad ein Typ war, bei dem er sich wohlfühlen konnte. Von den Overalls über den Bierbauch bis zum Bandana in der Gesäßtasche des Overalls roch der Kerl nach Schmiere und Schweiß. Auf gute Art. Es würde schön sein, einen Freund zu haben, der nicht in der Geschäftswelt arbeitete, der nicht jeden Tag Anzug und Krawatte trug und nicht ständig über die neueste Computersoftware auf dem Markt redete.

»Bist du ein Bastler?«, fragte Chad.

Brian zog eine Grimasse bei dem Gedanken, aber Diane antwortete für ihn.

»Nur, wenn es um Computer geht.«

»Ah.« Chad nickte. »Ein Computer-Nerd. Alles klar.«

Brian zuckte und sah sich Haus und Garten der beiden genauer an. Chad musste einen guten Job haben, um sich das leisten zu können. Ihr Haus war größer als das von ihm und Diana.

Natasha gab Chad einen Klaps auf den Arm. »Und wie nennst du dich selbst?« Sie verschränkte die Arme vor ihrer schmalen Brust, während sie ihren Mann anfunkelte.

Brian musste sich auf die Zunge beißen, um nicht zu grinsen.

»Ein Computer-Geek mit Stil.« Chad zwinkerte Brian zu, legte dann beide Hände auf die Wangen seiner Frau und küsste sie.

Brian kicherte. Er hätte nie gedacht, dass Chad im selben Bereich arbeitete wie er.

»Wohin seid ihr unterwegs?«, fragte Chad.

Brian blickte die Straße hinunter, aber Diane schnitt ihm das Wort ab, bevor er reden konnte.

»Es gibt da einen neuen Coffeeshop, den wir ausprobieren möchten. Wollt ihr mitkommen?«

Natasha strahlte sie an, schüttelte aber den Kopf. »Ich hab gerade einen Apfelkuchen aus dem Ofen geholt. Warum kommt ihr nicht auf ein Stück davon zu uns?«

»Oh, Moment mal.« Chad funkelte seine Frau an. »Du hast hoffentlich mehr als einen Kuchen gemacht, wenn du jedem auf der Straße meinen Nachtisch anbietest.«

Brian fing das Zwinkern in seinen Augen auf. »Komm schon, was ist schon ein kleiner Kuchen unter Nachbarn?« Er konnte nicht anders, er musste auch necken.

Ein verräterisches Funkeln erschien in Chads Augen, kurz bevor Natasha ihm einen Rippenstoß verpasste, um ihn ruhigzustellen.

»Wenn ihr sicher seid, dass wir euch keine Umstände machen?« Diane blickte zu Brian auf. Er lächelte zu ihr herab. Er hätte den Abend nicht besser planen können.

Einen vollen Bauch und eine Stunde später stand Brian in Chads Garage und tat so, als bewundere er den Motor, an dem Chad anscheinend gerade arbeitete. Brian war noch nie mechanisch interessiert gewesen und hatte keine Ahnung, worüber Chad redete, aber er nickte und grunzte an den hoffentlich richtigen Stellen.

»Ich vermute, du musst in deiner Position viel reisen?« Chads unerwartete Frage überraschte Brian.

»Ein bisschen. Warum?«

Chad schlug die Motorhaube zu und lehnte sich gegen den Kühlergrill.

»Deswegen habe ich bei meinem letzten Job gekündigt. Ich kam mit dem Reisen nicht mehr zurecht. Ich hatte es satt, in lumpigen Hotelbetten zu schlafen und die ganze Zeit Frittiertes zu essen.« Er rieb sich den Bauch. »Auch wenn man mir das nicht ansieht.«

Brian kannte das Gefühl nur zu gut. »Und was machst du jetzt?«

»Dasselbe, nur ohne zu reisen. Mir gehört eine Beratungsfirma und ich habe ein gutes Team. Wir arbeiten mit kleinen Unternehmen, die sich keinen hauseigenen Techniker leisten können.«

Brian war beeindruckt und ließ sich von Chad noch mehr von seiner Firma erzählen und davon, wie er es angestellt hatte, sie zu gründen. Eines Tages könnte er das vielleicht auch tun. Eines Tages.

»Hör mal, wo doch bald das Baby kommt – falls du je möchtest, dass wir ein Auge auf euer Haus haben oder aushelfen, gib einfach Bescheid. Ich weiß, wie es ist, nicht da zu sein, wenn die Frau morgens um zwei anruft, weil die Küche überflutet ist.«

Brian wusste nicht, was er sagen sollte.

»Ich meine es ernst, Kumpel. Wir sind da, wenn du uns brauchst.« Chad klatschte Brian auf die Schulter. »Na los, wenn wir nicht bald wieder reingehen, fangen die Mädels noch an, Doppeldates für uns zu planen.«

Als sie die Küche betraten, war Dianes Gesicht kalkweiß und er sah das leichte Zittern ihrer Hände, als sie die Kaffeetasse an ihre Lippen hob.

»Was ist los?«

Natasha blickte schuldbewusst zu ihnen. »Es tut mir so leid. Ich dachte, ihr wüsstet es.«

»Wüssten was?« Brian eilte zu Diane und legte seine Hände auf ihre Schultern. Er konnte spüren, wie ihr Körper unter seiner Berührung zitterte. Sie war normalerweise nicht leicht aus der Fassung zu bringen und ihr Verhalten machte ihm Sorgen.

»Das Babyzimmer … das Baby ist gestorben.« Diane sah mit Tränen in den Augen zu ihm auf. »Das Baby ist gestorben.« Sie blinzelte und die Tränen liefen ihr das Gesicht herunter.

»O Gott, Tasha. Warum musstest du ihr das erzählen?«, stöhnte Chad.

»Ich dachte, sie wüssten es. Es tut mir so leid.«

Brian hörte ihre Entschuldigung, antwortete aber nicht. Er war zu sehr auf Diane konzentriert. Er kniete sich neben sie und nahm ihre Hände in seine. Sie waren eiskalt. Er rieb sie und versuchte, ihre Durchblutung zu verbessern, um sie aufzuwärmen.

»Diane, Schatz. Es ist okay. Warum gehen wir nicht nach Hause und ich lasse dir ein schönes heißes Bad ein? Du bist eiskalt.« Als sie seine Hand fest umklammerte, stöhnte er.

»Brian, das Baby ist in diesem Haus gestorben. Und die Mutter wurde so depressiv, dass sie wegziehen mussten, um nicht ständig daran erinnert zu werden. Was, wenn das auch mit unserem Baby passiert?« Sie schloss die Augen und schwankte. Brian wurde fast schlecht bei dem Gedanken, dass sie ohnmächtig werden könnte.

»Komm schon, Baby. Wir gehen nach Hause.« Er legte einen Arm um sie und half ihr, aufzustehen.

»Wir hätten niemals hierherziehen sollen«, flüsterte sie, während er sie aus dem Haus führte.

»Alles wird gut. Denk doch nicht so etwas. Alles wird gut.« Brian versuchte, sie zu trösten. Er ignorierte seine eigenen Bedenken, als sie zu ihrer Veranda hochgingen.

Wie hatte er das nicht wissen können? Warum hatte die Maklerin ihm das nicht erzählt? Er hätte das Haus sonst niemals gekauft.

Während er Diane die Treppe hinaufhalf und das Badewasser einließ, nagte ein riesiges Schuldgefühl an ihm. Was konnte er jetzt tun? Wie konnte er die Situation retten?

Die Blässe ihrer Haut und das Zittern ihres gesamten Körpers machten ihm jedoch klar, dass es nichts gab, was er tun konnte.

18

Diane

Gegenwart – Juli

»Das hier ist Hampel und das der Strampel.« Ich wackelte an Grace' Zehen. Sie starrte zu mir hoch, ihre Augen groß und voller Freude. Das kostbarste Lächeln, das ich je gesehen hatte, überzog ihr Gesicht, als sie ihre winzigen Hände nach mir ausstreckte.

Heute wollte ich nur Mutter sein. Seit ich aufgewacht war, wusste ich, dass das die richtige Entscheidung für mich war. Hier zu sein, mit Grace. Nichts anderes war wichtig.

Es war wirklich erstaunlich. Ich fühlte mich leichter, hatte die Kontrolle über mich zurückgewonnen und zum ersten Mal seit Wochen keine Kopfschmerzen.

Das würde ein guter Tag werden. Ich war mir sicher.

»Na los, Engelchen, setzen wir uns draußen hin.« Ich hatte das dringende Verlangen, die Sonne auf meiner Haut zu spüren. In letzter Zeit waren meine Hände immer kalt; egal, wie dick mein Pullover war, mir wurde einfach nie warm.

Mit Grace im Arm ging ich die Treppe hinunter. Ich konnte es kaum abwarten, bis sie alt genug war, sie selbst hinabzusteigen. Ich konnte mir fast schon bildlich vorstellen, wie sie sich mit ihren winzigen Fingern am Geländer festhielt, während sie einen Schritt nach dem anderen machte. Ich wollte ihr Lachen im Haus hören und ihren Schritten lauschen, wenn sie mit einem Welpen im Schlepptau den Flur entlangrannte. Ich dachte an die Geburtstage, die wir hier feiern würden, die Weihnachtsbäume, dekoriert mit ihrem selbst gemachten Schmuck.

Erst als wir fast bei der Küche angelangt waren, fiel mir auf, dass in meinen Vorstellungen Brian niemals mit dabei war.

»Ja, ich weiß, was für ein Tag heute ist … ich denke noch immer, dass eine Trennung zu diesem Zeitpunkt zu früh ist.«

Ich hielt inne, als ich Ninas Stimme durch den Flur hörte.

»Ja, ich verstehe. Einverstanden. Deshalb bin ich ja schließlich hier.«

Grace begann, in meinen Armen zu zappeln. Ich wiegte sie leicht hin und her und strich ihr über den Rücken, um sie zu beruhigen. Ich wollte nicht, dass Nina von unserer Anwesenheit erfuhr. Ich hatte das Gefühl, dass sie mit Brian sprach. Wer könnte es sonst sein?

»Sehen wir erst einmal, wie es heute läuft. Ich halte Sie auf dem Laufenden.«

Grace zappelte jetzt stärker und ich wusste, dass Nina sie gehört hatte.

»Psst, meine Kleine. Alles okay.« Ich betrat die Küche und beschloss, so zu tun, als hätte ich nichts gehört.

»Guten Morgen, Diane.« Nina steckte ihr Handy in die Tasche, als ich das Zimmer betrat. »Kann ich dir etwas zu trinken geben? Noch eine Tasse Kaffee vielleicht?«

Ich drehte Grace so, dass sie Nina anschaute, in der Hoffnung, dass es sie beruhigen würde. Sie begann jetzt, richtig zu jammern, und ihr Gewimmer machte mir Sorgen.

»Sie ist schon den ganzen Morgen so, Nina. Ist das normal? Zahnt sie vielleicht?«

Nina sah Grace kaum an. »Völlig normal. Also, hättest du jetzt gern eine Tasse Tee oder Kaffee?«

Ich presste die Zähne aufeinander. Wirklich? Konzentrierte sie sich heute, weil ich zu Hause war, nur auf mich und nicht auf Grace? Was für ein Kindermädchen war sie eigentlich?

Vielleicht wurde es Zeit für mich, einen aktiveren Anteil an Grace' Alltag zu haben. Zeit, mich aus der Abhängigkeit zu lösen. Ich war wirklich nicht sicher, ob ich in naher Zukunft wieder Vollzeit arbeiten würde, also brauchte ich ein Kindermädchen nicht mehr so nötig wie zuvor. Wie ich Walter kannte, würde ich ihn vermutlich überzeugen können, von zu Hause aus zu arbeiten, bis Grace alt genug für den Kindergarten war.

»Nina, wie läuft deine übliche Routine ab? Da ich vorhabe, jetzt häufiger zu Hause zu sein, möchte ich es so ähnlich machen, um Grace nicht zu sehr zu verstören.«

Meine Stimme klang ruhig und entspannt … aber würde Nina mir in die Augen sehen, wüsste sie, dass sie sich auf gefährlichem Terrain befand.

»Dein Zeitplan. Ja, lass uns darüber reden. Ich glaube, wir müssten da ein paar Dinge anpassen.« Sie goss Kaffee in eine Tasse und reichte sie mir. »Schläfst du nachts ausreichend?«

»Ich glaube schon. Mir geht nur viel durch den Kopf.«

Ich drehte Grace zu mir und beruhigte sie mit einem Schnuller. Als sie stark daran zu saugen begann, wurde mir klar, dass sie hungrig sein musste. Dabei hätte Nina sie eigentlich vor einer Stunde gefüttert haben müssen.

»Macht sie vielleicht einen Wachstumsschub durch? Ich glaube, sie hat Hunger. Schon wieder. Hast du sie nicht gerade erst gefüttert?« Ich lachte, als fände ich den Gedanken erheiternd, dass mein Kind hungrig sein könnte. »Hast du noch mehr Fläschchen vorbereitet?« Ich ging zum Kühlschrank und schaute hinein. Leer. Warum hatte sie nichts vorbereitet?

»Ich wünschte, du hättest mich nie dazu überredet, mit dem Stillen aufzuhören.«

Die Erinnerung daran war nur schwach, aber ich wusste noch, dass ich nie zuvor so viel Schmerz und Unbehagen empfunden hatte wie in diesen ersten Tagen, als meine Milch versiegte. Die Medikamente, die ich nahm, halfen, aber dieser Schmerz durch die prallen Brüste und das Wissen, dass keine Erleichterung kam, meine Kleine schreien zu hören und sie nicht halten zu können, bis sie gefüttert war … Es war die reinste Agonie gewesen.

Ich wünschte, ich könnte mich an die ersten Tage in Grace' Leben erinnern. Stattdessen waren da nur Schatten. Es gab so viele Dinge, die ich verpasst hatte – oder an die ich mich zumindest nicht erinnerte –, und keine Fotos. Wie konnte ich keine Fotos von Grace' ersten Tagen haben?

Ich suchte in den Regalen nach Fläschchen, konnte aber keine finden.

»Hast du die Küche umgeräumt? Warum finde ich nichts, wonach ich suche?« Ich blickte über meine Schulter. Es war etwas unbequem, Grace zu halten, während ich die Regale durchsuchte.

»Wonach suchst du denn?«, seufzte Nina.

»Fläschchen.« Meine Schultern verspannten sich und ich konnte das Stechen eines weiteren beginnenden Kopfschmerzes spüren. Nein. Nicht heute. Heute sollte ein perfekter Tag werden, ohne Probleme. Nur Grace und ich. Ich atmete tief aus und küsste Grace auf die Stirn.

»Ich dachte, wir könnten vielleicht draußen auf der Veranda sitzen, während ich Grace füttere, da das Wetter doch so schön ist.«

Das erregte Ninas Aufmerksamkeit.

»Und nach dem Abendessen vielleicht einen Spaziergang machen, wenn Charlie zurück ist«, ergänzte ich. Charlie war heute Morgen früh gegangen, um ein paar Besorgungen zu machen.

Nina lächelte. Ich fühlte mich wie die Katze, die versuchte, die Maus in eine Falle zu locken. Mit dem Unterschied, dass ich das Gefühl hatte, die Maus zu unterschätzen.

»Das klingt nach der besten Idee, die ich heute gehört habe. Geh du raus, ich mache noch ein Tablett fertig.«

Ich blickte auf Grace hinunter, die eifrig an ihrem Schnuller saugte. Sie hatte die Augen geschlossen und es sah aus, als könnte sie jeden Moment wegdösen, was vielleicht gut war. Wenn ich ihre Fütterzeiten etwas ausdehnte, wäre es vielleicht leichter, ihren Zeitplan einzuhalten.

»Keine Sorge, Schätzchen. Mami ist jetzt zu Hause und wird sich gut um dich kümmern.«

Ich wickelte meinen Hausmantel eng um mich und ging nach ganz oben, wo gerade ein Mädelsabend seinen Anfang nahm. Charlie war vor Kurzem nach einem Tag voller Besorgungen nach Hause gekommen und hatte einen Film und Popcorn vorgeschlagen.

»Also, auf was für eine Art Film haben wir Lust?« Charlie saß auf der Couch, Füße unter sich. Auf dem Kaffeetisch vor ihr stand eine Ansammlung aus Snacks, alles von Popcorn über Chips bis hin zu Brownies und sogar meinen Lieblings-Cupcakes.

»Wann hast du die denn besorgt?« Meine Augen leuchteten bei dem Anblick. Ein Tablett voll von den üppigsten, dekadentesten Buttercreme-Cupcakes, die ich je gesehen hatte. Es war so lange her, dass ich überhaupt Cupcakes gegessen hatte – vor Grace' Geburt vermutlich.

»Als ich unterwegs war. Ich fand, wir sollten uns etwas gönnen.« Sie griff nach einem und legte ihn auf einen Teller.

»Was ist der Anlass?« Ich setzte mich neben sie und zog mir eine Decke über den Schoß. Wieder einmal wurde mir einfach nicht warm.

»Es gibt keinen«, wich Charlie aus, während sie mir meinen Teller reichte.

Das kaufte ich ihr nicht ab. Es war unsere Tradition, nur Cupcakes zu besorgen, wenn wir etwas zu feiern oder zu besprechen hatten.

Als Charlie einen Bissen nahm und sich weigerte, mich anzusehen, wusste ich, dass irgendetwas nicht stimmte.

»Erinnerst du dich noch, dass Mags uns immer sagte, wenn wir uns von unserem Herzen leiten lassen, könnten wir niemals falschliegen?«

Ich nickte. Das war Mags Lieblingsspruch gewesen.

»Glaubst du, dass wir das getan haben?«

Ich zuckte mit den Achseln. »Ich glaube, wir haben es getan, so gut wir es konnten. Du nicht?«

»Manchmal frage ich mich das.«

Ich sah Charlie an, betrachtete sie genauer. Die dunklen Ringe unter ihren Augen waren noch immer da, wie zu dem Zeitpunkt, als sie angekommen war. Sie war schon immer schlank gewesen, aber ihre Wangenknochen traten jetzt stärker hervor, ihr Schlüsselbein war deutlicher zu sehen.

»Charlie, stimmt irgendetwas nicht? Bist du krank? Geht da etwas vor, von dem du mir nichts gesagt hast?« Eine Million Möglichkeiten schwirrten in meinem Kopf umher und ich wusste, wenn ich nur eine aus der Masse zu fassen bekommen könnte, würde ich wissen, was los war.

Als sie nicht antwortete, stellten sich mir die Nackenhaare auf.

»Gehst du?« Der Gedanke brachte mein Herz zum Rasen. Ich war noch nicht bereit dafür, dass sie mich allein ließ. Ich würde es nicht verkraften, von noch jemandem verlassen zu werden.

»Was? Nein. Ich hab doch versprochen, dass ich so lange bleibe, wie du mich brauchst.«

»Dann erklär mir den Cupcake.« Ich machte es mir bequem. Was immer sie auch besprechen wollte, ich wollte, dass sie wusste, dass ich offen dafür war. Wie schlimm konnte es schon sein?

Ein törichtes Grinsen erschien kurz auf ihrem Gesicht und verschwand wieder. Sie stellte ihren Teller wieder auf den Kaffeetisch und griff nach meiner Hand.

»Hast du schon den Karton durchgesehen, den ich mitgebracht habe?«

Ich hatte wirklich gehofft, dass sie den vergessen hätte. Ich hätte lügen und sagen können, dass ich noch nicht hineingeschaut hatte, aber …

»Du willst nicht wirklich darüber reden, nicht wahr?«

»Was gibt es da schon zu reden? Willst du wirklich unsere Kindheit wieder aufleben lassen?«

»Ich würde gern hierüber reden.« Sie beugte sich nach unten und hob etwas vom Boden auf.

Ich sah zu, wie sie in ihre Handtasche griff und ein Buch herauszog, an das ich mich immer sofort erinnern würde.

Das Buch selbst war unauffällig. Ein dezent gelbes Cover, das mit dem Alter leicht ausgebleicht war. Aber es war ein Tagebuch, das ich sowohl vor meiner Schwester als auch meiner Tante geheim gehalten hatte, das, in dem ich versucht hatte, die Taten unserer Eltern zu verstehen und wie sie mich als Erwachsene geprägt hatten.

Aber das war nicht der einzige Grund, warum ich es geheim gehalten hatte. Ich stieß einen tiefen Seufzer aus und streckte meine Hand aus.

»Bitte sag mir, dass du es nicht gelesen hast.« Von der Art, wie sie ihr Kinn auf die Brust sinken ließ, war mir klar, dass das nur Wunschdenken war.

Es waren nicht wirklich die in das Tagebuch geschriebenen Worte, die sie nicht lesen sollte, sondern das, was zwischen den Seiten zu finden war. Ich hatte die Nachricht, die unsere Mutter kurz vor ihrem Selbstmord geschrieben hatte, dort hineingetan; die Nachricht, die ich all die Jahre vor Charlie geheim gehalten hatte.

Sie schüttelte den Kopf. »Ich habe dein Tagebuch nicht gelesen. Wir haben einander versprochen, dass wir das nicht tun würden.«

Erleichtert streckte ich meine Hand nach dem Buch aus, aber sie zog es näher zu sich, öffnete es und blätterte durch die Seiten.

»Ich habe allerdings das hier gefunden.« Sie zog den Zettel hervor und hielt ihn hoch.

Ich wusste nicht, was ich sagen oder wie ich es erklären sollte … nichts, was ich sagte, konnte das wiedergutmachen, was auf diesem Zettel geschrieben stand.

Nichts.

»Warum hast du ihn nicht verbrannt? Warum hast du ihn als Erinnerung behalten? Warum hast du dich so damit gequält?«

»Ich konnte es nicht.« Ich strich die Decke auf meinem Schoß glatt und zupfte an den Fusseln herum. »Diese Worte waren Moms letzte Worte. Ich wollte nicht … ich konnte nicht …« Ich kämpfte darum, die richtigen Worte zu finden, um es zu erklären.

»Ich hätte es getan.« In Charlies Stimme schwang eine feste Entschlossenheit mit. »Für mich wäre es in Ordnung gewesen, mich an Mom zu erinnern, wie sie an dem Morgen war, als wir Auf Wiedersehen sagten. Wie sie mich umarmte und mir einen Kuss auf die Stirn gab, wie sie roch und das leichte Aroma von Kaffee in ihrem Atem. Es wäre okay für mich gewesen. Ich hätte mich für den Rest meines Lebens an ihre letzten Worte an mich erinnert und diesen Zettel völlig vergessen. Sie hat uns gesagt, dass sie uns liebt.« Charlie wischte die Tränen fort, die sich in ihren Augen gebildet hatten. »Erinnerst du dich daran? Dass sie uns mehr geliebt hat als ihr Leben?«

Natürlich erinnerte ich mich daran. Wie hätte ich das vergessen können?

»Sie hat gelogen, nicht wahr?« Charlie sah von mir fort. »Ich habe bis heute nie darüber nachgedacht. Dass sie uns angelogen hat. Hat sie an jenem Morgen gewusst, was sie tun würde, oder war es eine Entscheidung, die sie später traf? Hat sie überhaupt an uns gedacht? Daran, was das für uns bedeuten würde?«

Ich streckte meine Hand nach ihr aus, um sie zu berühren. In ihrer Stimme konnte ich hören, wie sehr ihr das zusetzte.

»Sie hat uns niemals angelogen, Charlie. Das musst du einfach glauben.«

Charlie schnaubte.

»Ich tue es.« Und das sagte ich nicht nur so. Ich glaubte es wirklich.

»Wie? Wie kannst du das glauben?«

Für eine Sekunde stand meine Welt still, bis mich ein Augenblick der Klarheit mit aller Härte traf. Der Einschlag ließ mich beinahe schwanken.

Charlie hatte keine Angst vor dem hormonellen Ungleichgewicht, das sie eventuell erleben könnte, wenn sie jemals ein Kind bekam. Nicht die Wochenbettpsychose war ihr Albtraum. Es war das Verlassenwerden. Davor hatte sie am meisten Angst.

Und in diesem Augenblick waren meine eigenen Ängste, verrückt zu sein, wie weggewischt. Ich wusste, dass ich es nicht war. Ich konnte es nicht sein. Ich hatte mich der einen Sache gestellt, die mir am meisten Angst gemacht hatte, und hatte es überstanden.

Das hatte ich doch, oder nicht?

Ich sprang von der Couch auf und ging, um nach Grace zu sehen.

»Diane, was tust du?«, rief Charlie hinter mir.

»Nur eine Minute«, rief ich leise über meine Schulter. Ich schob vorsichtig die Tür zu Grace' Schlafzimmer auf und spähte hinein. Das Flurlicht ergoss sich in das Zimmer und beleuchtete das Kinderbett, genug, dass ich sehen konnte, wie ihre Beinchen zuckten. Auf Zehenspitzen schlich ich hinein und blickte auf sie hinunter. Die Schatten spielten mit ihrem Gesicht, aber es gab genug Licht für mich, das zu sehen, was ich sehen musste. Die Art, wie sich ihre Lippen bei jedem Atemzug verzogen und wie sich ihre Brust hob, wenn sie einatmete.

»Ich liebe dich, mein Engel«, flüsterte ich.

»Diane?« Charlie stand in der Tür und beobachtete mich.

»Ich dachte, ich hätte etwas gehört«, wich ich aus.

Ich folgte ihr zurück zur Couch und wir saßen dort schweigend. Ich nahm den Zettel unserer Mutter und faltete ihn auseinander, wobei ich den Falz in der Mitte glatt strich.

»Weißt du noch, als du hier ankamst und wir über Mom sprachen? Ich sagte, sie kam nicht zurecht, aber du sagtest, es wäre eine Wochenbettpsychose gewesen.«

Charlie nickte.

»Es ist also möglich, dass sie nicht ganz bei Verstand war, als sie diese Nachricht schrieb, richtig?«

Charlie starrte mich nur an.

»Tante Mags erzählte uns, dass es so war, als hätte sich ein Schalter in ihrem Gehirn umgelegt und ihre ganze Welt innerhalb von Augenblicken verändert. Das geschieht in solchen Fällen, nicht wahr?« Mags wusste Bescheid. Als Krankenschwester hatte sie mit vielen Müttern zu tun gehabt – sie kannte die Zeichen, wusste, wonach man Ausschau hielt, und verstand, was das alles bedeutete.

Charlie zog sich von mir zurück. Sie saß mit verschränkten Armen da und starrte auf das Babyfon, das ich auf den Couchtisch gestellt hatte.

»Manchmal. Manchmal ist es aber auch eine graduelle Veränderung, etwas, das die meisten Leute nicht erkennen würden, bis es zu spät ist«, murmelte sie.

»Wie würden die meisten Leute das nicht erkennen? Ich weiß, wir waren Kinder, wir hätten es nicht bemerkt, aber Dad hätte es tun sollen, oder?«

Charlie schüttelte den Kopf. Eine Decke der Traurigkeit hüllte sie ein; ich konnte es an ihren gesenkten Schultern erkennen und den Schatten in ihren Augen, als sie mich endlich ansah.

»Ignoranz ist ein Segen. Diejenigen, die einem am nächsten stehen, wollen die Zeichen ignorieren, es möglichst auf etwas anderes schieben.« Sie lehnte sich an. »Es ist einfacher, oder zumindest sagen wir uns das. Mit der Zeit wird alles wieder gut. Immer einen Tag nach dem anderen, das hat Walter gesagt. Einen Tag nach dem anderen. Aber es ist so schwer.« Ihre Stimme wurde leiser.

»Charlie?« Ich hatte einen Kloß im Hals und musste schwer schlucken. War etwas passiert, mehr als nur das Ultimatum von Marcus, das sie zurück nach Hause gebracht hatte?

Sie drehte sich zu mir und lächelte. »Genug Melodramatik. Ich muss für ein paar Tage weg. Mein Boss hat angerufen. Sie möchten, dass ich nach Texas fliege, um dabei zu helfen, ein neues Team zu schulen, das Ende der Woche seine Arbeit aufnimmt. Ich werde nicht lange weg sein.«

»Was? Aber ich dachte, du gehst nicht weg.« Sie konnte nicht gehen. Nicht jetzt. Noch nicht. Ich war nicht bereit. Ich verbarg meine zitternden Hände unter meinen Beinen und versuchte zu lächeln. Ich wollte nicht, dass sie wusste, welche Panik ich verspürte.

»Es ist nur für ein paar Tage. Ich bin zurück, ehe du mich überhaupt vermisst.«

»Wie wäre es, wenn Grace und ich mit dir kommen?« Die Worte sprudelten heraus, bevor ich auch nur Zeit hatte, darüber nachzudenken. Ich wollte sie in dem Augenblick, in dem ich sie aussprach, wieder zurücknehmen, nicht nur wegen der

Ablehnung in Charlies Gesicht, sondern auch, weil ich Grace keinesfalls irgendwohin mitnehmen konnte, nicht, nachdem sie beinahe überfahren worden wäre.

»Oh, Liebes, ich … das würde nicht gehen. Ich werde … sehr beschäftigt sein.«

»Nein, nein, ist schon okay.« Ich strich mir das Haar zurück und spielte mit der Decke auf meinem Schoß. »Hey, wenn wir nicht bald mit dem Film anfangen, gehe ich ins Bett.« Ich übertrieb mein Gähnen.

Charlie lächelte und griff nach der Fernbedienung. Während sie beschäftigt war, steckte ich mir den Zettel, den ich noch immer in der Hand hielt, heimlich in die Hosentasche.

Ich hasste den Gedanken, dass sie die Nachricht gelesen hatte. Hasste es, dass es eine Auswirkung auf sie hatte, die sie nicht zugeben konnte. Hasste es, dass ich nichts tun konnte, um ihr zu helfen. Ging sie deshalb, obwohl sie gesagt hatte, sie würde bleiben, solange ich sie brauchte?

»Du kommst wieder, oder?« Ich kämpfte darum, die Unsicherheit aus meiner Stimme zu verbannen, aber selbst ich konnte sie hören.

Charlie griff über die Couch hinweg nach meiner Hand und drückte sie.

»Ich bin hier, solange du mich brauchst. Versprochen.«

Doch bisher war ich trotz aller Versprechen am Ende immer allein gewesen. Immer.

19

Es war später Nachmittag, und obwohl ich wusste, dass ich Grace zu ihrem Nickerchen hinlegen sollte, hatte ich das plötzliche Verlangen, hinauszugehen.

Ich war nicht sicher, ob es die Tatsache war, dass sowohl Nina als auch Charlie am Morgen gegangen waren und ich ziellos durch das Haus wanderte, oder ob ich einfach bereit war, das Haus zu verlassen.

Es gab einen Ort, der mich nicht mit einem Gefühl der Panik erfüllte, wenn ich daran dachte, allein mit Grace hinauszugehen. Es würde mein erster Ausflug mit ihr werden, aber es war Zeit.

Zeit für mich, die Art von Mutter zu werden, die ich sein sollte. Ich konnte meine Tochter nicht länger verstecken; es gab keinen Grund dafür. Es gab da draußen keinen großen bösen Wolf, der versuchte, sie mir wegzunehmen. Diese Erkenntnis war befreiend.

Ich fühlte mich schuldig, als ich mich aus dem Haus schlich, aber es war ja nicht so, dass ich Hausarrest hatte. Ich konnte kommen und gehen, wie ich wollte. Und in diesem Augenblick wollte ich gehen.

Gleichzeitig wusste ich, dass ich mich hinterhältig verhielt. Ich hatte eine Notiz für Nina auf der Küchenanrichte hinterlassen, nur zur Sicherheit. Besser, um Vergebung zu bitten als um Erlaubnis, oder?

In dem Augenblick, in dem ich auf den Parkplatz des Restaurants einbog, wusste ich, dass ich das Richtige getan hatte. Ich hätte schon vor Tagen oder Wochen herkommen sollen. Ich hätte es Charlie vorschlagen sollen. Sie kam gern hierher. Vielleicht konnten wir ja einen Mädelsabend planen, wenn sie wieder da war.

»Diane!«

Marcello begrüßte mich mit ausgebreiteten Armen, als ich durch die Tür trat. Er zog mich an sich und drückte mich fest, lachte und küsste mich auf beide Wangen.

»Bella, ich habe dich vermisst. Du rufst nicht an, du kommst nicht vorbei … wie soll ich mich um dich kümmern, wenn du nicht kommst?« Er griff nach meiner Hand und zog mich hinter sich her.

Ich entzog ihm meine Hand.

»Warte. Ich möchte dir jemanden vorstellen. Du bist der erste meiner Freunde, der sie offiziell kennenlernt.« Ich hielt die Babytrage hoch und zog die Decke zurück, die Grace bedeckte.

»Marcello, das ist mein kleiner Engel. Grace, das ist der Mann, der dir beibringen wird, alles Italienische zu lieben.«

Tränen sammelten sich in Marcellos Augen, als er Grace zum ersten Mal sah. Er blinzelte ein paarmal und umarmte mich dann erneut.

»Oh, süßer Schatz.« Mehr sagte er nicht, aber ich konnte die Liebe für sie in seinem Gesicht sehen.

»Ich weiß, ich hätte sie früher herbringen sollen, aber …« Ich grinste verlegen, während er meine Hand hielt und mich in meinen kleinen Sitzbereich führte.

Ich blickte mich um und seufzte. Ja, das war es, was ich brauchte.

»Kann ich dir einen Wein bringen? Darfst du das? Oder vielleicht ein Mineralwasser?«

»Wein. Weiß, bitte.« Es fühlte sich an, als wäre es Jahre her, dass ich ein Glas Wein gehabt hatte. Ich wusste, ich sollte wegen der Medikamente vermutlich keinen trinken, aber in diesem Augenblick war es mir egal.

»Chardonnay?«

Ich nickte.

Ich stellte Grace neben mir ab und setzte mich in den kleinen Sessel, den ich für diesen Bereich ausgewählt hatte. Ich beobachtete sie, die Art, wie ihre Wimpern auf ihren Wangen ruhten und wie sich ihre Lippen zu einem Lächeln entspannten, während sie schlief. Sie war wirklich mein Engel.

Auf meiner anderen Seite stand ein kleiner Tisch mit Büchern, die ich aus Secondhandläden mitgebracht hatte. Ein altes Buch ohne Deckblatt lag ganz oben. Ich nahm es in die Hand und lächelte. Das war definitiv keins von meinen.

»Ah, ich sehe, du hast mein neuestes Geheimnis gefunden.«

Ich blickte zu Marcello auf, der vor mir stand und mir ein Glas Wein hinhielt.

Ich drehte das Buch um, bevor ich es wieder hinlegte. *Alice im Wunderland.* Ich musste lächeln.

»Es bleibt unser kleines Geheimnis«, versprach ich. Ich hatte mir schon gedacht, dass Marcello vielleicht einige der Bücher lesen würde, die ich mitgebracht hatte, diesen kleinen Bereich vielleicht auch selbst nutzen würde. Jetzt wusste ich, dass ich recht gehabt hatte.

Ich nahm einen Schluck Wein, ignorierte all die Warnsignale, die mir durch den Kopf schossen, und genoss einfach nur die sanfte Flüssigkeit, während ich sie auf der Zunge umherrollte.

Marcello zog einen Stuhl hervor und setzte sich neben mich. Er sah Grace an, beugte sich dann vor und griff nach meiner freien Hand.

»Ich habe mir Sorgen um dich gemacht. Es war hier nicht dasselbe ohne dich, die kommt, um meine Pasta zu essen … Ich wollte dich sehen, aber …«

Er tätschelte meine Hand und ließ sie dann wieder los.

»Es hat etwas länger gedauert, als ich dachte, zurück in meine übliche Routine zu finden.« Ich zuckte mit den Achseln. »Wenn ich noch wüsste, welche das überhaupt ist.«

»Ah, das braucht einfach Zeit. Nimm es nicht so schwer.« Er blickte hinunter zu Grace. Ich folgte seinem Blick und wieder einmal quoll mein Herz über vor Liebe, als ich sie beobachtete. Es überraschte mich, wie stark dieses Gefühl war. Ich hatte immer gelacht, wenn ich die Geschichten von jungen Müttern hörte, die nicht aufhören konnten, über ihre Babys zu reden. Jetzt wusste ich es. Jetzt verstand ich es.

»Wusstest du, dass Charlie wieder zu Hause ist?« Es war Tradition für Charlie und mich geworden, hierherzukommen und uns zu verabschieden, bevor sie zu ihrem nächsten Auftrag für Ärzte ohne Grenzen aufbrach. Sie stopfte sich noch einmal mit Kohlenhydraten voll und behauptete, dass niemand eine Sahnesoße machen konnte wie Marcello.

»Ja, ja. Sie war gestern auf einen Teller Carbonara hier. Das Mädchen sieht nicht gut aus. Mein Herz sorgt sich um sie.« Marcello legte sich eine Hand auf die Brust.

Natürlich war sie hier gewesen. Noch etwas, das sie an ihrem Besorgungstag getan hatte, von dem sie mich ausgeschlossen hatte.

»Ich glaube, sie ist nur müde. Sie macht nicht viele Pausen zwischen ihren Missionen.«

»Nun, es ist gut, dass sie für eine Weile zu Hause ist. Gib mir etwas Zeit, um Fleisch auf ihre Knochen zu bekommen. Was mich daran erinnert – jetzt, da du hier bist, lässt du mich das tun, was ich versprochen habe, ja?«

Ich nahm einen weiteren Schluck Wein.

»Was meinst du mit ›was du versprochen hast‹?«

Marcello erhob sich von seinem Stuhl.

»Es bricht mir das Herz, dass ich mein Wort gebrochen habe. Aber ich mache es wieder gut.« Er beugte sich vor und küsste meine Hand. »Jetzt lehn dich einfach zurück und entspann dich. Genieß deinen Wein.«

Ich sah zu, wie er in den hinteren Bereich ging, und fragte mich, was er wohl meinte.

Ich konnte mir nur vorstellen, dass es mit Brian zu tun hatte. Er hatte Marcello vermutlich das Versprechen abgenommen, sich um mich zu kümmern, wie es nur Marcello konnte.

Einmal, als ich krank war, hatte Marcello Brian selbst gemachte Hühnersuppe für mich mitgegeben. Als wir gerade in unser neues Haus gezogen waren, rief er Brian an, um ihm zu sagen, dass unser Abendessen fertig war.

Ich dachte zurück an Ninas Gespräch, das ich belauscht hatte. Ich dachte immer wieder darüber nach, von welcher Art Trennung sie geredet hatte und warum jetzt nicht der richtige Zeitpunkt sein sollte. Es ergab keinen Sinn.

Wenn sie mit Brian gesprochen hatte, konnte es nur eine Antwort geben.

Aber was, wenn sie mit jemand anders redete? Welche Art Trennung? Nicht von Grace. Warum sollte sie mir meine Tochter wegnehmen?

Heute Abend, vielleicht während unseres Spaziergangs oder danach, wenn wir Tee tranken, würde ich mit Nina reden müssen. Ich brauchte Antworten. Es war eine Sache, wenn sie mit meinem Mann in Kontakt stand und es mir nicht erzählte, aber es war eine ganz andere, wenn sie vorhatte, mir das Kind wegzunehmen.

»Ich hoffe, du hast Appetit darauf. Du bist zu dünn. Du musst versprechen, häufiger zu kommen, damit ich dich aufpäppeln kann.« Marcello tauchte mit einem Teller in der Hand neben mir auf.

Ein Kellner brachte einen kleinen Tisch, den er vor mir abstellte. Er legte ein Tischtuch darüber und platzierte Kerzenhalter und Besteck darauf. Sobald er fertig war, stellte Marcello den kleinen Teller Bruschetta darauf ab und brachte dann noch eine Vase mit einer Rose.

»Ich brauche kein schickes Porzellan.« Ich lächelte ihn an. Mir wurde bewusst, dass ich seit einer gefühlten Ewigkeit keinen Hunger mehr gehabt hatte, aber plötzlich war ich ausgehungert.

»Du, meine schöne Dame, verdienst nur das Beste.« Er verbeugte sich und warf mir eine Kusshand zu.

Ein Bissen von der Bruschetta und ich war im Himmel. Die Mischung aus Knoblauch, Tomaten und Basilikum auf dem Brot war das Beste, was ich seit Ewigkeiten gegessen hatte. So sollte man essen, jeder Bissen eine Geschmacksexplosion. Auf die italienische Art.

»Grace, eines Tages werden du und ich so in unserer Küche kochen. Dein Vater und ich haben immer füreinander gekocht. Ich bin nicht sicher, ob wir das jemals wieder tun werden, aber es liegt uns im Blut.« Sie schlief, aber ich glaubte, dass sie meine Stimme trotzdem hören konnte. Ich wusste es aufgrund der Art, wie sie oft im Schlaf lächelte, wenn ich mit ihr redete.

»Ich hoffe, du hast Hunger.« Marcellos laute Stimme hallte durch den leeren Raum. Mir wurde klar, dass ich die Einzige im Restaurant war.

Er präsentierte mir einen großen Teller Pasta Alfredo. Der Kellner hinter ihm brachte eine Käsereibe für den besten Parmesan, den ich je gekostet hatte. Ich stöhnte beinahe vor Ekstase.

»Ich hoffe, du leistest mir Gesellschaft«, sagte ich. Auf dem Teller war viel zu viel Pasta für eine Person.

Der Kellner stellte einen weiteren Stuhl an den Tisch, aber Marcello schüttelte nur den Kopf.

»Nein, aber ich.« Eine Hand drückte meine Schulter. Ich funkelte Marcello an, der zumindest den Anstand hatte, wegzusehen.

Warum war Nina hier?

»Tut mir leid, Diane. Ich habe Nina angerufen, damit sie dir Gesellschaft leistet.«

Er musste meinen mörderischen Blick bemerkt haben. Er hob die Hände und zuckte mit den Achseln. Ich war nicht allzu überrascht, dass sie aufgetaucht war. Es war ja nicht so, als hätte ich meine Pläne geheim gehalten. Ich hatte ihr eine Notiz hinterlassen, in der stand, wo ich war.

»Ich wollte sie schon längst einmal kennenlernen«, sagte Marcello.

Ich starrte ihn nur an.

»Und du solltest nicht allein essen. Das ist nicht richtig.« Er sah auf Grace hinunter. »Nicht heute.«

»Was meinst du damit?« Das Geräusch meiner Gabel, die auf meinen Teller fiel, hallte durch das Restaurant. Marcello zuckte zusammen.

»Er meint« – Nina verließ meine Seite und setzte sich auf den Stuhl mir gegenüber – »dass wir beide wissen, wie schwer der heutige Tag für dich sein muss, und dass du nicht allein sein solltest.«

»Warum ist der heutige Tag so schwer?«

»Weil es dein Hochzeitstag ist.« In Ninas Augen lag ein eigenartiger Blick, als würde sie mich taxieren und warten, wie ich reagierte.

Ich schüttelte den Kopf. Das stimmte nicht.

»Hast du es vergessen?« Nina senkte ihre Stimme.

Ich blinzelte, als sich meine Augen mit Tränen füllten. Heute war nicht mein Hochzeitstag. Das konnte nicht sein. Der war doch noch Monate entfernt, oder? Ich würde doch nicht meinen Hochzeitstag vergessen; das könnte ich nicht.

»Das kann nicht sein.« Ich wischte mir die Tränen ab, die meine Wangen herunterliefen. Mein Kopf war völlig leer. Unser Hochzeitstag war im Juli. Und jetzt hatten wir … Es war doch noch Zeit bis dahin, oder?

»Wie konnte ich unseren Hochzeitstag vergessen? Wie konnte Brian ihn vergessen? Wo ist er? Warum ist er nicht hier?« Ich schüttelte den Kopf, meinen Blick auf den Teller gerichtet, während ich versuchte, das zu verarbeiten.

Unser letzter Hochzeitstag war perfekt gewesen, der beste Abend seit Jahren. Brian und ich hatten immer geplant, wie wir zusammen feiern würden, und normalerweise fuhren wir entweder über das Wochenende weg oder gingen zum Abendessen aus. Aber bei unserem zwölften, nein, dreizehnten Hochzeitstag war es anders gewesen. Wir mussten beide lange arbeiten, also hatten wir uns geeinigt, ihn am Wochenende zu feiern. Doch Brian hatte mich an jenem Abend überrascht und in ein Dreisternerestaurant ausgeführt, das wir schon immer ausprobieren wollten, für das wir aber nie Plätze bekommen hatten. Und statt eines normalen Essens im Restaurantbereich hatte Brian einen Gefallen eingefordert und wir hatten am Tisch des Kochs in der Küche sitzen dürfen.

Es war ein traumhafter Abend gewesen. Wir waren beide liebestrunken gewesen und die Mahlzeit unser Vorspiel.

Wie hatte ich vergessen können, welcher Tag heute war?

»Nina?« Kummervoll sah ich Nina Hilfe suchend an.

Sie beugte sich vor und griff nach meinen Händen. Ich schluckte schwer. Mir war nicht klar gewesen, wie sehr das schmerzen würde. Das. Alles. Mein Gedächtnisverlust, die Panikattacken, die Art, wie mir mein Verstand etwas vorgaukelte. Und wo war Brian? Warum das Schweigen? Warum hatte er mich verlassen? O Gott, er hatte mich verlassen, nicht wahr? Deshalb war er nicht nach Hause gekommen. Deshalb hatte nur Nina mit ihm gesprochen. Deshalb dachte sie, dass der heutige Tag so schwer für mich sein würde. Er hatte mich verlassen und ich war ganz allein. *Bis dass der Tod uns scheidet.*

Was war aus diesem Versprechen geworden?

»Ich möchte jetzt nach Hause gehen.« Ich klang wie ein flehendes Kind. Aber ich musste gehen. Ich verstand den Grund nicht, aber ich konnte mich nur noch darauf konzentrieren. Nach Hause. Meine Brust schmerzte; mein Herz raste, als ich nach Grace griff. Ich ignorierte Marcello, der händeringend einfach nur dastand.

»Bitte! Bitte bring mich einfach nur nach Hause.«

20

Brian

Oktober 2013

»Marie, du liegst etwas im Zeitplan zurück. Was kann ich tun, um zu helfen?«

Brian lehnte sich in seinem Stuhl zurück und verschränkte die Arme hinter dem Kopf. Er sah sich Marie auf dem Computerbildschirm genauer an. Sie sah müde und abgespannt aus. Er wusste, dass die Zeitverschiebung von acht Stunden auch eine Rolle spielte, denn während er seinen Tag gerade erst begann, hatte sie ihren fast hinter sich.

»Mir William vom Hals schaffen.« Sie lächelte, aber er hörte den Verdruss in ihrer Stimme. Er stöhnte. Er wusste genau, wie sie sich fühlte, aber es gab nur wenig, was er dagegen tun konnte.

»Er will immer gern involviert sein, das weißt du doch.«

»Ich glaube, es war ein Fehler, diesen Job anzunehmen. Ich denke, das weißt du auch. Er vertraut mir nicht, und anstatt mir zu helfen, behindert er mich bei jedem Schritt, den ich mache. Wie kann er von mir erwarten, im Zeitplan zu liegen, wenn er selbst mich zurückhält?«

Nicole, Brians Assistentin, stand mit einem Notizbuch in der Hand in der Tür. Brian blickte auf die Zeitanzeige auf seinem Computerbildschirm und hielt dann eine Hand hoch, um sich fünf Minuten mehr zu erbitten.

»Dich zu empfehlen war kein Fehler. Du musst nur etwas unkonventioneller denken. Ich weiß, du glaubst, dass dich Williams Forderungen nach ständigen Statusmeldungen und Genehmigungen aufhalten, aber vertrau mir, sein einziges Ziel ist es, deinen Erfolg sicherzustellen.«

Maries Blick sagte Brian, dass sie ihn durchschaute. Sie war clever und er traute noch immer seinem Gefühl, dass sie das schaffen konnte.

»Hast du in letzter Zeit mal die Aufgabenliste aktualisiert? Mir ist aufgefallen, dass da noch Sachen fehlen, um die du dich bestimmt schon gekümmert hast. Schau sie dir an und morgen früh werfe ich einen Blick darauf und sehe, was ich von hier aus tun kann. Das gibt mir auch eine Vorstellung davon, wie ich dir helfen kann, wenn ich nächste Woche zu dir komme.«

Er wartete darauf, dass das bei ihr ankam.

»Feuerst du mich?«, fragte sie nach ein paar Sekunden des Schweigens.

Brian spielte mit seinem Stift.

»Warum fragst du das?« Er hasste es, ihr das anzutun. Er verstand, wie sie sich fühlen musste. Vor Jahren hatte er in ihren Schuhen gesteckt.

»Warum würdest du sonst kommen, um mich zu ersetzen?«

Brian las in ihren Augen, wie sie es hinnahm, und er hasste es. Er hatte wirklich geglaubt, dass sie perfekt für die Aufgabe war. Er wusste, dass es einige Herausforderungen gab, aber es war ein kleineres Büro mit weniger Komplikationen. Er hatte nicht erwartet, dass sich William so einmischen würde.

»Niemand hat etwas von ersetzen gesagt. Ich komme nur für ein paar Tage, höchstens eine Woche, um die Wogen etwas zu glätten und William zu beruhigen.«

»Beruhigen …« Marie stolperte über das Wort.

Brian lächelte zusichernd. Nicole stand wieder vor seiner Tür.

»Hör mal, geh die Aufgaben durch und aktualisiere alles bis morgen, okay? Nicole schickt dir meinen Reiseplan, sobald der Flug gebucht ist. Hör auf, dir Sorgen zu machen. Alles ist gut. Ich bin auf deiner Seite.«

Marie versuchte, sich zusammenzureißen, aber er sah, wie nah ihr die Sache ging. Er verabschiedete sich, beendete die Skype-Sitzung und suchte nach der Akte, die er zu seinem nächsten Meeting mitnehmen musste.

»Ich hab sie schon.« Nicole hielt die Akte hoch. »Außerdem wartet eine frische Tasse Kaffee an deinem Platz auf dich. Ich war in der Lage, heute noch drei weitere Gesprächstermine zu vereinbaren. Keine Sorge, ich bestell dir Mittagessen.«

Brian stöhnte. Vor diesem Tag hatte er sich schon lange gefürchtet. Er hasste es, Bewerbungsgespräche zu führen. Jahrelang hatte er argumentiert, dass die Personalabteilung das für ihn erledigen könnte, aber auf Tims Drängen hin hatte er seine Einstellung dazu geändert, wenn auch zunächst nur widerwillig. Sie hatten sich schon mit zu vielen Berufseinsteigern frisch von der Uni herumschlagen müssen, die keine Ahnung von einer Festplatte hatten, bevor ihm klar wurde, dass, wenn er ein Team aufbauen wollte, das an seiner Seite arbeiten konnte, er sich selbst mehr einbringen musste. Bisher hatte das funktioniert. Die Fluktuation seiner Angestellten war geringer geworden und er mochte das Team, mit dem er arbeitete.

Aber Tim wollte, dass er expandierte, um ihr Portfolio zu erweitern. Zum Glück hatten sie einen Freund, der Headhunter war, und so musste Brian nicht Hunderte von Bewerbungen autodidaktisch ausgebildeter Tech-Profis durchgehen. Nach Auswertung von zwanzig Bewerbern, die am vielversprechendsten schienen, hatte Brian es bei drei verfügbaren Stellen auf fünf Leute eingeengt.

Statt mit dem neuen System herumzuspielen, das sie soeben in einer Abteilung eingerichtet hatten, musste er in einem deprimierenden Besprechungsraum sitzen und potenzielle Mitarbeiter kennenlernen, die es mit ihrem Aufzug übertrieben, um über etwaige Unzulänglichkeiten hinwegzutäuschen.

Was sie nicht wussten, war, dass Brian ein Mann war, der hinter Fassaden schauen konnte. Es war eine Fähigkeit, die nichts mit Computern zu tun hatte, in der er überragend war.

Brian betrat die Bar zwei Blocks von seinem Büro entfernt und blinzelte. Tim hatte ihm eine E-Mail geschickt, dass er ihn hier auf einen Drink treffen sollte, aber Brian sah ihn nicht.

Er ging zum Tresen, bestellte ein Bier, drehte sich dann um und sah prüfend in die Menge. Es gab nur Stehplätze; Männer mit gelockerten Krawatten und Frauen mit aufgeknöpften Anzugjacken entspannten sich mit ihren Kollegen, bevor sie nach Hause gingen und einer anderen Pflicht nachkamen.

Brian hatte diese Zeit des Tages immer geliebt, aber ehrlich gesagt wollte er in diesen Tagen nur nach Hause zu Diane eilen. Sie hatten daran gearbeitet, mehr Zeit miteinander zu verbringen, sogar zwei Abende in der Woche reserviert, um privaten Kochunterricht bei Marcello zu nehmen. Diese Abende waren zum Höhepunkt der Woche geworden.

»Brian!«

Er hörte, wie sein Name aus der hinteren Ecke gerufen wurde. Er schnappte sich sein Bier und bahnte sich einen Weg durch die Menge, wobei er sein Glas hochhielt, während er sich durch die Gruppen schlängelte, die herumstanden.

Tim hatte es geschafft, einen Tisch zu ergattern, und er war nicht allein.

Neben ihm saß William und ihm gegenüber, neben einem leeren Stuhl, saß Esther Price, die andere Partnerin der Firma.

Brians Hände begannen zu schwitzen. Das konnte nicht gut sein. Esther war nur dann involviert, wenn es um irgendetwas Großes ging.

Wie seinen Job vielleicht?

»Setzen Sie sich doch.« William deutete auf den leeren Platz. Brian lächelte Esther an, als er sich hinsetzte, sagte aber nichts. Er hatte nie wirklich ein gutes Verhältnis zu dieser Frau gehabt.

»Wie sind die Bewerbungsgespräche gelaufen?«, durchbrach Tim das unangenehme Schweigen, während Brian einen Schluck von seinem Bier nahm.

»Gar nicht schlecht. Die Kandidaten sind alle gut. Eine Bewerberin wäre besser für Marcias Abteilung geeignet. Sie hat bereits als Administratorin gearbeitet und mit ihren Fähigkeiten würde sie dort besser hinpassen. Vielleicht als Unterstützung für Nicole.« Er versuchte schon seit einigen Jahren, Nicole Hilfe zu besorgen. Wenn seine Abteilung weiter so wuchs, brauchten sie mehr Administratoren, sonst würde Nicole gehen. Sie hatte ihn erst heute, kurz bevor er ging, wieder gewarnt.

Er mochte gar nicht daran denken, sie zu verlieren. Es war schwer, jemanden so anzulernen, dass er die Anforderungen an den Job eines Administrators so perfekt erfüllte wie Nicole. Sie würde schwierig zu ersetzen sein.

»Schön zu hören. Wir haben gerade darüber geredet, wie gut sich Ihre Abteilung macht.« Tim lehnte sich in seinem Stuhl zurück. Er hatte einen Gesichtsausdruck, den Brian nicht deuten konnte. Seine Finger verkrampften sich um das Glas, während er versuchte zu verstehen, welche Nachricht Tim ihm sendete, aber es gelang ihm nicht.

Alles in ihm schrie danach, wegzulaufen.

»Haben Sie schon darüber nachgedacht, jemanden zu finden, der Ihre Rolle hier in unserem Hauptquartier ausfüllt, während Sie sich um unsere anderen Zweigstellen im Ausland kümmern?«, fragte Esther.

»Muss ich das etwa?« Die Erwähnung mehrerer Zweigstellen war ihm nicht entgangen. Und ihm gefiel ganz und gar nicht, in welche Richtung das ging.

Esthers Lippen wurden für einen ganz kurzen Augenblick schmaler.

»Ich stelle keine Fragen, um Zeit zu verschwenden. Ich hoffe, Sie machen sich das klar, bevor Sie mir eine weitere schnippische Antwort geben.«

Er würde gefeuert werden. Er wusste es. Zwar wusste er nicht, warum, aber alle Zeichen waren da. Wahrscheinlich war es auch seine eigene Schuld. Diane hatte ihn anfangs gewarnt, als er darum gebeten hatte, weniger reisen zu müssen. Sie hatte geahnt, dass so etwas passieren könnte. Sie hatte ihm gesagt, er müsste eine Entscheidung treffen, bevor er wegen des Zuhausebleibens zu Tim ging. Dass es an ihm lag, ob er seinen Job behalten oder etwas anderes suchen wollte. Er hatte nicht geglaubt, dass es dazu kommen würde. Er arbeitete bereits viel zu lange bei Harper and Wainwright LLC, als dass sie ihn wegen etwas wie der Bitte nach weniger Reisen während der Schwangerschaft seiner Frau feuern würden.

Aber anscheinend hatte Diane recht gehabt.

Das Richtige wäre, nachzugeben, auch wenn es das Letzte war, was er wollte. Er mochte seinen Job und wollte ihn behalten. Natürlich würde er einen anderen Job finden, wenn es sein musste. Er müsste nur kurz die Fühler ausstrecken und hätte innerhalb von Stunden ein Angebot. Aber es gab einen Grund dafür, dass er fortwährend die Jobangebote ausschlug, die regelmäßig auf seinem Schreibtisch landeten. All die Anrufe von Freunden in anderen Unternehmen, die E-Mails von Headhuntern und Essenseinladungen von Geschäftsführern anderer Firmen – nichts davon spielte eine Rolle. Er war glücklich, wo er war.

Zufrieden.

Sicher.

Zumindest war er das gewesen. Jetzt würde er alles geben, um die Rückspultaste zu drücken und die letzten fünfzehn Minuten ungeschehen zu machen.

»An meiner Antwort ist nichts schnippisch, Esther. Muss ich jemanden finden, der meine Rolle ausfüllt? Bisher war das nie ein Problem.«

Von dem überraschten Blick in Esthers Gesicht und dem leisen Murmeln von William war anzunehmen, dass sie erwartet hatten, Brian würde sich sofort fügen.

»Sie werden nicht gefeuert.«

Brian starrte Tim an. »Sind Sie sicher? Als das letzte Mal jemand in unserem Büro gebeten wurde, einen Ersatz zu finden, wurde er ein paar Stunden später von der Security nach draußen begleitet.«

Er war nicht sicher, was für ein Spiel Tim spielte. War er Freund oder Chef?

»Niemand wird gefeuert – und ganz besonders nicht Sie.« William beugte sich vor, zwang Esther damit, sich zurückzulehnen, und schlug mit der Hand auf den Tisch. »Sie sind viel zu wichtig für dieses Unternehmen und das wissen Sie. Und das ist das Problem.«

Das Problem? Das ergab überhaupt keinen Sinn für ihn. Er nahm einen langen Schluck von seinem Bier, wischte sich über die Lippen und starrte seinen Boss an.

»Dieser Test von Ihnen mit Marie im Londoner Büro wird nicht funktionieren. Sie ist gut, das gebe ich zu, aber ich würde mich viel wohler fühlen, wenn Sie derjenige wären, der das Team dort anleitet.«

»Ich fliege nächste Woche.«

»Eine Woche wird da aber nicht ausreichen. Wir expandieren und wir brauchen jemanden, der weiß, was er tut. Das kriegen Sie nicht von hier aus hin.« William lehnte sich zurück, verschränkte die Arme über seiner massiven Brust und grinste.

Brian wollte ihm das Grinsen am liebsten vom Gesicht wischen.

»Was meinen Sie damit, das kriege ich nicht von hier aus hin? Ich habe die anderen Zweigstellen auch so eingerichtet.« Nichts davon ergab Sinn.

»Ganz genau.«

Tim räusperte sich.

»Hören Sie zu. Was wir zu sagen versuchen, wenn auch auf die falsche Art, ist, dass wir wollen, dass Sie auch weiterhin unsere Zweigstellen weltweit einrichten, aber in größerem Maßstab. Wir wollen, dass Sie die Verantwortung für sie übernehmen und direkt vor Ort sind, in den Büros, um sich um alle Details zu kümmern, anstatt das Ganze nur von Ihrem Büro hier in den Staaten zu überwachen.«

Brian konnte nicht glauben, was er da hörte. Tim wusste, was er darüber dachte. Er wusste, dass Brian nicht mehr reisen wollte, dass er nicht konnte.

»Was ist mit meiner Bitte, weniger zu reisen, als ich es jetzt tue? Mein Baby ist unterwegs. Ich möchte zu Hause sein, um ihn oder sie aufwachsen zu sehen. Das kann ich nicht, wenn ich so viel reisen muss. Das wissen Sie genau.« Er funkelte Tim an.

Brians Körper verspannte sich. Er hätte auf seine Instinkte hören und rechtzeitig kündigen sollen. Warum hatte er das nicht getan? Bei dieser Sache würde nichts Gutes herauskommen. Wie sollte er Diane erklären, dass er sein Versprechen brechen musste? Dass er sie nicht mit dem Baby unterstützen konnte; dass er ein abwesender Vater sein würde? Das wollte er nicht. Das wollten sie beide nicht.

»Nehmen Sie sie mit. Wir möchten, dass Sie London zu Ihrem Hauptbüro machen. Von da aus sind die Reisezeiten zu unseren anderen Zweigstellen in Europa viel kürzer«, sagte Esther.

Seine Hände ballten sich in seinem Schoß zu Fäusten. Er stellte sich vor, mit seinen Fäusten auf den Tisch zu schlagen, sodass Esthers Getränk über ihren gesamten Schoß schwappte. Er stellte sich ihren entsetzten Blick vor, wenn der Rotwein ihren Leinenrock befleckte, und welche Befriedigung er dabei empfinden würde.

Gleichzeitig passte so ein Wutanfall nicht zu ihm. Er war der Friedensstifter, derjenige, der beide Seiten einer Geschichte sah. Wo kamen all diese Emotionen her?

»Ich bin überrascht, dass Sie das sagen, Esther. Sie haben meine Frau kennengelernt. Sie liebt ihren Job und würde nicht im Traum daran denken, ihn aufzugeben, um mir um die halbe Welt zu folgen.« Er war überrascht, wie ruhig seine Stimme klang, während er innerlich kochte.

»Natürlich würde sie das nicht«, stimmte William zu. »Aber sie wird im Mutterschutzurlaub sein, also sehen Sie es für den Anfang als Familienurlaub an. Die Dinge ergeben sich meist von selbst, wenn man sich Zeit lässt, und wer weiß, vielleicht denkt ihre Firma ja auch daran, ins Ausland zu expandieren. Das wäre doch die perfekte Gelegenheit.«

Brian griff nach seinem Bier und kippte es in einem Zug hinunter, wobei er ignorierte, wie sehr seine Hände zitterten. Das Ganze war surreal. Diane würde nicht ihren Job, ihre Firma und ihr Leben für ihn verlassen. Er wusste das. Tim wusste das. Es stand nicht einmal zur Debatte.

»Und wenn ich Nein sage?« Das hätte er nicht sagen sollen. Er hätte sich ein paar Tage Zeit erbitten sollen, um darüber nachzudenken, um zu sehen, ob er eine Möglichkeit finden konnte, dass das funktionierte.

Esther lachte, William lächelte und Tim schüttelte energisch den Kopf.

»Das können Sie nicht«, sagte William.

Natürlich konnte er das nicht. Er hatte eine Familie, an die er denken musste. Und er hatte eine Karriere, auf die er Rücksicht nehmen musste.

Er könnte Nein sagen. Es gab eine Menge anderer Firmen; er würde im Nu einen neuen Job haben. Dann könnte er das tun, was er am meisten wollte – bei seiner Familie zu Hause sein.

Für sich selbst einzustehen lag nicht in seiner Natur. Er war jemand, der lieber im Hintergrund agierte. So bevorzugte er es. Weshalb er ihnen für diese Gelegenheit danken und nach Hause zu seiner Frau gehen sollte.

Brian schob seinen Stuhl zurück und stand auf. Er spielte mit seinem Ehering, drehte ihn an seinem Finger und dachte daran, was sie einander außerhalb der Zeremonie vor all den Jahren geschworen hatten. Den Schwur, niemals die Träume des anderen zu behindern, immer da zu sein, um sich gegenseitig zu unterstützen und zu ermutigen. Brian machten die dreißig Wochen im Jahr nichts aus, in denen er reisen musste. Immer wenn wieder ein Projekt auf seiner Liste auftauchte, eine Expansion oder ein Problem, das es erforderlich machte, dass er vor Ort war, wurde er aufgeregt. Er liebte das Reisen. Der Jetlag bereitete ihm niemals Probleme. Die Zeit weg von zu Hause machte ihm keine Sorgen, weil er wusste, dass Diane hinter ihm stand. Das war eine der Stärken ihrer Ehe. Es war auch einer der Gründe, warum sie beschlossen hatten, zehn Jahre zu warten, bevor sie Kinder bekamen.

Aber die Zeiten hatten sich geändert. Jetzt war sie schwanger und er müsste häufiger zu Hause sein. Er atmete tief durch. Die Familie ging vor.

Immer.

»Ich kann und ich werde. Und wenn das für Sie nicht akzeptabel ist, dann kündige ich.«

Er drehte sich um und ging. Er hörte, wie William ihm nachrief, aber es spielte keine Rolle. Mit jedem Schritt, den er machte, wusste Brian, dass er sich einen Schritt von seinem Job entfernte.

Er würde darüber nachdenken müssen, nicht berufstätiger Vater zu sein. Gott wusste, dass sie sein Einkommen nicht brauchten. Sie würden auch mit Dianes gut zurechtkommen.

Er griff nach dem Türknauf, seine Finger schlossen sich darum, und als er gerade im Begriff war, ihn zu drehen, spürte er eine Hand auf seiner Schulter.

21

Brian drehte sich um und sah Esther hinter ihm.

»Bitte gehen Sie nicht. Das ist nicht so gelaufen, wie wir es uns vorgestellt haben. Kommen Sie zurück zum Tisch und lassen Sie es uns erklären.«

Brian suchte in ihren Augen nach irgendwelchen Anhaltspunkten, überrascht, dass sie diejenige war, die gekommen war, um ihn aufzuhalten. Wenn überhaupt, hätte er eher erwartet, dass Tim derjenige gewesen wäre, der ihn zu überzeugen versuchte.

Sein Körper summte vor Anspannung. Er konnte nicht glauben, dass er gerade seine Kündigung angeboten hatte. Was hatte er sich nur dabei gedacht? Er würde niemals einfach so kündigen. Niemals. Einen Job aufzugeben, um einen anderen anzunehmen, war immer ein Vorgang, der gut durchdacht und geplant sein musste.

Am Tisch stand Tim so da, als hätte er darauf gewartet, dass Brian von allein zurückkam, während William mit geschocktem Gesichtsausdruck in seinem Stuhl zurückgelehnt saß.

»Hören Sie uns einfach an«, bat Tim.

Brian setzte sich wieder auf den Platz, von dem er eben aufgestanden war, lehnte sich zurück und wartete.

»Wir wollen nicht, dass Sie kündigen. Wir wollen Sie befördern«, begann Tim.

Brian neigte den Kopf. Hatte er ihn richtig verstanden? »Befördern?«

»Leiter für internationale Angelegenheiten und Kommunikation.« Ein Grinsen breitete sich auf Tims Gesicht aus.

Brian musste husten. »Wie bitte?«

William räusperte sich. »Ich meine es ernst – nur Ihnen traue ich zu, diese Position zu übernehmen. Bitte lassen Sie mich nicht jemanden mit weniger Talent suchen müssen.«

Er war sprachlos. Das hatte er nicht erwartet zu hören. Leiter für internationale Angelegenheiten? Er hätte sich nie vorstellen können, jemals eine so hohe Position zu bekleiden. Er hatte gedacht, die Leitung der Technologieabteilung wäre das Höchste, was er je erreichen könnte. Leiter für internationale Angelegenheiten. Er. Wie könnte er sich das entgehen lassen? Wie könnte er dazu Nein sagen?

»Ich weiß nicht, was ich sagen soll.«

»Sagen Sie nichts. Nicht heute Abend. Ich weiß, wir wollen eine ganze Menge und das Timing ist vielleicht nicht das beste, aber sprechen Sie mit Ihrer Frau und geben Sie uns dann Bescheid.« William schob den Stuhl zurück und stand auf.

»Ich weiß, dass wir in der Vergangenheit unsere Differenzen hatten, aber hierin stimme ich mit den beiden überein.« Esther stand ebenfalls auf, legte ihre Hand auf seine Schulter und drückte sie leicht.

Brian war sprachlos. Das Angebot hatte ihm den Atem verschlagen.

»Ich hätte Sie vorwarnen sollen.« Tim winkte einen Kellner herbei und bestellte noch zwei Bier.

Brian lachte, ein plötzliches Geräusch, das tief aus seiner Brust kam. Ja, er hätte vorgewarnt werden sollen, aber hätte es einen Unterschied gemacht? Er konnte den Job trotzdem nicht annehmen. Er könnte Diane niemals bitten, das Leben aufzugeben, für das sie so hart gearbeitet hatte.

»Sie wissen, ich kann das nicht annehmen.« Ein Gefühl der Niederlage überkam ihn. Es war schwerer als erwartet, diese neue Realität zu akzeptieren. Der perfekte Job für ihn war in Reichweite und er musste ihn ablehnen.

»Wissen Sie, das verstehe ich nicht. Sie geben der Sache nicht einmal eine Chance. Diane könnte Sie überraschen«, sagte Tim.

Brian schüttelte den Kopf.

Tim zuckte mit den Achseln. »Okay, okay, Sie kennen Ihre Frau besser als jeder andere. Aber ich denke trotzdem, dass Sie sich die Chance geben sollten. Es ist ja nicht so, als müssten Sie das ganze Jahr über bleiben. Sie können jeden Monat zurückkommen, wenn es sein muss. Wir können das schaffen.«

Der Kellner kam und stellte das Bier vor ihnen ab.

»William will, dass es funktioniert.« Tim hob sein Glas und wartete darauf, dass Brian es ihm gleichtat.

Brian zögerte und wusste nicht, warum. Zu wissen, dass Tim ihn unterstützte, dass er glaubte, es wäre möglich, bedeutete ihm etwas. Aber alles, woran er denken konnte, waren seine Frau und das Baby, auf das er sich so freute. In dem Augenblick, in dem er herausgefunden hatte, dass Diane schwanger war, hatte sich sein gesamtes Leben verändert. Von einem Moment auf den anderen hatten sich seine Prioritäten völlig geändert.

»Würden Sie Ihre Frau und Ihre Kinder verlassen und damit zufrieden sein, sie nur ein paar Tage im Monat zu sehen?« Brian wusste bereits, wie Tim antworten würde.

Tim senkte das Glas und rieb sich das Gesicht. »Sie und ich, wir führen unterschiedliche Leben. Das hier war so lange Ihr Ziel gewesen. Meins ist es nicht. Ich bin zufrieden damit, abends nach Hause zu kommen und meine Kinder für eine Stunde oder so zu sehen, bevor sie ins Bett gehen. Qualität versus Quantität. Und seien wir mal ehrlich – ein neugeborenes Baby braucht den Vater nicht wirklich. Stellen Sie eine Hilfe für Diane ein, besorgen Sie ihr ein Kindermädchen, das beim Windelwechseln und nächtlichen Füttern hilft. Wollen Sie wirklich dafür Ihren Traumjob aufgeben?«

Brian zuckte mit den Achseln. »Sie haben mich kalt erwischt.«

»Ich weiß. William hat offensichtlich nicht erwartet, dass Sie so reagieren. Er hat das schon eine ganze Weile geplant.«

Brian neigte den Kopf nach hinten und stöhnte. »Und Sie hätten mir nicht einen Tipp oder so geben können?«

Tim schüttelte den Kopf. »Ich hatte Order, nichts zu sagen.«

Brian nahm einen langen Schluck von seinem Bier und genoss es, wie die Flüssigkeit seine Kehle herunterrann. Er blickte auf seine Uhr und stöhnte. Er musste nach Hause. Diane hatte heute einen Ultraschalltermin und er hatte das Abendessen vorbereiten wollen, bevor sie nach Hause kam. Daraus würde jetzt nichts mehr werden. Er musste wohl etwas bestellen.

»Lassen Sie mich darüber nachdenken.« Er stand auf.

Tim tat es ihm nach. »Denken Sie nicht nur darüber nach. Sprechen Sie mit Diane.«

Brian nickte zustimmend. Natürlich würde er es erwähnen. Aber eher würde die Hölle zufrieren, als dass sie ihren Job aufgab, nur damit er vorankommen konnte. Erst als er in Richtung Bahnstation lief, wurde ihm klar, dass sich seine Überzeugung, den Job nicht anzunehmen, in die Hoffnung verwandelt hatte, dass Diane ihm das Okay dafür geben würde.

Brian betrat die Küche durch die Garagentür und stellte die Tüten in seiner Hand auf der Anrichte ab.

»Tut mir leid, ich bin spät dran«, rief er. Er hatte Diane vorhin eine SMS geschickt und erfahren, dass sie bereits zu Hause war. Als er fragte, worauf sie Lust hatte, antwortete sie mit nur einem Wort: Chinesisch. Es überraschte ihn, besonders, nachdem letzte Woche ihre Beine, Füße und Finger direkt nach dem Essen angeschwollen waren. Sie hatte geschworen, sie würde nie wieder chinesisch essen.

»Hast du Hunger?«, rief er. Als keine Antwort kam, ging er, um nach ihr zu sehen.

Diane saß auf der Couch, die Füße auf dem Kaffeetisch, eine Taschentuchbox neben sich. Als sie zu ihm aufsah, waren ihre Augen gerötet.

»Hey, was ist los?« Er setzte sich neben sie und nahm sie in die Arme. Sie legte ihren Kopf auf seine Brust und seufzte tief.

Diane war nicht nah am Wasser gebaut. Er konnte die Male, die er bei ihr Tränen gesehen hatte, an einer Hand abzählen, und normalerweise sorgte sie dafür, dass sie dann allein war.

Sie hatte heute ihren Termin gehabt, aber noch nichts davon erzählt. War etwas passiert?

Sanft rieb er ihre Arme, in der Hoffnung, sie beruhigen zu können, und unsicher, was er als Nächstes tun oder wie er es tun konnte. Er versuchte, sich selbst zu überzeugen, dass er sich keine Sorgen zu machen brauchte, dass sie vielleicht ein trauriges Buch gelesen hatte oder so etwas. Aber als sie sich an ihn kuschelte, wusste er, dass es etwas anderes sein musste. Etwas, das über Schwangerschaftshormone hinausging.

»Bist du okay? Ist das Baby okay?« Er zog sich leicht zurück, um ihr ins Gesicht zu sehen. Sie hob nicht den Blick. »Was ist los?«

Er hatte online Geschichten über Komplikationen bei der Schwangerschaft gelesen, und vor Jahren hatte eine ihrer Freundinnen ihr Baby Wochen vor der Geburt verloren. Immer wenn sich der Gedanke einschlich, dass etwas schiefgehen konnte, schob er ihn weit von sich. Es war nicht möglich. Nicht bei ihnen. Nicht bei ihrem Kind. Etwas drückte ihm auf die Brust und raubte ihm den Atem. Nein, verdammt, nicht ihr Kind. Nicht seine Frau.

»Diane, rede mit mir.« Er hielt sie noch fester.

»Erinnerst du dich noch, wie wir dachten, dass die Schwellungen letzte Woche vom chinesischen Essen kamen? Wir lagen falsch«, erklärte sie mit schwacher Stimme.

Brian legte seine Hand über ihren gewölbten Bauch und war erleichtert, einen winzigen Tritt zu spüren.

»Was ist es dann?«

»Präeklampsie.«

Ihre flache Stimme und die Art, wie sie erbleichte, sagten Brian, dass es etwas so Schlimmes wie den Tod bedeutete. Starb sie? Starb ihr Baby?

»Was ist das?«

Sie zog sich aus seiner Umarmung und zog ihre Beine unter sich. Brian ließ es geschehen, mit dieser Seite seiner Frau war er vertrauter als mit dem Weinen.

»Es bedeutet, mein Körper rebelliert. Meine Plazenta funktioniert nicht richtig und das könnte Einfluss auf das Baby haben. Mein Blutdruck ist zu hoch und ich muss Bettruhe halten. Bettruhe! Brian, das kann ich nicht. Was macht es denn schon, dass Eiweiß in meinem Urin ist? Und dass mein Blutdruck zu hoch ist? Glauben die wirklich, der senkt sich, wenn ich den ganzen Tag im Bett bleibe?«

»Dir geht's also gut? Dem Baby geht's auch gut?« Brian legte den Kopf nach hinten und schloss erleichtert die Augen. Er hatte geglaubt, sie würden sterben, Herrgott noch mal. Bettruhe? Hoher Blutdruck? Das war alles?

»Ja, mir geht's gut. Dem Baby auch. Na ja … für den Augenblick ist alles gut. Das ist eine Vorsichtsmaßnahme. Eine unnötige, wenn du mich fragst. Ich halte keine Bettruhe, Brian; du weißt das. Ich habe versucht, ihm das zu erklären, aber er hat gedroht, mich andernfalls ins Krankenhaus einzuweisen.« Sie rollte mit den Augen.

Brian wollte sie schütteln. Es ging hier um ihr Baby. Sie sollte von sich aus alles tun, was sie konnte, um sicherzustellen, dass es ihrem Kind gut ging. Was machte es schon, wenn sie ein paar Wochen im Bett verbringen musste? Das würde ihr vermutlich sogar guttun.

»Ich bin mir sicher, du musst nicht wirklich im Bett liegen. Nur entspannen. Richtig?«

Als sie nicht antwortete, öffnete er seine Augen und sah, wie sie ihn zornig ansah.

»Was?«

»Ich habe dafür jetzt keine Zeit. Wir haben gerade einen Vertrag bekommen, an dem ich monatelang gearbeitet habe, Walter möchte Urlaub machen, bevor ich meine Auszeit nehmen muss, und ich habe niemanden gefunden, der mich ersetzt, während ich abwesend bin. Ich bin nicht dazu bereit. Noch nicht.«

Brian schnaubte.

»Jetzt sei nicht so gefühllos.« Diane presste die Lippen aufeinander.

Sie hatte recht. Er war gefühllos. Aber andererseits, sie war es auch.

»Du wirst niemals dazu bereit sein. Das hier …« – er rieb ihren Bauch – »wird niemals dann kommen, wenn es dir passt, weil sich dein Leben um die Arbeit dreht. Und das ist okay. Das bist eben du. Aber Anpassungen muss es auf beiden Seiten geben. Jetzt, da wir ein Baby haben werden, muss uns klar werden, dass wir nicht mehr nur für uns selbst leben.« Die Erkenntnis schmerzte, als sie ihn traf. Was er wollte, wonach er sich sehnte und wovon er träumte, zählte jetzt nicht mehr. Natürlich, für einen kurzen Augenblick hatte er gedacht, es könnte alles funktionieren – sein Leben daheim und sein Leben für die Arbeit. Aber nicht so, wie er es wollte. Nicht, wenn er auf der anderen Seite des Erdballs war.

»Ich versuche es, Brian. Das tue ich wirklich.«

Er griff nach ihrer Hand, hielt sie und strich mit seinem Daumen sanft über ihre Haut.

Sie versuchte es. Er ging zu hart mit ihr ins Gericht und das war nicht fair. Ihm fiel ein Stapel Unterlagen auf dem Kaffeetisch auf. Er nahm ein Dokument in die Hand und blätterte darin. Es gab viele Informationen über Präeklampsie und darüber, wie man mit dem Stress bei verordneter Bettruhe umging.

»Was ist das?« Er hielt eine Broschüre mit dem Bild eines Babys und dem Titel »Reborn« hoch.

Diane griff danach und schüttelte den Kopf. »Nur etwas, das Walter mir heute gegeben hat.«

»Aber was ist das?« Er erinnerte sich vage daran, dass er irgendetwas über diese Puppen gelesen oder vielleicht im Fernsehen gesehen hatte. Puppen, die lebensecht aussahen.

»Reborn-Puppen. Sie sind ziemlich beliebt bei Leuten, die Puppen sammeln und so.«

»Aber das tust du nicht.« Diane mit einer Puppe? Was dachte sich Walter nur?

Sie rollte mit den Augen. »Natürlich nicht. Das ist eine Freundin von Walter. Sie stellt diese Puppen auf einzigartige Weise her und arbeitet mit verschiedenen Praxen in der Stadt, deren Patienten Fehl- oder Totgeburten erlitten haben.«

»Und warum hat er dir das gegeben?« Er wollte ihr die Broschüre aus der Hand nehmen, aber sie erahnte seine Bewegung im letzten Augenblick und hielt sie außerhalb seiner Reichweite.

»Sie kann eine Puppe aus meinen 3-D-Ultraschallbildern fertigen.«

Diane starrte ins Leere und ein sanftes Lächeln erschien auf ihrem Gesicht. »Ich dachte, das wäre niedlich. Der Gedanke, unser Baby zu halten, schon bevor er oder sie geboren wurde … irgendwie gefällt mir die Idee.«

»Ernsthaft, Diane? Das ist das Verrückteste, was ich je gehört habe.« Angewidert schüttelte er den Kopf.

Sie zuckte mit den Achseln. »Du hast vermutlich recht. Anfangs klang es gut, aber … es ist seltsam, nicht wahr?«

»Ein wenig. Was hat sich Walter nur dabei gedacht? Nein« – er hielt seine Hand hoch – »antworte darauf nicht. Je weniger ich über Walters Gedankengänge weiß, desto besser. Hungrig?«

»Am Verhungern.« Ihre Lippen zuckten, während sie über ihren Bauch strich.

»Nun, dann werde ich mich wohl mal darum kümmern.« Er drückte sich von der Couch, beugte sich zu ihr herab und gab ihr einen sanften Kuss auf die Stirn. »Ich werde alles tun, was ich kann, um sicherzugehen, dass du und unser Baby sicher seid.«

»Genau darum mache ich mir Sorgen.«

Brian tat, als würde er das ignorieren, als er das Zimmer verließ.

Brian hatte sich aufs Bett gelegt, um zu entspannen, während Diane ihr abendliches Bad genoss. Im Fernsehen lief ein Golfturnier, aber er schaute kaum hin. Stattdessen schrieb er eine Liste von Vor- und Nachteilen auf ein Blatt Papier, unsicher, ob er Diane wirklich von dem Jobangebot erzählen oder es einfach ablehnen sollte, ohne dass sie davon erfuhr.

Wie konnte er sie jetzt verlassen, besonders in einer solchen Phase?

Er schrieb das Wort *Präeklampsie* auf die Seite der Nachteile und machte sich eine gedankliche Notiz, die Sache genauer zu recherchieren, wenn er allein war, damit er genau wusste, was da vor sich ging.

»Wie ist dein Meeting nach der Arbeit gelaufen?«, rief Diane aus dem Bad zu ihm herüber.

Brian schürzte die Lippen und warf den Stift durch das Zimmer.

»War okay. Nichts Weltbewegendes.«

Er erwartete, dass sie ihm glauben würde. Seine Meetings waren nicht wie ihre, und sie zeigte selten besonders viel Interesse, wenn sie es nicht musste. Er blickte wieder auf sein Blatt und sah, dass die Liste der Nachteile länger als die der Vorteile war. Die einzigen Worte auf der Seite der Vorteile waren *Ziele, Reisen, Beförderung* und *Ich will es.*

Ich will es. Unter dem Strich war das der wahre Grund, warum er die angebotene Position annehmen wollte. Leiter für internationale Angelegenheiten und Kommunikation. Er hatte nie erwartet, eine solch einflussreiche Position zu bekleiden, ohne eine eigene Firma gegründet zu haben, etwas, worüber er zu Beginn seiner Karriere nachgedacht hatte, bevor ihm klar wurde, dass es einfacher war, jemand anders die Details zu überlassen, während er mit der Software spielte.

Jedes Wort auf der Seite der Nachteile hatte mit Diane und dem Baby zu tun. Nicht, dass seine Familie ein Nachteil gewesen wäre, nur dass sie ein realistischer Grund war, die Position nicht anzunehmen. Auch wenn ihn der Gedanke ärgerte, Nein zu sagen, während er wusste, dass Diane Ja gesagt hätte, wäre ihr die Position angeboten worden.

Das hier war jedoch kein Fall von *Die Kirschen in Nachbars Garten schmecken süßer.* Er durfte so nicht denken. Das war nicht fair, weder ihm noch Diane gegenüber.

»Wirklich? Wollte Tim nur ein Bier trinken, um die Woche zu feiern, oder ging es um etwas anderes?«

Er hörte ein Platschen, dann, wie der Stöpsel gezogen und das Wasser abgelassen wurde. Brian stand vom Bett auf und ging, um Diane aus der Badewanne zu helfen.

»Wer war alles da? Nur ihr beide?«, fragte Diane, als Brian nach ihren Händen griff und sie auf die Füße zog.

Er merkte, dass sie nach Informationen fischte. Es hatte vermutlich nicht geholfen, dass er während des Abendessens versucht hatte, das Gespräch von ihm weg zu ihr zu lenken. Er hätte wissen müssen, dass das nicht funktionieren würde.

»Nein, der Oberboss und die Hexe waren da.«

»Esther?« Sie zog die Augenbrauen hoch, während sie sich in ein Handtuch wickelte.

Er nickte.

»Du wurdest doch nicht gefeuert, oder?«

Brian schmunzelte über das angedeutete Lachen in Dianes Stimme.

»Das hatte ich tatsächlich auch gedacht. Es stellte sich aber als das Gegenteil heraus.«

Er drehte sich um, ging zurück ins Schlafzimmer und ließ sich wieder auf das Bett fallen. Diane ging zum kleinen Sitzbereich, wo sie ihre Lotion aufbewahrte, und fing an, etwas davon auf ihrem Körper zu verteilen. Brian beobachtete sie genau und genoss die kleinen Bewegungen ihrer Hände, während sie die Creme in die Haut ihrer Beine und Arme rieb.

»Eine Beförderung?«

»So ungefähr.«

Diane hielt inne und blickte auf. Er konnte ihren Gesichtsausdruck lesen und wusste, dass sie versuchte herauszufinden, was für eine Art Beförderung er wohl erhalten hatte und warum er nicht glücklich darüber war.

»Du musst mehr reisen, oder?«

Er nickte. Sie war clever, seine Frau.

»Wie viel mehr?«

Brian griff nach der Fernbedienung und schaltete durch ein paar Kanäle.

»Es spielt keine Rolle. Ich nehme nicht an.« Er versuchte, es nebensächlich klingen zu lassen, als wäre es ihm egal. Aber seine Stimme versagte im letzten Augenblick.

»Warum nicht?« Sie durchquerte das Zimmer und setzte sich neben ihn aufs Bett.

Er starrte sie nur an, ohne zu antworten. Sie würde es schon herausfinden.

»Was für eine Position war es?« Sie griff nach seiner Hand und schlang ihre Finger durch seine.

»Leiter für internationale Angelegenheiten und Kommunikation.« Er hielt seine Augen fest auf den Fernseher gerichtet, nicht willens, das Mitleid in ihren Augen zu sehen. Er wusste, dass sie wusste, dass er für sie ablehnte. Zu wissen, dass sie beide es wussten, war genug.

»Leiter für internationale Angelegenheiten und Kommunikation«, wiederholte Diane leise und ließ es auf sich wirken. »Das ist wundervoll! Wie kannst du das ablehnen?«

Brian seufzte.

»Internationale Angelegenheiten, Diane. Sie wollen mich in London. Ich habe ihnen gesagt, dass ich das nicht kann. Du hast deinen Job und wir haben unser Baby. Ein Umzug zur anderen Seite der Welt geht im Moment für uns nicht.« Plötzlich verengte sich seine Brust. Aus irgendeinem verrückten Grund hatte er das Gefühl, gleich weinen zu müssen. Mit Diane darüber zu sprechen machte es real.

Diane griff nach der Fernbedienung, warf sie beiseite und zwang ihn, sich auf sie zu konzentrieren.

»Wir sorgen dafür, dass es funktioniert. Du kannst das nicht ablehnen. Nicht jetzt. Brian, das ist das, was du immer gewollt hast.« Sie starrte ihm in die Augen, plötzlich ernst. »Wir schaffen das«, wiederholte sie.

Brian schüttelte den Kopf. Nein, das konnten sie nicht. Natürlich musste er zugeben, dass er ein klein wenig gehofft hatte, sie würde »Tu es« sagen, aber nicht jetzt. Nicht, wenn sie bettlägerig war.

»Wie? Es ist nicht möglich. Du kannst nicht reisen, nicht jetzt, und auf keinen Fall lasse ich dich allein. Und was ist mit deinem Job, deiner Beförderung, für die du so hart gearbeitet hast? Das kannst du nicht aufgeben.«

Diane schürzte die Lippen. »Bitte sag mir, dass du noch nicht Nein gesagt hast.«

»Ich habe noch nicht Nein gesagt. Bis jetzt.«

Sie lächelte, als hätte sie die Antwort auf all ihre Probleme. »Wir haben darüber geredet, ein Kindermädchen einzustellen, nicht wahr? Nun, dann stellen wir schon früher jemanden ein. Sie kann mir helfen, während ich Bettruhe halte, und du kannst dir die neue Position anschauen und alles, was da auf dich zukommt. Ich habe frei, wenn das Baby da ist; dann können wir einen ausgedehnten Urlaub machen und bei dir in London bleiben. Ob wir das Baby hier oder dort aufziehen, spielt keine Rolle, jedenfalls am Anfang noch nicht. Wir machen einen Schritt nach dem anderen. Ich habe dir gesagt, dass du nicht aufhören sollst zu reisen, nicht wahr? Wir schaffen das.«

Der Druck, der sich den ganzen Abend über in Brians Brust aufgebaut hatte, verschwand bei ihren Worten. Sie würden es schaffen. Er wusste es. Sie konnten es schaffen. Das würden sie.

Er konnte nichts sagen. Aber er lächelte, als er sich vorbeugte und seiner Frau mit einem leidenschaftlichen Kuss zeigte, wie sehr er sie liebte.

22

Diane

Gegenwart – Juli

Ich sperrte mich in meinem Zimmer ein. Schon seit ein paar Tagen wollte ich niemanden sehen, aber Nina hörte nicht auf mich. Jetzt würde sie es müssen. Die Tür war verschlossen.

Grace weinte in ihrer Korbwiege. Sie weinte schon die gesamte letzte Stunde und ich hatte mich noch nie in meinem Leben so hoffnungslos gefühlt.

Ich hörte sie, während ich mich auf meinem Bett hin und her wiegte, aber ich konnte nicht zu ihr gehen. Stattdessen legte ich mir die Hände auf die Ohren. Ihr Schreien tat mir weh, in meinen Ohren, meinem Kopf, meinem Herzen. Nichts, was ich tat, konnte sie beruhigen. Ich hielt sie, schaukelte sie, versuchte, sie zu füttern. Aber es spielte keine Rolle. Ich war nicht das, was sie brauchte.

»Psst, mein süßes Baby. Psst.« Ich wusste, sie konnte mich über ihr Schreien nicht hören, aber zu mehr war ich nicht in der Lage. Jede Träne, jedes Schluchzen und jeder Schrei riss mich innerlich entzwei, aber ich war hilflos. Was für eine Mutter war ich, wenn ich nicht einmal mein eigenes Kind beruhigen konnte?

Eine schreckliche. Verdorben. Selbstsüchtig.

Warum hatte ich geglaubt, ich würde es schaffen? Warum hatte ich jemals geglaubt, ich könnte allein ein Kind großziehen?

Ich konnte es nicht. Ich hätte es niemals versuchen sollen. Ich hatte es gewusst. Ich hatte bereits damals, als ich merkte, dass ich schwanger war, gewusst, dass ich es nicht konnte. Ich hatte nie diese mütterlichen Instinkte gehabt, von denen alle sprachen. Ich hatte nicht einmal ein Kind gewollt.

Charlie hatte recht. Sie hatte die ganze Zeit recht gehabt. Ich wollte es ihr sagen. Ich musste es ihr sagen. Sie durfte niemals ein Baby bekommen. Niemals.

»Ich schaffe das nicht. Ich schaffe das nicht. Ich schaffe das nicht«, wiederholte ich wieder und wieder. Ich musste Grace' Weinen ausblenden, sonst würde ich durchdrehen.

Ich griff nach Tagebuch und Stift auf dem Beistelltisch neben meinem Bett und blätterte zu einer leeren Seite. Es gab allerdings keine. Wie konnte es keine leere Seite geben? Es musste eine geben. Ich musste schreiben. Ich hatte etwas Wichtiges zu sagen und ich musste es aufschreiben, bevor ich es vergaß. Mal wieder.

Ich schüttelte das Buch und ein gefaltetes Stück Papier flatterte auf meinen Schoß, tanzte auf dem Weg nach unten wie ein schläfriger Schmetterling, der nach einem Plätzchen suchte. Ich pustete es sanft an, um es noch einmal tanzen zu sehen, aber es war bereits gelandet.

Ich nahm den Zettel von meinem Schoß und faltete ihn auseinander. Ein gequältes Lächeln überzog meine Lippen, zog an den Rändern, bis ich mich wie eine Marionette fühlte. Jetzt brauchte ich nur noch die Fäden, dann könnte ich nach den Anweisungen von jemand anders tanzen.

Die Worte, die ich aufschreiben wollte, die wieder und wieder in meinem Kopf umherschwirrten, standen bereits auf diesem Stück Papier. Perfekt.

»Psst, Baby. Jetzt wird alles gut.« Ich krabbelte über das Bett zur Korbwiege und beobachtete meinen Engel, meine kleine Tochter, während sich Tränen in ihren Augen sammelten und ihr Schreien lauter wurde. Ich wusste, dass sie versuchte, mir etwas zu sagen, aber ich konnte es nicht verstehen. Aber das würde ich. Ich wusste, ich könnte es, wenn ich ihr nur zuhörte.

Ich schob meine Arme unter ihren zappeligen Körper und drückte sie eng an meine Brust. Ich wusste, was ich tun musste. Es war dasselbe, was meine Mutter hatte tun müssen. Jetzt verstand ich es. Alles ergab einen Sinn.

Sie liebte uns mehr als das Leben. Und sie hatte es uns bewiesen. Sie brachte das ultimative Opfer, um unser Glück, unser Wohlbefinden und unsere Sicherheit zu garantieren.

Alles, was ich im Leben wollte, war, zu sein wie sie.

Ich wischte die kleinen Tränen in Grace' Gesicht mit meinem Daumen ab.

»Psst, Baby. Jetzt wird alles gut. Vertrau mir. Ich weiß, was ich tue. Ich verstehe es jetzt.«

Ich hielt Grace eng an meine Brust und hörte zu, wie ihr Weinen leiser wurde. Ich starrte auf den Zettel, und das Bild meiner Mutter erfüllte meine Gedanken. Sie war so wunderschön mit ihren braunen Haaren, geflochten zu einem Zopf, der ihr den Rücken hinunterfiel, und dem Funkeln in ihren Augen, während sie auf mich herablächelte. Ich erinnerte mich an das Gefühl ihrer Lippen, als sie mich zum allerletzten Mal auf die Stirn küsste.

Ich liebe dich mehr als das Leben, hatte sie mir zugeflüstert.

Die Worte, die sie auf den Zettel geschrieben hatte, wurden klar. Klarer als alles andere in meinem Leben.

Es gibt nichts im Leben, das ich mehr möchte, als Mutter zu sein.

Es gibt kein größeres Geschenk.

Mein Leben mit Freude im Herzen und einem Lächeln im Gesicht zu geben, ist eine Ehre, ein Geschenk an die, die ich liebe.

Meine Kinder werden wissen, dass ich alles für ihr Glück geopfert habe.

Leise jetzt. Deine Tränen zerreißen mich. Schließ einfach die Augen und lass los. Alles wird gut sein, wenn wir unsere Augen wieder öffnen.

Dann werden wir zusammen in einer Welt sein, in der es keine Tränen mehr gibt.

Ich liebe dich mehr als das Leben.

23

Brian

November 2013

Alles war still im Haus, während Brian seinen morgendlichen Kaffee trank und in den Garten hinausstarrte. Es war nicht mehr viel Zeit, bis er gehen musste, aber alles war gepackt und er musste nur noch seinen Rucksack mit dem Laptop greifen.

Er konnte nicht glauben, dass er das tat. Er liebte dieses Haus. Liebte jede Ecke und jeden Winkel und hatte von ihrem Leben hier geträumt, davon, dieses Haus zu ihrem Heim zu machen. Und doch stand er jetzt hier und würde gehen, um eine andere Wohnung in London zu finden. Eine Wohnung, in der er allein leben würde, bis Diane nachkam. Er wusste, es würde nichts sein im Vergleich zu dem, was sie hier hatten.

Tat er das Richtige? Ein Teil von ihm war da nicht sicher. Heute von hier wegzugehen, das schien endgültig zu sein. Und es gefiel ihm nicht.

»Guten Morgen, Mr Wright.«

Brian schüttelte den Kopf. Die Frau, die sie eingestellt hatten, um Diane zu helfen, während er fort war, und die hoffentlich auch weiter als Kindermädchen bleiben würde, weigerte sich, ihn bei seinem Vornamen zu nennen. Er wusste nicht, warum.

»Nina, bitte, nennen Sie mich Brian.« Er drehte sich um und schaute zu, wie sie frisches Obst aus einer Schüssel auf der Kochinsel nahm und es abwusch.

»Möchten Sie etwas Obst? Ich schneide gern etwas mehr.«

Brian schüttelte den Kopf. Er würde im Flugzeug essen. Es war ihm wichtiger, dass Diane etwas aß. Im letzten Monat hatte er zugesehen, wie ihr Bauch an Umfang zunahm, während der Rest von ihr noch schmaler wurde, wenn das überhaupt möglich war. Sie weigerte sich, viel zu essen. Um im Bett zu liegen oder auf einem Stuhl zu sitzen, brauche sie wirklich nicht viel Nahrung, beschwerte sie sich. Nicht körperlich aktiv sein zu können setzte ihr zu. In letzter Zeit aß sie nur noch Obst und Gemüse und ab und zu ein Stück Hühnchen. Keine Pasta, keine Desserts.

Normalerweise hätte er sich Sorgen gemacht, aber Nina war außerdem Krankenschwester. Er fühlte sich sicher in dem Wissen, dass Diane in ihrer Obhut war.

»Ich kann Ihnen gar nicht genug danken …«

»Nicht nötig.«

Brian füllte seine Tasse auf. »Doch, ist es. Ich kann Ihnen gar nicht genug danken, dass Sie das für uns tun, hierherzukommen und uns so zu helfen. Ich weiß, es ist … nicht das Tempo, an das Sie gewöhnt sind, aber zu wissen, dass Sie hier sind und sich um Diane und unser Baby kümmern, während ich weg bin, bedeutet mir mehr, als ich jemals ausdrücken könnte.«

Ihre Referenzen waren fantastisch und er war ziemlich überrascht gewesen, als sie zum ersten Gespräch kam. Sie war von Dianes Ärztin empfohlen worden, die schon seit Jahren mit Nina zusammenarbeitete. Sie war auf Kinderheilkunde spezialisiert, hatte im Krankenhaus auf der Station für Frauen gearbeitet, die an Wochenbettdepressionen und anderen mentalen Krankheiten litten, und hatte auch Erfahrungen im privaten Sektor. Er wusste, egal, was passierte, sie wäre in der Lage, Diane zu helfen. Er selbst wäre es weiß Gott nicht. Ninas Ankunft war für ihn wie die Antwort auf ein Gebet. Falls irgendetwas … sosehr er es auch hasste, nur daran zu denken … aber falls es Probleme gab wie bei Dianes Mutter, würde zumindest Nina da sein.

»Ich kann das tun, was ich mag, und das langsamere Tempo ist angenehm nach all den Jahren voller Hektik. Keine Sorge, Mr … Brian. Ich gehe nirgendwohin. Ich bin hier, solange Sie und Ihre Frau mich brauchen.«

Er seufzte erleichtert.

»Selbst wenn das bedeutet, nach London zu kommen?« Er hatte ihr gegenüber letzte Woche erwähnt, dass sie mit Diane und dem Baby kommen sollte, falls Diane die Hilfe brauchte.

Er wusste, dass die Tätigkeit als Kindermädchen nicht in ihrem Lebenslauf stand, aber er hatte gesehen, wie nahe sich die beiden Frauen in letzter Zeit gekommen waren, und er hasste den Gedanken, jemand anders finden zu müssen. Sie hatte letzte Woche um etwas Zeit gebeten, um darüber nachzudenken, und seitdem wartete er auf ihre Antwort. Für den Fall, dass die Antwort ein Nein sein würde, hatte er bereits mit einer Agentur Kontakt aufgenommen.

»Ja. Ich würde für die ersten Monate als Kindermädchen mit nach London kommen. Nicht als dauerhafte Position, aber ich würde dann auch dabei helfen, einen Ersatz zu finden, sobald Diane sich wohlfühlt.« Sie hatte das Obstschneiden beendet und alles auf einem Teller arrangiert. Sie bereitete ein Tablett vor, um es Diane zu bringen.

»Wundervoll. Vielen Dank. Wir nehmen, was Sie uns geben können.« Er goss sich noch eine Tasse Kaffee ein und stellte sie auf das Tablett. »Hier, lassen Sie mich das nehmen.« Er griff danach. »Ich setze mich noch etwas zu Diane, bevor ich gehen muss.«

»Sie wird Sie vermissen. Sie versucht es zu verbergen, aber es setzt ihr zu, dass Sie gehen.«

Ninas Worte ließen ihn innehalten. Brian stellte das Tablett wieder ab und starrte sie an, versuchte, ihren Gesichtsausdruck zu deuten. Sorge. Angst. Unruhe. Das zu sehen brachte ihn zum Frösteln.

»Was meinen Sie damit? Warum sagen Sie mir das jetzt, kurz bevor ich aufbreche?«

Nina goss sich selbst eine Tasse Kaffee ein und setzte sich in die Frühstücksecke vor dem Fenster. Brian setzte sich zu ihr, als sie zu verstehen gab, dass sie nichts weiter sagen würde, bis er sich hingesetzt hatte.

»Sie macht sich Sorgen, dass sie es allein nicht schafft.«

»Sie ist nicht allein.« Das ergab keinen Sinn für ihn.

»Das wird sie sein, sobald Sie gehen.«

»Sie sind hier. Was fast noch besser ist, als wenn ich es wäre, da Sie wissen, was zu tun ist, falls etwas … schiefgeht.« Allein bei dem Gedanken daran, dass etwas schiefgehen *könnte,* drehte sich ihm der Magen um. »Und ich komme vor ihrem Entbindungstermin zurück. Das weiß sie.«

Nina schürzte die Lippen und nahm noch einen Schluck Kaffee. »Wir wissen beide, dass etwas wissen und etwas glauben zwei verschiedene Dinge sind. Sie hat Angst, aber sie möchte nicht, dass Sie das sehen. Die nächsten Tage, nachdem Sie fort sind, werden für sie am schlimmsten sein.«

Es war, als würde Nina eine andere Sprache sprechen. Nichts ergab Sinn. Diane hatte keine Angst. Er hatte sie nie so friedvoll erlebt. Okay, es gefiel ihr nicht, ans Haus gefesselt zu sein, aber die Anspannung, die sie sonst immer hatte, war fort. Ihr Arbeitspensum war halbiert und sie schien ihre eigenen Grenzen zu akzeptieren.

Sie wirkte sogar glücklich. Zumindest, wenn sie zusammen waren.

»Sind Sie sicher?«

Nina nickte.

»Sollte ich also zu Hause bleiben? Nicht weggehen? Was versuchen Sie mir zu sagen?«

»Ich versuche nur, Ihnen zu zeigen, was Ihre Frau zu verbergen versucht. Damit Sie Bescheid wissen.«

Brian rieb sich das Gesicht und sah auf die Uhr.

»Ich muss bald los. Bitte halten Sie mich per E-Mail darüber auf dem Laufenden, wie es ihr geht, und geben Sie mir Bescheid, wenn ich nach Hause kommen muss, okay?« Er griff über den Tisch und nahm die Hand der Frau in seine. »Passen Sie auf sie auf. Bitte. Sie ist das Einzige, was mir wichtig ist, mehr als dieser Job, mehr als alles andere.«

Er sah ihr ins Gesicht, um zu sehen, ob sie ihm die Wahrheit sagen oder ihn nur besänftigen würde. Angst begann, von ihm Besitz zu ergreifen.

»Das sollten Sie ihr sagen.«

»Das werde ich auch. Bitte geben Sie mir Bescheid, wenn mein Taxi kommt.« Er nahm das Tablett und ging in Richtung Treppe. Er würde es Diane sagen. Und er würde es ihr auch zeigen, jeden Tag, an dem er weg war. Er würde keinen Tag verstreichen lassen, ohne ihr zu zeigen, wie sehr er sie liebte. So oder so.

»Sie möchte Sie selbst zum Flughafen fahren.«

Er hielt inne und blickte über die Schulter zu ihr. »Das kann sie nicht. Oder doch?«

Nina zuckte mit den Achseln. »Sie sollte es nicht, aber sie will nicht auf mich hören.«

»Dann muss sie auf mich hören.« Er lächelte Nina kurz zu und setzte seinen Weg die Treppe hinauf fort.

Sie würden sich hier verabschieden, zu Hause, wo er wusste, dass es ihr und ihrem ungeborenen Kind gut ging.

»Sieh mich nicht so an«, flehte Brian, während er in ihrem Schlafzimmer auf und ab lief.

Diane saß an ihrem Schreibtisch und nahm einen Schluck von ihrem Kaffee. Sie hatte sich angezogen, während er unten gewesen war, und pickte jetzt in ihrem Frühstück herum, während er versuchte, sie davon zu überzeugen, zu Hause zu bleiben.

»Dann hör auf, so unvernünftig zu sein.« Sie spießte eine Erdbeere auf und schwenkte sie in seine Richtung.

Unvernünftig? Er war unvernünftig? *Sie* war diejenige, die Bettruhe hatte.

»Wir können uns hier verabschieden. Die Fahrt zum Flughafen dauert nur zehn Minuten. Ich habe bereits ein Taxi gerufen.« Er griff nach der Lehne des Stuhls gegenüber von ihrem Schreibtisch und versuchte zu lächeln. Ihm war übel und er wusste nicht, warum.

»Exakt. Die Fahrt dauert nur zehn Minuten. Es wird weder mir noch dem Baby schaden. Würdest du dich bitte mal entspannen?!«

»Diane …« Er hielt inne, als er eine Träne in ihrem Auge sah. Das war's. Er war überstimmt. Warum sollte er streiten, wenn es ihr so viel bedeutete? Es würde ihr nicht schaden. Seit sie die Nachricht von der Präeklampsie erfahren hatte, war Diane strikt im Bett geblieben, außer wenn es nicht anders ging.

Er ging zu ihr, hockte sich hin und nahm ihre Hände in seine. »Ich liebe dich, und dich hierzulassen, jetzt, ist das Schwerste, was ich je getan habe.« Er würde Nein sagen; er musste Nein sagen. Ihre Gesundheit und das Wohlbefinden ihres Babys waren wichtiger als diese Verabschiedung. Er wollte das sagen, als er den Glanz von Tränen in ihren Augen sah. »Ach, zur Hölle. Wenn dein Mitkommen bedeutet, dass ich noch zehn Minuten mehr mit dir verbringen kann, dann werde ich diese Minuten genießen.« Er beugte sich vor und küsste ihren hervorstehenden Bauch. »Ich werde dich auch vermissen, Kleines«, flüsterte er.

Als Antwort grub sie ihre Finger in sein Haar. Er stand auf, zog sie mit sich hoch und legte seine Arme um sie. Hier gehörte er hin, mit ihr in seinen Armen. Nichts anderes fühlte sich richtiger an.

»Es wird schon alles gut gehen. Uns wird es gut gehen. Und du bist nur ein paar Wochen weg, also gibt es nichts, worüber man sich aufregen müsste, richtig?« Ihre Stimme, gedämpft gegen sein Hemd, maskierte nicht das Schluchzen, das sie zu unterdrücken versuchte.

Brian umschlang sie fester und wünschte, er könnte sich das Gefühl seiner Arme um ihren Körper für immer einprägen. Ihm gefielen ihre Tränen nicht. Ihm gefiel nicht, zu wissen, wie schwer das für sie war.

»Hey.« Er zog sich zurück, nur ein kleines bisschen, um sie anzusehen. »Ich bin zurück, bevor du überhaupt merkst, dass ich weg war. Ich finde die perfekte Wohnung für uns, bring das Büro auf den richtigen Weg und dann bin ich mit genug Zeit im Gepäck wieder zurück, um dich zu verwöhnen, bevor unser Baby kommt. Versprochen.«

Sie nickte.

»Und gute Neuigkeiten: Nina hat gesagt, sie bleibt, auch nachdem das Baby geboren ist.«

Dianes Lippen verzogen sich zu einem kleinen Lächeln. »Ich weiß. Sie hat es mir heute Morgen gesagt. Ich glaube, es hatte etwas damit zu tun, dass sie gern Europa sehen möchte.«

»Ich nehme, was immer wir von ihr bekommen.« Brian war einfach froh, dass sie blieb. An dem Timing konnten sie später arbeiten. Er würde auch eine Möglichkeit finden, dass sie dauerhaft bei ihnen blieb, wenn es das war, was Diane wollte und brauchte.

»Denkst du, wir könnten unterwegs für Kaffee und Muffins anhalten?« Diane trat aus seiner Umarmung und griff nach ihrer Handtasche auf dem Schreibtisch.

Brian versuchte, nicht überrascht zu reagieren. Muffins? Er würde ihr ein Dutzend kaufen, wenn sie wollte. Alles, um sie zum Essen zu bewegen.

Er fing das Glitzern von Gold um ihren Hals auf und zog an der unter dem Ausschnitt ihres Shirts versteckten Halskette.

Diane errötete und hielt ihre Hand hoch. Da bemerkte er, dass sie keinen Ring an ihrem Finger trug.

»Sie passen wegen der Schwellung nicht mehr, aber ich wollte sie nicht ins Schmuckkästchen legen. Nina hat vorgeschlagen, dass ich sie um den Hals trage. Ich wollte sie nicht abnehmen, aber sie haben das Blut in meinem Finger abgeschnürt.«

Brian küsste den geschwollenen Finger, an dem sonst ihre Ringe steckten. Warum war ihm das vorher nicht aufgefallen? Er verstand, dass sie sie abnehmen musste, aber er musste zugeben, dass es ihn ein klein wenig störte, ihren Finger ohne sie zu sehen.

»Nicht mehr lange.« Er gab ihr einen Kuss und führte sie dann aus dem Zimmer und die Treppe herunter.

Nina stand an der Tür. »Ich kümmere mich um das Taxi.«

»Wir holen noch Kaffee und Muffins. Ich bringe dir einen mit.« Diane strahlte, als sie ihren Arm durch den von Brian schlang.

Brian fing Ninas gedankenverlorenen Blick auf.

»Sofern es einer mit Schokolade ist und du auch einen isst, wäre das sehr nett.«

»Oh, ich glaube, heute ist ein Schokotag.« Für einen Augenblick verdunkelte sich Dianes Gesicht.

Brian dachte an die kleine Schachtel voll mit Karten, Briefen und Worträtseln, die er für die Zeit, in der er fort war, für Diane vorbereitet hatte. Er hatte sie gestern Abend Nina gegeben und sie gebeten, Diane jeden Tag etwas daraus zu geben. Es sollte genug darin sein, um sie zu beschäftigen, bis er wieder zu Hause war. Er wusste, dass es sentimental war und vielleicht kitschig wirkte, aber er hoffte, es würde ihr gefallen.

Brian schlang seine Finger durch Dianes, während er sie zum SUV trug. Sie zierte sich, als er sie hochhob, aber er sagte ihr, sie solle still sein. Er konnte kaum glauben, wie leicht sie sich anfühlte. Die Sorge nagte an ihm, während er sich vergewisserte, dass sie angeschnallt war, bevor er seine Koffer und den Rucksack aus dem Flur holte.

»Sie ist viel zu leicht, Nina. Das gefällt mir nicht. Versuchen Sie, Sie dazu zu bewegen, etwas mehr zu essen, während ich weg bin, ja? Sie müssen sich gut um sie kümmern.« Er legte eine Hand auf Ninas Schulter, die an der Tür stand und wartete.

»Sie steht jetzt unter Ihrer Obhut. Um mehr müssen Sie sich nicht kümmern. Fahren Sie los, bevor Sie Ihren Flug verpassen und wir das Ganze wiederholen müssen. Ich folge Ihnen, wenn das Taxi kommt. Sagen Sie ihr, dass sie am Flughafen auf mich warten soll, und ich fahre sie nach Hause. Aber sagen Sie es ihr erst, wenn Sie dort sind.«

Erleichterung überkam ihn, als er die ältere Frau anschaute, die zu ihrer Lebensretterin geworden war. Was würden sie nur ohne sie tun, wenn sie beschloss, sie zu verlassen?

»Danke. Ich fühle mich besser in dem Wissen, dass Sie da sein werden, um sie nach Hause zu fahren. Ich will nicht, dass ihr oder unserem Baby etwas passiert.« Er umarmte Nina, eine Aktion, die sie wohl beide überraschte.

»Gehen Sie jetzt.« Sie schob ihn von sich und schloss dann die Tür hinter ihm.

Brian hielt mitten auf dem Steinweg inne und drehte sich einmal langsam im Kreis, um jedes Detail von Haus und Garten in sich aufzusaugen. Es erstaunte ihn, wie sehr er diesen Ort lieben gelernt hatte, wie sehr im Reinen mit sich er sich jedes Mal fühlte, wenn er in die Straße einbog und ihr Haus in Sicht kam. Hier gehörte er hin und hier wollte er sein. Das zu wissen, es in genau der Minute zu erkennen, in der er gehen musste, schmerzte sehr. Was für eine Wohnung er in London auch finden mochte, sie würde nur temporär sein. Es würde mehr Reisen erfordern, aber er würde dafür sorgen, dass es funktionierte. Er musste dafür sorgen. Er wusste, sobald Dianes Mutterschaftszeit vorbei war, wäre sie bereit, wieder zur Arbeit zu gehen, und diese Arbeit befand sich nicht in London.

Seine Anspannung löste sich auch nicht, als er aus der Einfahrt fuhr. Er rollte seine Schultern, um sie zu lockern, und stöhnte bei dem lauten Knacken in seinem Genick.

»Du hast vergessen, einen Termin bei deinem Chiropraktiker zu machen, nicht wahr?« Diane schüttelte den Kopf und griff nach seiner Hand.

»Es war nicht genug Zeit.«

Sie zog ihr Handy hervor. »Ich mach mir eine Notiz, dir einen Termin zu besorgen, wenn du wieder da bist, okay?«

»Danke, Baby.« Brian lächelte und wurde langsamer, als die Ampel vor ihm auf Rot schaltete.

»Ich weiß, es ist nur für zwei Wochen, aber ich gebe mein Bestes, um zu sehen, ob ich es früher nach Hause schaffe.«

Diane drückte seine Hand. »Hörst du wohl auf, dir Sorgen zu machen? Wir haben schon längere Trennungen überstanden. Erinnerst du dich an die Zeit in Dubai, als du beinahe vier Monate weg warst? Das hier ist nichts. Falls das Baby sich entscheidet, früher zu kommen als erwartet, gebe ich dir Bescheid. Ich verspreche es. Außerdem ist es ja nicht so, als wäre ich allein. Ich habe Nina.«

Die Ampel stand noch immer auf Rot. Er drehte sich leicht in seinem Sitz. »Beim ersten Zwicken einer Kontraktion lässt du es mich wissen, okay?« Es war ihm ernst, aber er musste trotzdem lächeln, als Diane kicherte. Es war weniger als einen halben Tag nach London. Das sollte Zeit genug sein, um in ein Flugzeug zu springen und es ins Krankenhaus zu schaffen, falls sie in die Wehen kam. Nach dem, was er gelesen hatte, dauerten erste Geburten immer länger als erwartet. Er hoffte, dass das auch in diesem Fall zutraf.

»Versprochen. Solange sich Junior hier benimmt, bist du dann auch zu Hause. Oh, tust du mir einen Gefallen?«

Brian tippte mit dem Finger auf das Lenkrad, während er darauf wartete, dass die Ampel auf Grün schaltete. Die Uhr tickte und er hatte versprochen, noch für einen Kaffee anzuhalten. Zum Glück gab es einen Coffeeshop mit einem Drive-in nah am Flughafen.

»Und welchen?« Er beugte sich zu ihr und küsste sie sanft auf die Wange. Er würde alles für sie tun. Alles.

»Bringst du mir ein paar Macarons von Ladurée mit? Von Harrods?« Ihr Zwinkern brachte ihn zum Kichern.

»Machst du Witze?« Er schüttelte den Kopf in übertriebener Verzweiflung. »Du willst, dass ich zu Harrods gehe? Der Laden ist ein Labyrinth.«

Die Ampel sprang auf Grün und Brian trat aufs Gaspedal.

»Bitte?« Diane drückte seine Hand erneut, doch plötzlich wurde ihr Griff fester und ihre Augen weiteten sich vor Angst.

Die Zeit verlangsamte sich, als Brian seine Aufmerksamkeit von seiner Frau ab- und dem zuwandte, was sie anstarrte. Er drehte seinen Kopf und die Szene vor ihm brannte sich in sein Hirn ein. Der Ladenbesitzer, der sich über ein Schild beugte, das er reparierte, die ältere Dame, die ihren Hund zurückzerrte, der über die Straße wollte, die vielen Blumen vor dem Geschäft eines Floristen. Die Zeit stand still, während er sich auf all die kleinen Bilder konzentrierte, bis er aus dem Fenster auf der Fahrerseite schaute und realisierte, dass nichts davon eine Rolle spielte.

Die Scheinwerfer eines nahenden Lkw blendeten ihn und Dianes entsetzliche Schreie füllten das Auto.

Brian beugte sich vor in Richtung Diane. Er wusste, es würde zum Aufprall kommen, und er wollte sie schützen. Er griff nach ihrer Hand in dem Moment, als das andere Fahrzeug die rote Ampel überfuhr und in ihren SUV krachte. Das Aufeinanderprallen von Metall auf Metall knirschte in seinen Ohren und er wurde umhergeschleudert. Der Gurt grub sich in seinen Brustkorb, als seine Tür nachgab und gegen ihn drückte.

Das Letzte, was er sah, bevor alles schwarz wurde, war Diane, die vornübergebeugt dasaß und versuchte, ihren Bauch zu schützen.

Ein lautes Dröhnen ließ ihn aufschrecken. Er versuchte, seine Augen zu öffnen, konnte es aber nicht. Es war, als wären sie zugeklebt. Sein Kopf hing in einem seltsamen Winkel und er kämpfte darum, ihn zu heben, um den scharfen Schmerz zu mindern, der durch seinen Körper ging. Aber selbst das erwies sich als zu schwierig.

Jemand sprach mit ihm, aber es klang, als befände er sich unter Wasser; die Worte klangen dumpf und zu weit weg, als dass er sie verstehen konnte. Irgendetwas stocherte an ihm herum, bewegte ihn. Der Schmerz, der sich wie eine nasse Decke über ihn zu legen schien, konzentrierte sich jetzt auf einen Ort, seinen Kopf. Er würde explodieren. Was immer auch mit ihm passierte, es musste aufhören. Jetzt.

Er versuchte, es ihnen zu sagen, sie anzuflehen, ihn in Ruhe zu lassen, dass der Schmerz aufhören musste, aber als er seinen Mund öffnete, kam nur ein Stöhnen heraus.

»Entspannen Sie sich; wir haben Sie.«

Finger stießen gegen seine Augen und zwangen sie auf. Er erblickte eine Hand, ein kleines Licht vor seinem Gesicht und dann andere Gesichter, während er versuchte, herauszufinden, wo er war.

Diane! Wo war seine Frau? Brian musste sich bewegen, sehen, wo sie war, Diane finden, aber er konnte weder seine Arme, seinen Kopf noch irgendeinen anderen Teil seines Körpers bewegen.

»Diane. Wo ist sie? Wo ist meine Frau? Wo ist sie?« Seine Stimme brach mit jedem Wort, das er herauszwang.

»Beruhigen Sie sich. Bitte, Sir, beruhigen Sie sich. Sie müssen still liegen. Wir versuchen gerade, Ihre Frau aus dem Fahrzeug zu holen. Wir haben sie; machen Sie sich keine Sorgen.«

Die Stimme war ruhig, kontrolliert. Brian vertraute der Stimme. Er musste.

Ein schweres Gewicht drückte auf ihn, bis er sicher war, sein Körper würde darunter zusammenbrechen. Der Schmerz war unerträglich, aber Weinen tat zu weh. Sein Kopf würde jeden Moment explodieren; er wusste es.

»Sie ist schwanger. Bitte, bitte seien Sie vorsichtig. Sie ist schwanger. Bitte ...« Das Sprechen wurde zu schwer. Er wollte nur noch still daliegen und sich von dem Schmerz überspülen lassen, bis er ihn davontrug. So würde es leichter sein.

»Wir haben sie. Es wird alles gut. Sie können sich jetzt entspannen. Sie ist in Sicherheit.« Die Stimme hatte jetzt einen leicht beunruhigten Unterton.

Brian wollte fragen, was nicht stimmte. Er merkte, dass etwas nicht stimmte. Er erkannte es an der Art, wie die Person sprach. Diane hatte Probleme. Das konnte nicht sein. Nein, das durfte nicht sein. Er hätte dafür sorgen sollen, dass sie zu Hause blieb, hätte auf sein Gefühl hören sollen.

Er war an allem schuld. Das war das Letzte, was er dachte, ein Mantra, das er wieder und wieder wiederholte, bis er nicht mehr denken konnte.

24

Diane

Gegenwart – August

Die Erinnerungen an einen wunderschönen Traum verblassten langsam. Das süße Lächeln, das mir Grace schenkte, als sie zu mir aufsah, die Art, wie ihre Augen aufleuchteten, als ich ihre Zehen kitzelte. Das Glücksgefühl, das mich überwältigte und alles in meiner Welt zum Guten führte. Ich träumte von Brian und wie er mich festhielt, wenn er wusste, dass ich eine Umarmung nötig hatte. Ich konnte noch immer seine Arme um mich spüren.

Ich wollte diese Gefühle festhalten, sie bei mir behalten. Ich rollte mich zur Seite und streckte meine Hand zu der Stelle aus, an der Grace' Korbwiege stand, aber dort war nichts. Ich zwang mich, die Augen zu öffnen, und sah nackten Fußboden, wo eigentlich ein Stuhl mit der Korbwiege hätte sein sollen. Ich ließ die Hand sinken und ein furchtbares Gewicht ruhte auf meiner Brust. Aus irgendeinem Grund wusste ich tief in mir, dass die Korbwiege nicht da sein würde.

»Nina?«, rief ich. Ich erhob mich und stützte mich auf meinen Ellbogen und wollte gerade erneut rufen, als mir mein Zimmer auffiel.

Es war anders. Fort waren meine cremefarbenen Wände und all der Platz, mein Sitzbereich, der Schreibtisch und das große Bad. Fort.

Ich schnellte aus dem Bett und stellte meine Beine auf den Boden. Unter meinen Füßen spürte ich den Rand einer abgenutzten Bodenmatte.

»Nina?« Es gelang mir nicht, die Panik in meiner Stimme zu unterdrücken. Die weißen Wände, der nackte Boden, sogar die dünne Decke, die ich gerade beiseitegeschoben hatte: All das sah aus wie etwas, das man in einem Krankenhaus vorfinden würde.

Was war mit mir passiert? Warum war ich hier?

»Nina!« Meine Finger umklammerten den Rand der Matratze, während ich schrie. Mein Körper erstarrte und meine Muskeln wurden starr, als ich immer wieder Ninas Namen rief. Meine Augen waren fest auf die Tür gerichtet. Ich wartete darauf, dass sich der Knauf drehen würde, darauf, dass sich der Lichtstrahl unter der Tür veränderte, aber da war nichts. Nichts. Niemand antwortete mir. Niemand hörte meine Schreie.

Ich war ganz allein. Ein Schraubstock zog sich um mein Herz und drückte fest zu. Ich war ganz allein.

Ich schlüpfte mit meinen Füßen in die Hausschuhe, die auf der Matte standen, rannte zur Tür und drehte am Knauf.

»Nina. Irgendjemand. Hört mich jemand?« Ich öffnete die Tür, nicht sicher, was ich erwartet hatte. Auf jeden Fall nicht die nackte Wand mit einem einzelnen Metallstuhl direkt gegenüber meiner Tür.

Ich trat in den Flur, hielt meine Hand aber noch auf dem Türknauf. »Bitte. Kann mir jemand helfen?« Sämtliche Energie in mir verpuffte in der Stille um mich herum. Wo war ich? »Bitte. Jemand, irgendjemand, bitte …«

Am Ende des Flurs sah ich eine Tür, die Art kalte Metalltür, die man in jedem Krankenhaus finden konnte. Am anderen Ende befanden sich noch ein paar Türen, und als ich weiter schrie, öffnete sich eine dieser Türen.

»Was soll denn der Lärm? Reg dich ab, Diane, bevor die das für dich erledigen.« Irgendeine fremde Frau hielt ihren Finger an die Lippen und beschwichtigte mich.

»Bitte, helfen Sie mir«, bat ich sie. Ich hatte keine Ahnung, wer sie war, aber das spielte keine Rolle. Ich war verzweifelt.

»Was hast du denn heute Morgen für ein Problem? Geh wieder ins Bett. Du weißt doch, dass Nina bald hier sein wird.«

Meine Knie gaben nach und ich sank auf dem kalten, harten Boden in mich zusammen. Ich hatte keine Ahnung, was hier vor sich ging. Ich wischte mir die Tränen aus dem Gesicht und kämpfte mich zurück auf die Füße. Irgendwo in diesem Zimmer musste es eine Antwort geben. Vielleicht war ich krank. Vielleicht hatte ich einen Unf… O Gott, nein. Nein, nein, nein.

Ich richtete mich auf, stolperte zurück in mein Zimmer und begab mich zum kleinen Bad. Über meinem Verstand lag ein dicker Dunstschleier. Ich spritzte mir Wasser ins Gesicht und sah voller Grauen in den Spiegel. Ich erkannte mich kaum wieder. Meine Augen waren blutunterlaufen und die Linien um sie herum sowie auf meiner Stirn traten deutlicher als sonst hervor. Ich musste träumen. Das war es. Es gab keine andere Erklärung. Ich musste nur aufwachen.

Bitte, Gott, lass mich aufwachen.

In meinem Zimmer gab es ein Fenster mit geschlossener Jalousie. Oben befand sich ein Knauf. Ich drehte ihn und die Welt da draußen eröffnete sich mir und ließ Sonnenschein in das Zimmer strömen. Direkt mir gegenüber befand sich ein Park voller großer Bäume, mit Wegen gesäumt von Beeten. Unter mir standen Bänke, aber niemand war draußen. Ich erkannte den Weg unten, die Bänke, sogar den Park. Ich war schon einmal dort gewesen. Kurze Erinnerungsfetzen vom Sitzen auf der Bank blitzten in meinen Gedanken auf und flatterten dann wieder davon, bevor ich nach ihnen greifen konnte.

Wo war ich? Ich erkannte das Gebäude nicht, in dem ich mich befand. Von meinem Winkel aus zählte ich vier Stockwerke unter mir, und wer weiß, wie viele es noch über mir gab.

Viel war nicht in dem Zimmer zu sehen, in dem ich mich befand. Ein Bett. Ein Teppich. Ein kleiner Schreibtisch, ein Stuhl mit einem Buch darauf sowie einer Schachtel mit Schleife. Ich schlüpfte in den Hausmantel, der am Fußende des Bettes lag, und setzte mich an den Schreibtisch. Ich berührte die Schachtel und fragte mich, was sich wohl darin befand. Ich hob sie an. Sie war leicht.

Als ich gerade die Schleife aufmachen wollte, fiel mir das Buch ins Auge und ich musste die Worte zweimal lesen, die darauf standen. *Dianes Tagebuch.* Wie bitte?

Ich ließ die Schachtel fallen und wollte das Tagebuch herausholen, als es leise an meiner Tür klopfte. Ich schoss von meinem Stuhl hoch und wickelte meinen Hausmantel fest um meine Taille.

»Diane?«

Erleichtert entspannte ich mich, als ich Ninas Stimme hörte. In dem Augenblick, in dem sie das Zimmer betrat, lief ich zu ihr und umarmte sie fest.

»Nina, ich hatte ja solche Angst. Wo bin ich? Warum bin ich hier?« Ich ergriff sie bei den Schultern und starrte ihr in die Augen.

Ihr Gesichtsausdruck war eine Mischung aus Überraschung und … Erleichterung? Warum sollte sie erleichtert sein? Sie schüttelte den Kopf, und als ich sie weiter anstarrte, baute sich zwischen uns eine Mauer auf. Ich erkannte diesen Blick. Sie hatte ihre Maske aufgesetzt.

»Wie fühlst du dich heute?« Nina legte ihre Hände auf meine und zwang mich, ihre Schultern loszulassen.

»Ich will nicht hier sein. Bitte, können wir einfach nach Hause gehen?« Ich sah an ihr vorbei zu der kaum geöffneten

Tür, aber sie trat einen Schritt zurück und schloss sie, sodass ich nicht hinaussehen konnte.

»Nina?« Auf ihrem Gesicht lag ein Blick – ein Blick, der mir zu viel verriet und doch gleichzeitig nichts preisgab.

»Hast du heute Kopfschmerzen, Diane?« Nina führte mich zum Bett und ließ mich hinsetzen. Sie setzte sich neben mich und legte ihre Hände in den Schoß.

Ich stand wieder auf. Ich wollte mich nicht hinsetzen. Ich konnte mich nicht hinsetzen.

Irgendetwas stimmte nicht.

»Nein.« Ich schüttelte den Kopf. »Zum ersten Mal seit langer Zeit habe ich keine Kopfschmerzen. Aber was ist los, Nina?« Ich lief in dem kleinen Zimmer auf und ab; das Geräusch meiner Hausschuhe auf dem Boden war in der Stille deutlich zu vernehmen.

»Weißt du, was heute für ein Tag ist?« Nina zog das kleine Notizbuch hervor, das sie immer bei sich trug, und öffnete es.

»Was für ein Tag? Ich weiß es nicht.« Ernsthaft, warum spielte das Datum eine Rolle? »Es ist Sommer, wie es aussieht.« Ich stand am Fenster und sah auf die Blumen unten.

»Erinnerst du dich an etwas von gestern?«

Ich musterte Nina, während sie in ihr kleines Notizbuch schrieb. Was schrieb sie da jeden Morgen hinein?

»Wo ist der Tee?« Sie kam sonst immer mit einem Tablett mit Tee, Frühstück und den Tabletten herein. Immer.

»Tee? Wir trinken ihn, wenn wir zum Frühstück gehen, wie jeden Morgen.« Fragend sah sie zu mir auf.

»Normalerweise bringst du ihn mir und wir frühstücken zusammen.« Ich schlang die Arme um mich.

Nina schüttelte den Kopf.

Eine Welle der Angst überkam mich und ich drückte die Arme fester an meinen Körper. In diesem Augenblick wusste ich, dass der Albtraum, den ich so viele Jahre von mir ferngehalten hatte, nicht länger nur ein Traum war. Er war Realität geworden.

Meine Mutter …

»Stopp. Was immer du auch gerade denkst, hör auf.« Nina klopfte aufs Bett. Ich biss mir auf die Lippen und sank auf den Platz neben ihr. »Diane, du bist im Krankenhaus.« Sie ergriff meine Hände.

»Warum?« Mein Geist wurde leer und ich konnte nicht mehr denken.

Ich las das Mitleid in Ninas Augen und es ließ mich erschaudern.

»Du bist seit kurz nach Weihnachten hier.« Schockiert lehnte ich mich zurück. Was? Wie war das möglich? Gestern war ich doch noch mit Grace zu Hause gewesen.

Nina schüttelte den Kopf. Ich musste es wohl laut gesagt haben. »Du warst gestern hier. Und vorgestern. Und …«

Ich hielt meine Hand hoch, um sie zu unterbrechen. Ich wollte es nicht hören. Sie log. Es konnte nicht anders sein.

»Wo ist Grace?« Das plötzliche Verlangen, meine Tochter zu halten, ihr Gesicht zu sehen, traf mich hart.

Sie beugte sich vor und ich krabbelte nach hinten, bis mein Rücken die kalte Wand berührte. Ich zog meine Knie an die Brust und schaukelte vor und zurück. Das ergab keinen Sinn. Nichts davon ergab Sinn. Ich gehörte nicht hierher, nicht in dieses Zimmer. Ich sollte zu Hause sein, mit meiner Tochter, ihr Babybuch ausfüllen, Fotos von ihr machen …

»Wo ist meine Tochter?«

»Diane, Grace ist …« Sie seufzte. »Grace ist tot.«

Ich schüttelte den Kopf. »Nein. Nein. Sag mir nicht, dass sie tot ist. Das ist sie nicht. Das kann sie nicht sein. Ich kann sie fühlen« – ich klopfte mit der Handfläche gegen meine Brust – »hier drin. Ich kann sie spüren, Nina. Sie ist nicht tot. Das kann nicht sein.« Ich legte die Hände über meine Ohren, ließ das

Kinn auf die Knie sinken und blinzelte die Tränen in meinen Augen fort. Dann erinnerte ich mich an ihr Weinen und wie ich versucht hatte, sie zu beruhigen …

Ich hob den Kopf und starrte Nina an. »Ich hab doch nicht … bitte, Gott, bitte sag mir, ich hab nicht …«

»Nein, nein, natürlich hast du das nicht.« Nina berührte mich und ich zuckte zusammen. Ich sprang vom Bett auf und floh zur Tür. Ich schlug dagegen, schrie um Hilfe, nach jemandem, der die Tür öffnete. Nina saß einfach nur auf dem Bett und wartete, bis ich fertig war. Ich drehte mich zu ihr und spürte, wie ich taumelte und zu Boden sank.

Nina fing mich rechtzeitig auf und zog mich an sich, ihre Arme um meinen Körper geschlungen, während ich zitterte.

»Setz dich hin.« Nina half mir, mich auf den Stuhl am Schreibtisch zu setzen. Sie strich mir die Haare zurück. Ich sah sie nur wie versteinert an.

Ich wusste nicht, was ich denken sollte. Was ich fühlen sollte. Was ich sagen konnte. Ich fühlte mich so verloren und allein. So allein.

Nina lehnte sich gegen die Wand am Fenster und sah hinaus. »Erinnerst du dich noch daran, als Brian nach London aufbrach?« Sie sah mich nicht an, als sie mir die Frage stellte. Aber ich bemerkte, wie sich ihr Körper leicht verspannte.

»Das tue ich. Ich habe ihn gefahren.« Warum brachte sie Brian ins Spiel? Hatte er mich hierhergebracht, hatte er jetzt Grace? O mein Gott. Das musste es sein.

»Hat Brian sie genommen? Ist es das?« In diesem Augenblick wurde ich von einer Mischung aus Angst und Erleichterung überwältigt. Gott sei Dank, Grace war nicht tot.

»Nein, Diane.« Sie atmete ein und wieder aus und drehte sich dann zu mir um. »Erinnerst du dich an irgendetwas, das passiert ist, nachdem du losgefahren bist, um Brian zum Flughafen zu bringen?«

Ich nickte. »Natürlich. Ich bin nach Hause gekommen. Du hast an der Vordertür auf mich gewartet und wir haben zusammen einen Film geschaut.«

Nina schüttelte den Kopf. »Nein, Schätzchen, so ist es nicht passiert. Du bist nicht nach Hause gekommen, Diane. Auf dem Weg zum Flughafen hat ein Lkw die Kontrolle über seine Bremsen verloren, eine rote Ampel überfahren und euer Auto auf der Fahrerseite getroffen.«

»Brian war der Fahrer«, flüsterte ich.

Nina nickte. »Der Rettungswagen kam ziemlich schnell, aber Brian starb noch auf dem Weg ins Krankenhaus und du kamst in die Wehen.«

»Grace?« *Bitte, bitte sag es nicht. Bitte sag es nicht.*

Nina schluckte.

»Sie hat nicht überlebt?« Ich wollte zusammenbrechen, hinfallen und nie wieder aufstehen. Ich wollte das nicht hören. Ich konnte es nicht. Ich war nicht stark genug. Darum war ich hier, nicht wahr? Ich war nicht stark genug. Ich stolperte zum Stuhl und setzte mich, wobei ich die ganze Zeit meine Augen auf Nina gerichtet hielt.

»Sie war eine Totgeburt. Der Aufprall … er war zu stark. Es war meine Schuld. Ich hätte dich nicht gehen lassen sollen.« Nina drehte sich zurück zum Fenster, aber ihr Körper zitterte fast ebenso stark wie meiner in diesem Augenblick.

Warum konnte ich mich nicht daran erinnern?

»Lag ich im Koma?«

»Nein. Gott, nein. Du warst okay.« Sie wischte sich die Tränen vom Gesicht und verließ ihren Platz an der Wand, um sich wieder auf mein Bett zu setzen.

»Warum erinnere ich mich dann nicht daran? Es ist nicht wahr. Es kann nicht sein. Ich habe Grace in meinen Armen gehalten. Ich erinnere mich an sie. Gott, Nina, ich erinnere mich an meine Tochter. Ich habe sie gestern gehalten. Sie hat mich angelächelt.« Ich schlug mit der Faust auf den Schreibtisch, und die kleine Schachtel, die ich mir vorhin angesehen hatte, fiel zur Seite und auf den Boden. Für einen Augenblick starrten sowohl Nina als auch ich sie nur an, bis ich sie aufhob und auf meinen Schoß nahm.

»Was ist das?«

»Mach sie auf«, flüsterte Nina.

Ich beobachtete sie, während ich langsam die Schleife entknotete. Ich öffnete den Deckel; in der Schachtel befanden sich zwei Ringe. Brians Ehering und meiner. Ich nahm sie heraus und setzte sie auf meinen Ringfinger, aber mein eigener Ring kam nicht an meinem Fingerknöchel vorbei.

»Die Medikamente, die du nimmst, lassen deine Finger anschwellen.« Nina stöhnte, als ich den Ring abnahm und zurück in die Schachtel legte. Ich wollte nicht an die Ringe denken und das, was sie bedeuteten. Noch nicht.

»Warum scheint mir Grace dann so real zu sein?«

Nina knetete die Hände und sah überall hin, nur nicht zu mir.

»Erinnerst du dich an die Broschüre, die du ausgefüllt und Walter gegeben hast, die mit den Reborn-Puppen?«

Ich schüttelte kurz den Kopf, keuchte dann aber. Ich erinnerte mich. Ich erinnerte mich, dass Brian es gruslig fand, als ich es ihm gegenüber erwähnte, und daher hatte ich ihm nicht erzählt, dass ich Walter eine Kopie meines 3-D-Ultraschallbilds gegeben hatte. Walter wollte mir die Puppe als Geschenk besorgen. Etwas, das wir für unser Kind behalten konnten. Und wenn wir ein kleines Mädchen bekämen, könnte sie mit der Puppe spielen, während sie aufwuchs. Mir gefiel der Gedanke nicht; eigentlich teilte ich Brians Meinung, dass es gruslig war, aber es handelte sich um eine enge Freundin von Walter, die versuchte, ihr Geschäft in Gang zu bringen, also stimmte ich dem Ganzen als eine Art Gefallen zu.

»Ich hatte Walter aber gebeten, die Bestellung zu stornieren, nachdem Brian meinte, dass ihm der Gedanke nicht gefiel.«

Nina zuckte mit den Achseln. »Walter hat es vergessen. Um Weihnachten herum kam ein Paket an der Tür an. Ich war unterwegs, um ein paar Besorgungen zu machen; sonst hätte ich die Lieferung abgefangen und dann wäre vielleicht nichts hiervon passiert.« Sie sah niedergeschlagen aus, als sie mich endlich ansah.

Ich wusste sofort, dass sie sich die Schuld an all dem gab. Was immer auch all das war.

»Walter ist also nicht … zum Haus gekommen und hat die Schachtel vorbeigebracht?« Ich erinnerte mich daran oder zumindest glaubte ich, mich daran zu erinnern. Als Nina ihre Lippen aufeinanderpresste, wusste ich, dass es nicht so abgelaufen war.

Sie beugte sich vor und legte ihre Hände auf die Knie. »Du hast die Schachtel geöffnet und darin befand sich ein winziges Baby in genau der Größe, die Grace gehabt hätte. Das war zu viel für dich, du konntest es nicht verarbeiten. Als ich nach Hause kam, warst du oben im Kinderzimmer und hast die Puppe geschaukelt, als wäre sie echt.«

Nein. Nein, sie lag falsch. Ich hätte gewusst, dass es nur eine Puppe war. Vielleicht hatte sie mich in einem schwachen Augenblick ertappt. Das war alles.

»Grace ist nicht am Leben?« Meine Welt zerbrach. Ich spürte die Risse in meinem Herzen, die es Stück für Stück zersplittern ließen.

»Nein, Schätzchen. Ist sie nicht.«

»Und Brian ist nicht in London? Er hat mich nicht verlassen?«

Nina blinzelte, antwortete aber nicht.

»All die Briefe von ihm, die du mir am Morgen immer gegeben hast … sie waren echt, oder?« Ich musste wissen, dass ich sie mir nicht eingebildet hatte. *Bitte sag, dass sie echt waren.*

»Sie sind alle gleich hier.« Diane griff nach einem Schuhkarton unter meinem Bett.

Ich griff danach, öffnete den Deckel und seufzte, erleichtert, wenigstens etwas Realität in dem Karton zu finden. Erinnerungen, bei denen ich mir keine Sorgen machen musste, ob sie echt waren oder nicht. Ich sah eine kleine Haftnotiz, auf der *Ich liebe dich* stand, und schluckte schwer.

»War sonst irgendetwas real? Unser morgendlicher Tee und draußen im Garten sitzen? Zur Arbeit gehen? Was ist mit dem Babybuch, an dem ich gearbeitet habe? Und Charlie? Wo ist meine Schwester?« Ich drückte meinen Nasenrücken zusammen und schloss die Augen. Mein Kopf pochte unter dem Druck.

Ninas Berührung an meinem Knie ließ mich aufschrecken. Sie kniete vor mir, Tränen in den Augen. »Sobald sie konnte, kam Charlie nach Hause. Sie ist jeden Tag hergekommen, um bei dir zu sitzen.«

»Und wo ist sie dann jetzt?« Ich wusste nicht, was ich glauben sollte.

»Sie wird bald hier sein. Marcus hat sie in Texas getroffen und sie sind heute Morgen beide hergeflogen. Sie wird bald hier sein.« Ninas Schultern sackten herab. »Es tut mir so leid, Diane. Es tut mir so leid.«

Ich blickte mich in dem Zimmer um, in dem wir uns befanden, und sah alles klar. Das einfache Bett mit dem kleinen Teppich für meine kalten Füße am Morgen. Der Nachttisch ohne Verzierungen. Die vier weißen Wände, die nackt und kalt waren.

»Ich bin verrückt geworden, oder?«

Nina schloss die Augen. Sie senkte den Kopf, aber ich hörte ihre Antwort. Ich würde sie niemals vergessen.

Ja.

»Ich bin genau wie meine Mutter. Nicht wahr?«

Nina nickte. »Du hast eine Wochenbettpsychose.«

Mehr musste ich nicht hören. Ich war verrückt.

»Du bist nicht verrückt. Du hast ein hormonelles Ungleichgewicht, das durch traumatische Ereignisse ausgelöst wurde, die dein Gehirn nicht richtig verarbeiten konnte.«

Traumatische Ereignisse. Ich konnte noch immer Grace' Lachen hören; ich konnte sie lächeln sehen. Ich konnte Brians Arme um mich spüren, als er mich festhielt, den Kuss, den er mir gab, als ich ihn am Flughafen absetzte.

»Ich verstehe das nicht. Es ist alles so real für mich.« Meine Kehle schmerzte, als ich versuchte, den Kloß herunterzuschlucken, der sich gebildet hatte.

Nina griff nach dem Tagebuch auf dem Schreibtisch.

»Du hast jeden Tag in dieses Tagebuch geschrieben. Statt dich mit deinem Verlust zu befassen, wollte sich dein Geist selbst schützen. Also hast du dich in eine Welt zurückgezogen, in der Grace noch am Leben war. Es steht alles hier.« Sie öffnete das Buch und blätterte durch die Seiten. Sie lächelte traurig, als sie ein paar der Worte las.

»Jeden Tag, sobald wir am Morgen unseren Tee getrunken hatten, bist du zurück in dein Zimmer gegangen, hast dich an den Schreibtisch gesetzt und hier reingeschrieben. Das war deine Art, Grace real zu halten, während du lerntest, mit dem Verlust von Brian klarzukommen.«

»Aber ich wusste nicht, dass er tot war.«

»Nein. Aber du wusstest, dass er dich verlassen hatte. So war es nur einfacher für dich, mit dem Verlust umzugehen. Bis jetzt.«

Sie reichte mir das Tagebuch.

»Unser Verstand ist ein Mysterium. Wir alle gehen anders mit Tragödien um. Das war schwer für dich. Und es ist eine Menge zu verarbeiten.«

Es klopfte leise. Nina drückte meine Schulter und ging dann zur Tür. Ich hielt das Tagebuch in den Händen und fühlte mich, als hätte man meine ganze Welt mit einem Streich zerstört.

Ich erkannte Charlies Stimme auf der anderen Seite der Tür. Sie war also real. Sie war wirklich hier.

»Charlie?«, rief ich. Als meine kleine Schwester mit weit ausgebreiteten Armen in das Zimmer eilte, konnte ich mich nicht mehr beherrschen und mein Körper krümmte sich unter dem Gewicht der Realität, die schwer auf mir lastete. Ich schluchzte, als sie mich auffing und festhielt.

»Es ist okay, mein Schatz. Es ist okay. Ich versprech's dir. Wir stehen das durch. Ich bin hier. Du bist nicht allein.« Ihre sanfte Stimme beruhigte mich, während sie mich weiter festhielt.

Nichts, was ich wusste, war real. Nichts. Ich war mir nicht sicher, was besser war: in der Realität zu leben oder in einer Traumwelt, die ich augenscheinlich für mich kreiert hatte.

Etwas sagte mir, dass die Antwort auf diese Frage in dem Tagebuch zu finden war, das ich noch immer hielt. Ich zog mich aus ihrer Umarmung und wischte mir die Tränen ab.

»Dann ist alles wahr?«

Niemand sagte etwas, aber ich wusste, wie oft ich die Frage auch stellte, die Antwort würde dieselbe bleiben. Immer.

Brian war tot. Grace … Nie wieder würde ich Grace in meinen Armen halten. Ich wollte zurück unter die dünne Bettdecke kriechen und einfach nur einschlafen. Vielleicht würde ich dann zurück in die Welt gelangen, in der mein Baby noch am Leben war.

Ich griff nach Charlies Hand und drückte sie. »Dieses Tagebuch …« Ich fand keine Worte, um das zu beenden, was ich sagen wollte, was ich fragen musste.

Charlie kniete vor mir. »Erinnerst du dich an die Tagebücher, die wir als Kinder schrieben, als wir zu Tante Mags gezogen sind? Stell dir dieses Buch wie eins dieser Tagebücher vor. Wir haben uns immer Geschichten ausgedacht, wie das Leben wäre, wenn Mom noch da wäre, erinnerst du dich? Und als du dann als Erste wieder angefangen hast zu reden, hast du mir

Geschichten von unseren Eltern erzählt …« Charlies Stimme brach und sie kämpfte darum, die Tränen zurückzuhalten, die ich in ihren Augen glitzern sah.

Ich nickte, erinnerte mich an die Zeit. Ich hatte mir Geschichten für sie ausgedacht, Geschichten, die die Narben verbargen, die Ängste, die sie in ihren Kopf einsperrten. Tante Mags hatte mir immer gesagt, dass ich eine Gabe für Worte hätte.

Ich wollte das Tagebuch von mir wegschleudern. Ich konnte mir nicht vorstellen, es jemals wieder zu öffnen und über die Welt zu lesen, die ich für mich selbst erschaffen hatte. Eine Welt, die auf einer falschen Realität basierte.

»Dann ist nichts davon wahr? Nichts in diesem Buch ist geschehen? Das war alles in meinem Kopf?« Ich versuchte, das alles zu begreifen, konnte es aber nicht. Das würde bedeuten, dass ich niemals mit Grace draußen gesessen hatte; wir hatten niemals den Spaziergang gemacht, bei dem ich die Kontrolle über den Kinderwagen verlor; ich hatte nie Fotos von ihr gemacht und sie Brian geschickt … O Gott, Brian.

»Ein Teil davon war real. Was du darüber geschrieben hast, als ich nach Hause kam, das war real. Draußen sein, unsere Spaziergänge … einiges davon war real.« Charlie schluckte schwer. Ich bemerkte ihren Ringfinger.

»Was ist mit Marcus? War irgendetwas davon real?«

Ein sanftes Lächeln erschien auf Charlies Gesicht. »Das war real. Und er ist hier. Er ist hergeflogen, da er wusste, dass ich eine Weile nicht ins Camp zurückkehren würde.«

Ich nickte. Zumindest hatte sie Marcus, während ich nichts weiter hatte als Erinnerungen. »Mein Handy, wo ist mein Handy?« Ich hatte Tausende Fotos von Grace gemacht. Da war ich mir sicher. Wenn ich sie nur sehen konnte, dann war das hier vielleicht nur ein Albtraum und ich würde aufwachen.

Aber Ninas leichtes Kopfschütteln verriet mir, dass das kein Albtraum war.

»Was soll ich jetzt tun?« Ich rieb mir mit den Fingern über die Stirn und versuchte, das dumpfe Dröhnen der bevorstehenden Kopfschmerzen zu vertreiben. Nina hatte meine Geste wohl richtig gedeutet und legte Charlie eine Hand auf die Schulter.

»Holen wir uns doch Frühstück«, schlug Nina vor. »Es gibt viel zu verarbeiten und wir müssen nicht alles gleichzeitig tun.«

Charlie nickte. »Vielleicht können wir alle draußen einen Spaziergang machen? Versuchen, unseren Kopf freizubekommen und etwas frische Luft zu schnappen?«

Ich saß da, unsicher, was ich tun oder wie ich reagieren sollte. Ein Druck baute sich in meiner Brust auf und es gab nichts, was ich lieber tun wollte, als mich hinzulegen. Ich schüttelte den Kopf und stöhnte, als mich eine Welle des Schwindels überkam.

»Ich brauche einen Augenblick«, murmelte ich. Ich war nicht sicher, ob mich jemand gehört hatte, weil die beiden miteinander redeten, also schob ich mich auf die Füße und machte die zwei Schritte zu meinem Bett.

»Diane?« Charlie zog die Decke für mich zurück und ich rollte mich auf der Seite zusammen, das Tagebuch fest an meine Brust gedrückt. Ich wollte mein Baby fest an mich drücken, den frischen Babygeruch einatmen, aber das konnte ich nicht. Ich würde es nie wieder tun können.

»Konnte ich sie überhaupt einmal halten?«, flüsterte ich.

Charlie setzte sich neben mich. »Das hast du, ganz lange. Sie war so winzig und wunderschön. Du hast sie deinen Engel genannt.«

Mein Engel. Ich wünschte, ich könnte mich daran erinnern.

»Brian? Habe ich mich von ihm verabschiedet?«

»Oh, Schatz.« Charlies Atem setzte kurz aus. »Das hast du. Walter hat eine Gedenkfeier für ihn organisiert und du warst da. Du erinnerst dich nicht?«

Ich schüttelte den Kopf und kämpfte gegen die Tränen an. Ich wollte nicht weinen. Ich weigerte mich zu weinen. Nicht jetzt. Später, wenn ich allein war und das Flüstern in meinem Kopf leiser wurde.

»Es ist okay, Diane. Gedächtnisverlust ist normal nach einer Elektroschocktherapie«, sagte Nina, bevor sie die Tür öffnete.

»Elektroschocktherapie?« Mein Körper begann zu zittern und Charlie griff nach meiner Hand.

»Es wird alles gut, Dee. Ich verspreche es. Das ist eine gute Sache. Sie hat dich zu uns zurückgebracht.«

Meine Augen füllten sich mit Tränen, als ich versuchte, alles zu verarbeiten. Die Therapie hatte mich zurückgebracht, aber wozu? Ich war jetzt ganz allein. Ohne Brian, ohne Grace … Wer war ich?

Nachdem Nina das Zimmer verlassen hatte, setzte ich mich auf und schob mich nach hinten, bis mein Rücken an der Wand lehnte. Ich zog mir die Decke über meine Beine und lehnte mich dann an Charlies Schulter, die neben mir saß.

»Hilfst du mir, herauszufinden, was real war und was nicht?« Ich legte das Tagebuch in meinen Schoß, versuchte, den Mut aufzubringen, von dem ich nicht sicher war, dass ich ihn hatte, und schlug die erste Seite auf.

»Natürlich tue ich das«, flüsterte Charlie.

25

DIANE

Sechs Monate später

Ich hielt einen Bilderrahmen in der Hand und blickte mich in dem fast leeren Zimmer um. Sechs Monate waren seit jenem Tag im Krankenhaus vergangen, an dem ich erkannt hatte, dass meine Welt auf den Kopf gestellt worden war. Sechs lange Monate der Therapie, der Medikation und der Versuche, die Realität von der Traumwelt zu trennen, von der ich mir noch immer wünschte, in ihr zu leben.

»Bist du sicher, dass du keine Hilfe da drin brauchst?« Nina stand in der Tür zum Schlafzimmer, das eigentlich Grace' Babyzimmer hätte werden sollen.

»Nein, ich muss das machen. Das weißt du doch.«

Sie lächelte mir traurig zu und packte dann weiter im oberen Zimmer. Ich konnte das Gespräch zwischen ihr und Charlie hören, als sie die Sachen einpackten, die ich mitnehmen wollte. Seit ich vor zwei Monaten aus dem Krankenhaus entlassen worden war, wohnte ich mit Charlie und Marcus in einem Apartment, das sie gekauft hatten. Als ich an jenem Tag, an dem mein Verstand beschlossen hatte, sich der realen Welt zu stellen, im Krankenhauszimmer aufgewacht war, hatten meine Schwester und ihr Verlobter beschlossen, dass es Zeit wurde, Wurzeln zu schlagen. Sie waren dabei, eine Klinik in der Stadt zu eröffnen, und sprachen darüber, ein Kind aus dem Kongo zu adoptieren, sobald sich alles beruhigt hatte.

Das »beruhigt« bezog sich natürlich auf mich.

Es war Nina gewesen, die mit einem alternativen Wohnarrangement gekommen war, damit Charlie und Marcus ihr eigenes Leben weiterleben konnten.

»Hey, Diane, bist du sicher, dass du dein Bett nicht mitnehmen willst? Es wäre bequemer als Ninas Ersatzbett; das kannst du mir glauben«, rief Charlie.

»Ich kaufe ein neues; ist schon okay.« Ich wollte nicht in einem Bett voller Erinnerungen schlafen. Brians Geist würde dort immer bei mir sein und ich brauchte einen klaren Schnitt. Ich würde meinen Mann niemals vergessen, aber ich konnte nicht weiter glauben, dass er nur in London war und bald nach Hause zurückkehren würde. Egal, wie sehr ich es auch wollte.

Ich starrte auf das Ultraschallbild in meiner Hand und versuchte verzweifelt, mich an das Gefühl von Grace in meinen Armen zu erinnern, das wahre Gewicht von ihr, als ich ihren leblosen Körper im Krankenhaus hielt, nicht die Erinnerung an die Puppe, die ich mit mir herumgetragen und von der ich so getan hatte, als wäre sie Grace. Ich wünschte, ich könnte mich an jene Momente erinnern, diese Stunden, diese Tage, selbst wenn es bedeutete, sowohl ihren als auch Brians Tod noch einmal zu durchleben. Nichts wollte ich mehr. Aber aus irgendeinem Grund waren diese Erinnerungen fort.

Der Arzt sagte, dass sie zurückkehren würden, dass ich eines Tages etwas sehen würde, das diese verborgenen Augenblicke aktivierte, dass ich aber nicht darauf warten sollte. Ich wollte es aber, wollte es wirklich.

So schwer es auch sein würde, ich verschloss mich nicht länger der vollständigen Realität dessen, was mir passiert war. Ich konnte und wollte mich nicht davor verstecken.

Ich nahm mir etwas Papier, wickelte das Ultraschallbild ein und legte es dann in den Karton auf dem Boden neben mir. Später würde Marcus kommen, die Babymöbel einpacken und beim örtlichen Frauenhaus abgeben; morgen würde eine lokale Wohlfahrtsorganisation die restlichen Möbel und Haushaltsgegenstände abholen, die ich nicht brauchte.

Nina lebte in einem kleinen Haus nach Cottage-Art gleich an der Bucht und hatte netterweise vorgeschlagen, dass ich zu ihr zog. Ich liebte es, bei Charlie und Marcus zu sein, aber ich wusste, dass ich sie davon abhielt, ihr eigenes Leben zu leben. Und da ich Nina als Teil meiner Familie ansah, zögerte ich nicht, ihr Angebot anzunehmen.

Ich machte Babyschritte zurück in die reale Welt. Ich war noch nicht bereit, wieder zur Arbeit zu gehen, und Walter verstand das. Um ehrlich zu sein, war ich nicht sicher, ob ich jemals wieder dazu bereit sein würde. Ich war mir nicht sicher, ob ich dieses Leben noch einmal leben könnte, diese Frau sein, die für ein Unternehmen verantwortlich war. Es fiel mir schwer genug, die täglichen Dinge zu bewältigen, wenn ich auf mich allein gestellt war. Ich wusste nicht mehr, wer ich war, aber ich wusste, eines Tages würde ich das. Bis dahin, wie mir Nina auch immer wieder sagte, musste ich mich nur auf mich und meine Gesundheit konzentrieren. Alles andere würde sich dann schon finden.

»Vergiss nicht, Marcello hat uns für heute Abend einen Tisch reserviert.« Charlie stand hinter mir und griff nach einem der Teddybären, die im Regal über Grace' Kinderbett standen. Sie zeigte auf den Karton und ich schüttelte den Kopf. Ich behielt ein Plüschtier von ihr, eins, das Brian und ich zusammen ausgesucht hatten. Es war ein kleiner Löwe mit ganz weichem Fell als Mähne, und selbst jetzt noch schmolz mein Herz, wenn ich ihn hielt.

»Klingt gut.« Als ich damit begonnen hatte, Tagesausflüge vom Krankenhaus zu machen, wollte ich immer in Marcellos Restaurant.

Ich setzte mich in meinen kleinen Sitzbereich und beobachtete die Leute um mich herum. Marcello servierte mir immer Bruschetta und Mineralwasser und wir plauderten ein bisschen, bis er wieder andere Gäste begrüßen musste. Jetzt, da ich endlich ganz entlassen war, gingen wir jede Woche zu viert zum Abendessen.

»Geht es dir gut?« Charlie griff nach einem kleinen Schlafanzug, legte ihn zusammen und dann beiseite.

»Es ist schwer. Ich erinnere mich daran, in diesem Schaukelstuhl gesessen und Grace in den Schlaf gesungen zu haben, als wäre es gestern gewesen. Es ist eine Erinnerung, die ich nicht verlieren will, obwohl ich weiß, dass sie nicht real ist.«

»Ich glaube nicht, dass du sie alle verlieren musst, Dee. Jede Mutter will sich an das Gefühl ihres Kindes in ihren Armen erinnern. Das ist natürlich.« Charlie legte noch einen Schlafanzug zusammen, dann hob sie einen Stapel hoch, den ich vorher aussortiert hatte, und legte ihn in einen Plastikbehälter mit der Aufschrift *Babykleidung*.

Ich nahm ein kleines Kleid in die Hand, das Brian gekauft hatte. Gegen Ende hatte er mich immer mit zwei Sachen für das Baby überrascht – eins für einen Jungen und eins für ein Mädchen, nur für den Fall. Ich hatte die Jungenkleidung bereits gepackt, aber nahm mir Zeit mit den niedlichen Mädchensachen.

»Das war eins der ersten Kleidungsstücke, das Brian für sie gekauft hat.« Ich hielt das gelbe Kleidchen mit rosa Stickereien hoch, damit Charlie es sah. »Er wollte sich eine Krawatte passend zum Kleid kaufen und sie dann für ein Foto mit ihr tragen.« Ich lächelte bei der Erinnerung an Brians Enthusiasmus. Er wäre ein so toller Vater geworden. Beim Gedanken daran machte mein Herz einen schmerzhaften Satz.

»Möchtest du es behalten?« Charlie legte ihre Hand über meine und drückte sie.

Ob ich es behalten wollte? Natürlich wollte ich das. Ich wollte jedes Kleidungsstück behalten, von dem ich mich erinnerte, es Grace angezogen zu haben. Ich wollte jedes Teil behalten, das ein Stück Erinnerung verkörperte. Meine Augen füllten sich mit Tränen und ich schüttelte schnell den Kopf.

»Es ist okay, wenn du es tust«, flüsterte sie.

Als Antwort legte ich das Kleid zusammen und gab es ihr für den Behälter. Ich sollte lieber ein paar Sachen zusammenpacken, die ich behalten wollte.

Charlie ignorierte mich und legte das Kleid in den Karton neben mir. »Es war eins der ersten Kleidungsstücke, die er gekauft hat. Du solltest es behalten.«

Wir arbeiteten schweigend zusammen, meine Schwester und ich, während wir den Rest im Babyzimmer zusammenpackten. Am Ende behielt ich mehr Dinge, als ich vorgehabt hatte, aber es gab so viele Sachen, von denen ich mich nicht trennen konnte, noch nicht. Vielleicht eines Tages. Aber meine Erinnerungen an Grace waren noch zu real. Es fiel mir unglaublich schwer, mich von meiner Tochter zu verabschieden.

Als ihr Zimmer zusammengepackt war und Nina und Charlie nach unten gegangen waren, um den kleinen Umzugswagen zu beladen, der an Marcus' SUV angekoppelt war, setzte ich mich in den Schaukelstuhl, den mitzunehmen ich einfach nicht ertragen konnte, und schlug das Tagebuch auf, das die Erinnerungen an mein Leben mit Grace enthielt. Ich wusste, sie waren nicht real. Ich wusste, dass es ein Traum gewesen war, den ich gelebt hatte, aber es waren trotzdem meine Erinnerungen und die einzigen, die ich von meiner Tochter hatte.

Ich las die ersten Zeilen. Tränen strömten mir übers Gesicht und ich wusste, dass ich nie etwas Realeres und Stärkeres geschrieben hatte als diese ersten fünf Sätze.

Dieser Augenblick war perfekt. Die Stille und mit ihr eine erste Ahnung der Dämmerung, die durch die Vorhänge blitzte und die Aussicht auf einen besseren Tag bot.

Ich blickte hinunter in die leuchtenden blauen Augen meines süßen Babys und spürte zum ersten Mal seit langer, langer Zeit Hoffnung. Grace war all das, was ich nicht verdient, und all das, nach dem ich mich gesehnt hatte. Seit meinem allerersten Blick auf ihre zarten Lippen, ihr feines blondes Haar und die schwungvollen Wimpern wusste ich, dass es für mich kein Zurück mehr gab.

Danksagung

Frauen sind stark. Wir tragen das Gewicht der Welt auf unseren Schultern (oder zumindest fühlt es sich so an). Ich hätte diese Geschichte keinesfalls ohne die Hilfe von Frauen schreiben können, die Wochenbettdepression und -psychose erlebt haben. Als sie mir ihre Geschichten erzählten, bewunderte ich jeden Tag aufs Neue die Stärke, Entschlossenheit und Liebe dieser Frauen. Ich fühle mit euch allen – danke, dass ihr mir eure Geschichten erzählt habt. Frauen wie ihr sind meine Heldinnen.

Ich hätte diese Geschichte der Liebe einer Mutter nicht ohne die Unterstützung meiner Familie schreiben können. Jarrett, du warst meine Inspiration dafür, in die Geschichte eines verliebten Paars einzutauchen, und meine Mädchen, ihr wart mein Sonnenschein, wenn die emotionale Tiefe dessen, was ich schrieb, mir zuzusetzen begann. Und Judah, danke, dass du immer da warst, um mir beim Aufbau der Szenen zu helfen, und für deine tollen Verbesserungsvorschläge. Ja, jede Szene wird besser mit einem Stückchen Schokolade!

Ein besonderes Dankeschön an Ken Pelkman und Ron Aitken, dass ich euch mit IT-Fragen bombardieren durfte – mein Gehirn ist aufs Schreiben programmiert, hat kein Verständnis von den komplexen Leitungsaufgaben in einer IT-Abteilung und keine Ahnung, wie es das Chaos auf meinem Computer in den Griff bekommen kann. Danke für eure Geduld und dafür, dass ihr all meine vielen Fragen beantwortet habt.

Julie Alberts-Magnum, deine Geschichte mit der Essiggurke war genial! Danke, dass du sie auf meiner Autorenseite auf Facebook gepostet hast – in diesem Buch findest du einen Abschnitt nur für dich!

Ich hätte diese Geschichte nicht ohne das fantastische Team bei Lake Union Publishing schreiben können, besonders Carmen Johnson und Helen Cattaneo. Carmen, durch deine Unterstützung wurde diese Geschichte größer, als ich es mir erträumt hatte. Ich bin so dankbar, eine Redakteurin wie dich zu haben!

Während ich das hier schrieb, erlebte ich die verheerenden Zerstörungen durch die Flut in Alberta 2013. Ich bin der Überzeugung, in der besten Stadt Kanadas zu leben, da die Einwohner von Calgary in dieser schrecklichen Zeit auf eine Weise füreinander da waren, wie ich es nie zuvor gesehen hatte. Mookie Wilson (alias@mookalicious) war auf Twitter einer derjenigen, die den Teamgeist über alle Maßen beförderten. Danke, Mookie, dass du mich eine deiner Redewendungen hast benutzen lassen – der Kontext mag etwas anders sein als vorhergesehen, aber sie ist drin.

8029337R00154

Printed in Germany
by Amazon Distribution
GmbH, Leipzig